AF178303

John Burnside, geboren 1955 in Schottland, gehört zu den bedeutendsten zeitgenössischen Autoren Großbritanniens. Für sein Werk aus Lyrik und Prosa erhielt er zahlreiche Preise, unter anderem den Corine-Belletristikpreis des ZEIT-Verlags, den Petrarca-Preis und den Spycher-Literaturpreis.

Außerdem von John Burnside lieferbar:
Lügen über meinen Vater
Wie alle anderen
Ashland & Vine. *Roman*
Haus der Stummen. *Roman*
Glister. *Roman*
In hellen Sommernächten. *Roman*

Besuchen Sie uns auf www.penguin-verlag.de und Facebook.

John Burnside

Die Spur des Teufels

Roman

Aus dem Englischen von
Bernhard Robben

 **PENGUIN** VERLAG

Die englische Originalausgabe erschien 2007 unter dem Titel
»The Devil's Footprints. A Romance« bei Jonathan Cape, London.

Sollte diese Publikation Links auf Webseiten Dritter enthalten,
so übernehmen wir für deren Inhalte keine Haftung, da wir uns diese
nicht zu eigen machen, sondern lediglich auf deren Stand zum Zeitpunkt
der Erstveröffentlichung verweisen.

Verlagsgruppe Random House FSC® N001967

PENGUIN und das Penguin Logo sind Markenzeichen
von Penguin Books Limited und werden
hier unter Lizenz benutzt.

1. Auflage 2018
Copyright © 2007 by John Burnside
Copyright © der deutschsprachigen Ausgabe 2008 by
Albrecht Knaus Verlag, München,
in der Verlagsgruppe Random House GmbH,
Neumarkter Straße 28, 81673 München
Umschlag: Hafen Werbeagentur
Umschlagmotiv: © tellmemore000 / IStock
Satz: Greiner & Reichel, Köln
Druck und Bindung: GGP Media GmbH, Pößneck
Printed in Germany
ISBN 978-3-328-10262-5
www.penguin-verlag.de

Dieses Buch ist auch als E-Book erhältlich.

Lieber den Teufel, den man kennt,
als den Teufel, den man nicht kennt.

Altes Sprichwort

Die Spur des Teufels

In Coldhaven, einem kleinen Fischernest an der Ostküste Schottlands, wachten die Menschen vor langer Zeit an einem düsteren Morgen Mitte Dezember auf und sahen nicht nur, dass ihre Häuser tief und traumverloren unter einer so dicken Decke Schnee begraben lagen, wie sie nur ein- oder zweimal in jeder Generation ausgebreitet wird, sondern dass darüber hinaus, während sie geschlafen hatten, etwas Seltsames geschehen war, etwas, was sie sich nur mit Geschichten und Gerüchten zu erklären wussten, die sie allerdings, da sie ein braves und gottesfürchtiges Volk waren, höchst ungern weitererzählten, Geschichten, in denen der Teufel vorkam oder ein Gespenst, Geschichten, die widerstrebend eine verborgene Macht in der Welt anerkannten, deren Vorhandensein sie die meiste Zeit lieber ignorierten. Coldhaven sah in jenen Tagen kaum anders aus als heute, ein Gewirr aus Häusern, Gärten und mit Unrat übersäten Bootsliegeplätzen, das sich in engen, regenfarbenen Straßen und schmalen Kopfsteinpflastergassen zum Meer hinabzog. Die Menschen damals waren die Vorfahren jener Nachbarn, mit denen ich seit nunmehr über dreißig Jahren zusammenlebe: ein raues Seefahrervolk mit sonderbarem Aberglauben, ureigener Logik und Erinnerungen an Sandbänke, Gezeiten und die Tücken der See; doch auch wenn ihre Kindeskinder den nahen Bezug zum Meer verloren haben, glaube ich, diese Menschen zu kennen, wenn auch nur ein wenig und wie aus großer Entfernung. Es mag reine

Phantasie sein, so selten diese auch vorkommt, doch bilde ich mir ein, ich könnte in ihren lethargischen Abkömmlingen die Geister jener alten Seefahrer ausmachen, die allzu viele Male gezwungen waren, sich durch dichten Nebel oder gnadenlosen Sturm den Weg nach Hause zu suchen, oder die jener Frauen, deren Blick am Horizont nicht innehielt, sondern weiterwanderte zu den Riffen und Untiefen, die sie nur von Karten und Wettervorhersagen kannten, was sie zu Seherinnen machte, zu Orakeln und Harpyien. Es muss eine grauenhafte Last für sie gewesen sein, eine schreckliche, wenn auch alltägliche Fertigkeit, diese für wenige kritische Augenblicke entwickelte und auf ein ganzes Leben ausgeweitete, zu starren Mienen der Voraussicht und Vorahnung verzerrte und entstellte Sehweise. Einen solchen Blick habe ich sogar in den Augen der Postbotin erkannt, eine Gabe, die sie nicht braucht, die sie aber auch nicht ablegen kann. Letzte flüchtige Spuren davon fand ich selbst in den Augen von Schulmädchen und einigen jungen Frauen, die, während sie ihrer Arbeit nachgingen, auf die Katastrophe warteten.

Jene, die am lang vergangenen Wintermorgen als Erste aus den Betten waren, die Bäcker und Schiffsausrüster, Frauen, die aus dem Haus traten, um Kohlen zu holen, und Männer, die an diesem Tag nicht zum Fischen gefahren, aber aus Gewohnheit oder Rastlosigkeit früh aufgestanden waren; sie sollten die Ersten sein, die jenes Phänomen bemerkten, das die ganze Stadt später «die Spur des Teufels» nannte, eine Bezeichnung, die nicht nur haftenblieb, sondern aus Gründen, die sich die Bewohner von Coldhaven nie eingestanden, zugleich eine verschroben klingende Umschreibung dessen war, was für Außenstehende und die eigene Nachwelt stets in Unglaube oder Ironie gehüllt bleiben sollte. *Die Spur des Teufels*: ein Titel wie der einer Ballade oder eines an einem verregneten Nachmittag aus der Bücherei entliehenen und später als eine *seltsame alte Ansammlung von Unsinn* abgetanen Buches, Worte, die stets nur gleichsam mit Anführungszeichen ausgesprochen wurden, falls man sie denn überhaupt laut aussprach, so als wäre der von ihnen gewählte Name für das Gesehene von der falschen Seite des Jenseits gekommen, geradeso wie die Spuren im Schnee, diese sauberen, tintenklecksigen Fährten eines spalthufigen Wesens, einer Kreatur, die nicht nur auf zwei Beinen von einem Ende des Städtchens zum anderen durch die Straßen und Gassen spaziert, sondern auch die Hausmauern hinaufgestapft war und hohe, von Krähenspuren übersäte Dächer auf ihrem schnurgeraden Weg über die Schlafgemächer hinweg überquert hatte. Auf der Suche nach einer Erklärung, die es ihnen erlaubte, unbeschwert und sorgenfrei an ihre Küchenherde zurückzukehren, zu ihren Fischernetzen und Spülbecken, sollten sie das Phänomen später ein wenig genauer in Augenschein nehmen und feststellen, dass die Spuren an der Küste begannen, gleich vor dem kleinen Friedhof am westlichen Ende der Stadt, so als wäre das Geschöpf dem Meer entstiegen, hätte den schmalen, flutgespülten Strand überquert, auf dem kein Schnee liegen geblieben war, um dann lautlos und zielgerichtet über die James Street zu staksen, der Shore Street zu folgen, das Dach der Kirche hinauf und wieder hinab, über das Rinnsal von einem Bach zu hüpfen, der Coldhaven Wester von Coldhaven Easter trennte, und so weiter, auf und ab, über die Dächer der Häuser in der Toll Wynd zu laufen, ehe es sich am anderen Ende dann in die Felder schlug, dem Landesinneren zu, wohin ihm zu folgen niemand der Sinn gestanden hatte. Sie sollten nie erfahren, wie weit jene Reihe ordentlicher schwarzer Abdrücke noch reichte, nur waren sie sich später, als der

Schnee schmolz und Gegenteiliges nicht mehr hätte bewiesen werden können, hinsichtlich der Natur der Kreatur, die diese Spuren hinterlassen hatte, alle sicher oder doch zumindest einig. Das waren nicht die Fußspuren eines Menschen, sagten sie, auch nicht die eines Tieres, jedenfalls keines Wesens, weder vom Lande noch aus der See, das man in diesen Teilen der Welt je gesichtet hätte. Es waren scharf umrissene, dunkle Hufabdrücke, die Spuren eines trittsicheren Geschöpfs, das sich rasch – der Eindruck schneller Bewegung war unbestritten, wenn auch durch nichts belegt – durch ihre eng bebaute Siedlung bewegt hatte, so als flöhe es vor einem grausigen, übernatürlichen Entschluss oder jagte ihm hinterher. Es gab welche, die behaupteten, es müsse eine vernünftige Erklärung für dieses Phänomen geben, jene, die meinten, alles unter dem Himmel müsse sich erklären lassen, denn Gott allein entzöge sich der Erkenntnis, doch fanden sich die meisten Einwohner mit der Behauptung ab, es sei der Teufel gewesen, der vorbeigekommen war, ein Geschöpf, das man nie gänzlich für real gehalten, aber dennoch für eben eine solche Gelegenheit in Reserve gehalten hatte, so wie den Butzemann, die Elfen oder übrigens auch Gott selbst.

Das war natürlich nur Gerede. Mir wurde diese Geschichte als Kind erzählt, beziehungsweise habe ich sie damals heimlich aufgeschnappt. Ich habe hier ein Bruchstück gehört, dort einige Schnipsel erlauscht und sie nach und nach zusammengesetzt, Details hinzugefügt, Verbesserungen angebracht, habe sie lebhafter gestaltet, freundlicher, rätselhafter und überzeugender. Habe sie erfunden. Ich stellte mir die Fußspuren vor, wie sie durch einen schmalen, schneebedeckten Garten verliefen, über das Dach einer Räucherkammer tänzelten, und ich folgte ihnen den Hügel hinauf und weiter, vorbei an Mrs.

Collings' Haus, den halb zerfallenen Überresten von Ceres House und dem alten Kalkschuppen. Ich stellte mir ein Kind am Schlafzimmerfenster vor, einen Jungen wie jener Junge, der ich damals gewesen war, als ich noch in der Cockburn Street wohnte, wie er im ersten Licht in den wundersam fallenden Schnee starrte und die tiefen schwarzen Abdrücke in der frisch glitzernden Kruste entdeckte. Ich stellte mir den Teufel vor, wie er über Kamine stiefelte: kein Mensch, nicht ganz jedenfalls, aber doch ein lebendiges Geschöpf, irgendetwas zwischen Engel und Bestie, zwischen Ariel und Caliban. Mein Verstand sagte mir, dass es nicht realer als der Nikolaus oder der weißgesichtige Erzengel in meiner illustrierten Kinderbibel sein konnte, doch mit dem Herzen glaubte ich ausnahmslos an sie alle. Als ich in der Schule nachfragte, reagierten die Lehrer verlegen, taten mich lachend ab oder machten sich, wie einmal Mrs. Heinz, meine Lehrerin in der dritten Klasse, die Mühe, das Unerklärbare doch zu erklären. Die Geschichte, sagte sie, sei ein alter Mythos, den es schon länger als die Christen in diesem Land gebe. Manche behaupteten, der Teufel sei ein alter heidnischer Gott, ein piktischer Geist, der in dieser Gegend gehaust habe; allerdings sei es selten, solche Geschichten an der Küste zu hören, denn eigentlich gehörten sie in die Bauerndörfer und dunklen Wälder im Landesinnern. Hier, am Wasser, drehten sich die Mythen eher um Untiefen im Meer, um Wellengeister und seltsame Fabelwesen, die sich in den Netzen verfingen, halb Fisch, halb Mensch. Es sei nichts Böses an diesen alten Geschichten, sagte sie, solange man nicht vergesse, dass es eben nur Geschichten seien. Dann lieh sie mir ein Buch mit dem Titel *Mythen und Legenden der Griechen und Römer* und trug mir auf, es zu lesen. Das tat ich, aber darin stand nicht, wonach ich gesucht hatte.

Der Evening Herald

Fast auf den Tag genau vor einem Jahr fand man eine Frau namens Moira Birnie sowie ihre beiden Söhne, den vierjährigen Malcolm und den dreijährigen Jimmie, tot in einem ausgebrannten Auto sieben Meilen vor Coldhaven. Moira war zweiunddreißig und mit einem Mann namens Tom Birnie verheiratet, einem harten Burschen, mit dem sie eine Parterrewohnung am klammen, unteren Ende der Mashall's Wynd teilte. Eine Wohnung, die ihr, wie ich zufällig weiß, vom heute ebenfalls bereits verstorbenen Henry Hunter vermietet wurde, zu seiner Zeit ein notorisch knausriger Hausherr und Unternehmer, dessen Ruf, eine Vorliebe für zweifelhafte Geschäfte zu haben, dreißig Jahre und länger bis in jene Zeit zurückreichte, in der er sein erstes Haus gekauft hatte, drüben, gleich neben der Imbissbude in der Sandhaven Road, um es – mitsamt maroder Elektrik und schlechter Belüftung – an eine Gruppe Studenten vom Fischereikolleg zu vermieten. Ich kann mir nicht vorstellen, dass Tom und Moira Birnie eine hohe Miete für ihre Behausung bezahlt haben, doch wie viel es auch gewesen sein mochte, es war zu viel. Henry Hunter war schließlich für seine Habgier bekannter als für sein Verantwortungsgefühl.

Die Lokalpresse berichtete über das Feuer und stellte es anfangs als außergewöhnlichen Unfall dar, doch als weitere Einzelheiten bekannt wurden und sich das ganze Ausmaß dessen, was Moira getan hatte, abzuzeichnen begann, wurde der Fall auch von der Landespresse aufgegriffen. Zufällig erfuhr ich von den Ereignissen, die zu der Tragödie führten, sowie die grausigen Details des Brandes erst am Samstag nach der Tat, als Amanda drüben auf Besuch bei ihrer Mutter war. Ich breite die Samstagszeitungen gern auf dem ganzen Küchentisch aus, löse Kreuzworträtsel, lese die ein oder andere merkwürdige Geschichte, halte mich hinsichtlich dessen, was während der Woche passiert ist, auf dem Laufenden und schneide mir Rätsel, Rezensionen und interessante Artikel für später aus. Möglicherweise hätte ich diesen Artikel übersehen, hätte die Polizei nicht zwei Tage zuvor eine Meldung veröffentlicht, der zufolge das Feuer im Auto absichtlich gelegt worden war und man den Fall nun als verdächtig einstufe. Als die großen Zeitungen Wind von der Sache bekamen, wurde daraus eine Titelstory, eine Geschichte von tragischen, gar verabscheuungswürdigen Ausmaßen: Moira Birnie hatte ihre kleinen Söhne betäubt, war auf einen abgelegenen, sandigen Weg nahe einer örtlichen Touristenattraktion gefahren und hatte dann den Wagen, in dem sie mit ihren Jungen saß, angezündet. Niemand schien zu wissen, was sie zu dieser Tat veranlasst hatte, aber die maßgeblichen Stellen hegten keinen Zweifel, bei wem die Schuld lag. Die einzige Frage, die jedermann beschäftigte, lautete: Wie konnte eine Frau, eine *Mutter*, so etwas Schreckliches tun? Und warum hatte sie nur die Jungen getötet, nicht aber die vierzehnjährige Tochter, die sie zuvor auf einem einsamen Feld allein und verängstigt abgesetzt hatte?

Ich las den Artikel nach dem Kreuzworträtsel im *Scotsman* und vor den Literaturseiten des *Guardian*. Natürlich fand ich den Vorfall entsetzlich, und mich faszinierte die Tatsache, dass es in der Nachbarschaft geschehen war, doch brauchte ich ein, zwei Minuten, um zu begreifen, dass ich die Hauptfigur in der Geschichte kannte: Moira Birnie, vielmehr Moira Kennedy, denn unter diesem Namen hatte ich sie früher gekannt, eine beinahe hübsch zu nennende Achtzehnjährige mit strahlendem, leicht nervösem Lächeln und – heute scheint dies unwichtig, aber es war das Erste, was mir auffiel, als ich sie kennenlernte, und das Erste, woran ich mich erinnerte, als ich von ihrem tragischen Ende las – mit Beinen, wie man sie sonst nur in Reklamen für Seidenstrümpfe sieht. Wenn ich sage, dass ich sie kannte, dann meine ich damit, dass ich eine Zeit lang mit ihr gegangen bin und glaubte, in sie verliebt zu sein, zum einen wegen ihrer Beine, aber auch, weil sie noch in vielerlei anderer Hinsicht faszinierend war. Ich ging damals aufs College, sie nicht, was erklären mag, wieso es mit unserer Affäre bald vorbei war, doch bilde ich mir ein, der wahre Grund für das frühe Ende sei Tom Birnie gewesen, den ich zwar nicht besonders gut gekannt, aber als einen energischen und auf recht grobschlächtige Weise attraktiven Jungen in Erinnerung hatte, geschaffen, wie unsere Haushälterin Mrs. K sagen würde, an einem von Gottes freien Tagen.

Der Zufall wollte es, dass Moira Kennedy meine erste richtige Freundin war. Meine erste Geliebte mit anderen Worten, und einige Monate lang erlebten wir eine ziemlich intensive Affäre. Doch ich glaube, selbst damals wusste ich, dass sie nicht lange dauern würde, weshalb ich nicht sonderlich überrascht war, als Moira mir im ersten Sommersemester schrieb, dass es mit uns aus sei. Ich denke, ich war sogar ein wenig erleichtert, denn obwohl ich Moiras Beine liebte, ihr hübsches Lächeln und unseren aufregenden Sex, entging mir nicht, dass wir nur wenig gemeinsam hatten und kaum wussten, worüber wir uns unterhalten konnten, sobald der Sex vorbei war. Unsere Liaison hatte mehr oder weniger zufällig begonnen, doch blieb sie stets von einem Geheimnis überschattet, das ich

Moira verschwieg, ein Geheimnis, das – wäre ich bei Sinnen gewesen – mich davon abgehalten hätte, je eine Beziehung mit ihr einzugehen. Tatsächlich fühlte ich mich wie magisch zu ihr hingezogen in einer Art morbiden Faszination, falls dies das richtige Wort dafür ist, denn obwohl Moira nichts davon wusste, obwohl es niemand außer mir wusste, war ich doch derjenige, der ihren Bruder getötet hatte, als ich dreizehn und er fünfzehn Jahre alt gewesen war, der ihn sich selbst überlassen und getötet hatte im alten Kalkschuppen an einem Nachmittag, als wir eigentlich vor Kälte und Regen geschützt in der Schule hätten sein, Sport haben und an das hübsche Mädchen mit den schwarzen Augen und schulterlangen Zöpfen in der 4c denken sollen. Das war es, was wirklich meine Aufmerksamkeit weckte an jenem Samstagnachmittag: nicht Moiras unaussprechliche Tat oder das Bild ihrer toten Kinder. Es war die Erinnerung an etwas, was ich nie erzählt hatte, an etwas, was ich tief in mir vergraben und dort gelassen hatte, aber von Zeit zu Zeit in meinen Träumen wieder durchlebte: die Geschichte einer simplen Lüge, die zwingende Logik der Angst eines Kindes und ein überraschter Junge, der in die Schwärze der Schatten und des Wassers stürzte.

Als sie an diesem Tag nach Hause kam, war Amanda verärgert. Das war sie oft, wenn sie von ihrer Mum heimkehrte, und meistens ärgerte sie sich über mich – vielmehr über ihre Idee von mir, über den Mann, den sie sich längst viel perfekter erzogen haben wollte, den Mann, der ihrer Mutter solche Rätsel aufgab, einer freundlichen Frau, die den Gatten ihrer einzigen Tochter liebend gern in ihr Herz geschlossen hätte. Amanda war und ist zweifellos noch heute eine hübsche, aufgeweckte, sensible, fleißige Frau, eine Frau *zum Pferdestehlen*. Würde sie eine Anzeige in der «Lonely Hearts»-Rubrik aufsetzen, bekäme sie jede Menge Angebote. Sie traf sich gern mit Freunden, wusste gutes Essen und edle Weine zu schätzen und hielt sich, auch wenn sie nicht viel las, über Aktuelles in Politik und Kultur auf dem Laufenden. Sie hatte einen besseren Mann verdient. «Musst du unbedingt so ein Durcheinander anrichten?», fragte sie, als sie hereinkam. Die Worte kamen über ihre Lippen, noch ehe sie Zeit gehabt hatte, das Chaos richtig wahrzunehmen, weshalb ich mich fragte, ob sie ihre ersten Sätze vorbereitete und den Eröffnungszug in dem Wissen, was sie erwartete, entsprechend plante.

Ich blickte auf und lächelte. «Nö.» Dann riss ich eine Seite aus dem *Telegraph*, die ich später vielleicht noch lesen wollte. «Das mache ich mit voller Absicht.»

«Was für ein Tohuwabohu», murmelte sie und ging zielstrebig zum Wasserkessel. «Ich brauche jetzt unbedingt einen Kaffee!» Wenn Amanda einen anstrengenden Tag oder Streit mit ihrer Mutter gehabt hatte, sagte sie immer, dass sie unbedingt einen Kaffee brauche. Es war wie eine Formel, da sie exakt die gleichen Worte benutzte, als wollte sie Mitleid erregen, Besorgnis oder Interesse.

Ich ging nicht darauf ein. «Ich liebe so ein Tohuwabohu», sagte ich. «Außerdem kommt Mrs. K am Montag.»

«Ich könnte schwören», sagte Amanda, «dass du dieses Durcheinander bloß veranstaltest, damit die arme Kuh mehr zu tun hat.»

«Und was wäre schlimm daran?»

«Was soll das heißen: *Was wäre schlimm daran*? Ist doch offensichtlich, was schlimm daran wäre.» Ich mochte es, wenn sie mich nachäffte. Es gehörte zu dem wenigen, was mir an ihr noch gefiel.

«Mrs. K putzt», sagte ich. «Das ist ihr Job. Sie putzt.»

«Meinst du nicht, dass sie zu Hause schon genug putzen muss? Da brauchst du ihr hier nicht auch noch Arbeit zu machen.»

Ich schüttelte den Kopf. Seufzte. «Du verstehst sie nicht. Stimmt's?» Ich wartete auf eine Antwort, rechnete aber nicht damit. Amanda war sich für ein solches Geplänkel viel zu schade. Genau genommen war sie sich viel zu fein, um mit mir verheiratet zu sein. Mit Mrs. K hatte sie sich abgefunden – wenn auch nicht ohne Mühe –, doch interessierte sie sich nicht im Geringsten dafür, was in ihrem Herzen oder Kopf vorging. «Sie *kann* zu Hause nicht putzen», sagte ich. «Es wäre sinnlos, zu Hause zu putzen. Würde sie zu Hause putzen, herrschte fünf Minuten später wieder Chaos. Hier bekommt sie wenigstens Ergebnisse zu sehen.» Einen Moment sinnierte ich über das Gesagte nach. Ich hatte mich vorher noch nie damit befasst – dabei war es so offensichtlich –, aber jetzt, wo ich daran dachte, ging mir auf, dass ich Mrs. K tatsächlich mehr zu tun gab, dass ich umherging und kleine Chaosinseln schuf, damit sie sich darum kümmern konnte, und ich vermutete, der wahre Grund dafür war der, dass sie ein Ergebnis ihrer Arbeit sehen konnte. Oder dass ich ein Ergebnis sehen konnte? «Wenn ich es mir recht überlege», sagte ich.

Amanda hörte nicht zu. Sie hatte sich ihren Kaffee gemacht, verließ die Küche und ging ins Wohnzimmer, um sich im Fernsehen über Politik und Kultur zu informieren. Arbeit, Mum, Glotze. Mum, Kaffee, Arbeit. Glotze, Glotze, Glotze. Mir war das egal. Ich dachte über Mrs. K nach. Ursprünglich hatte ich sie eingestellt, weil sie mit jenen Familienclans von Coldhaven liiert war, die meinen Eltern das Leben in der Cockburn Street so schwer gemacht hatten. Jetzt wurde ihr selber das Leben schwer gemacht, was aber schon am Tag ihrer

Hochzeit mit Alec vorherzusehen gewesen war. Ich schätze, mir bereitete es eine Art perverses Vergnügen, sie als Putzfrau zu engagieren – obwohl ich persönlich gar nichts gegen sie hatte. Sie war eine anständige Frau, die in ihrem Leben einen fatalen Fehler begangen hatte und folglich, wie in dieser Gegend üblich, entschlossen schien, die nächsten Jahrzehnte dafür zu büßen. Amanda duldete Mrs. K nur, ich aber genoss es, sie um mich zu wissen und zu sehen, wie sie sauber machte, Ordnung wiederherstellte. Ihr gefiel die Arbeit, und mir gefiel es, sie ihre Arbeit tun zu lassen. Manchmal vermutete ich fast, dass ich sie nicht bloß gern um mich hatte, weil ihr von den Kings, den Gillespies und anderen Familien dieses Schlags ebenso übel mitgespielt worden war wie meinen Eltern, sondern weil ihr der zusätzliche Makel anhaftete, eine Ortsansässige zu sein. Geboren wurde sie am westlichen Ende von Coldhaven, ebendort, wo vor langer Zeit der Teufel aus dem Meer aufgetaucht sein soll; heute wohnt sie in der Cockburn Street gegenüber dem alten Haus meiner Eltern, umringt von Kindern und den restlichen Mitgliedern des zahllosen King-Clans, von Menschen, so verschlagen und verschwiegen wie Tiere auf dem Feld. Wenn ich mir ihr Leben vorzustellen versuchte, das Leben, das sie führte, wenn sie nicht hinter mir aufräumte, sah ich die Hölle vor Augen: der beleibte Alec mit seiner Zeitung im Sessel, wie er sich die trockenen kleinen Schweinslippen leckte und vor sich hin brummelte; der Hund, der sich, verrenkt wie eine Schlangenkreatur, vor dem Kaminimitat die Klöten leckte; die Kleinen, die vor dem Fernseher hockten, dreckig und mit Spaghetti behangen wie japanische Spielshowteilnehmer.

Vielleicht war ich unfair, doch wenn schon; ich wusste immerhin, dass Mrs. K nicht zu den Kings passte. Auf den ersten

Blick wirkte sie unauffällig: eine rundliche Frau um die vierzig mit überraschend sanfter Haut und farblich unbestimmtem Haar. Doch nachdem ich sie einige Wochen aus der Nähe gesehen hatte, entdeckte ich an ihr etwas Bemerkenswertes, war sie doch dem Gesicht nach und der Art, sich zu bewegen, ein Ebenbild von Ingrid Bergman, auch wenn jede Spur von Bergmans Schönheit fehlte. Es war wirklich erstaunlich und nicht immer leicht zu erkennen, doch dann und wann, wenn ich mich nach dieser Frau umdrehte, mit der ich ganze Nachmittage verbrachte, konnte ich den schattenhaften Geist des großen Filmstars über ihre Züge huschen sehen. Gespenstisch. Ich bekam gar nicht genug davon. Trotzdem habe ich Mrs. K vor allem deshalb eingestellt, damit sie mich mit Klatsch versorgt. Sie war mein einziger Kontakt zur Stadt, ein menschlicher Draht zu Scham und Schande des Coldhavener Lebens.

Ich wohne in Whitland House draußen auf der Landzunge. Ein einsamer Flecken, möchte ich meinen: Kommt man mit dem Auto und nimmt die Landstraße, umfährt Seahouses, vorbei an Sandhaven, dann Coldhaven, erreicht man eine auffällige Ansammlung von Telegrafenmasten, nichts weiter, nur noch der Himmel, der ansteigende Hügel und gelegentlich riesige Vogelschwärme, die sich sammeln und in der Luft wenden und umschwenken, als wären sie ein einziges Wesen. Gelangt man zur Abzweigung nach Whitland – Einwohnerzahl heute: 1 –, ist da nichts; man fährt ein kurzes Stück und sieht nur das kalte, graue Wasser des Firth. Weiter kann man auf dem Festland nicht in Richtung Osten fahren, dahinter gibt es nur noch Schafe und Bussarde und drüben, am Ende der Landzunge, die großen Kolonien der Meer- und Watvögel, die mein Vater während seiner letzten Jahre immer wieder fotografiert hat. Man könnte also behaupten, dass dieses Haus abgeschieden liegt – und doch ist es nicht weit bis Coldhaven, wenn man zu Fuß geht. Im Haus glaubt man, hoch oben zu sein, vor allem im oberen Stock, doch braucht man dem kleinen Pfad jenseits der Seitenpforte nur wenige Minuten zu folgen, um zur Shore Road zu kommen, und von dort aus sind es nur noch einige Schritte bis zu den ersten Häusern in der Toll Wynd. Dennoch wirkt das Haus in diesem Zeitalter des Autos angenehm abgelegen; es ist von keiner Stelle der Stadt aus zu sehen, übrigens auch nicht von der Straße, weshalb der Eindruck entstehen könnte, ich lebte ziemlich abgeschnitten. Ein Einsiedler. Ein Eremit.

Mein Vater hat dieses Haus ausgesucht. Er wollte allein sein, wollte sich auf seine Arbeit konzentrieren. Er war an einem Punkt in seinem Leben angelangt, an dem er für sich sein musste; er hatte dafür einen Satz parat, ein Zitat aus einem Gedicht, das er einmal gelesen hatte: «Allein sein, von allem getrennt sein, heißt, wieder vereint sein.» Unser erstes Haus hatte er auch schon ausgesucht, das in der Cockburn Street; er wollte aber immer noch weiter draußen leben, fort von den Menschen, näher bei den Vögeln. Er liebte die Vögel, deshalb war er hergekommen; er liebte sie mehr als alles sonst auf der Welt. Sie waren für ihn nicht wie andere Lebewesen, eher schienen sie ihm Verkörperungen des eigenen Geistes zu sein, seiner ureigenen Weise, sich in der Welt zu befinden. Jeden Tag wollte er mit Fernglas und Kameratasche hinaus und stundenlang auf den Felsen sitzen, dabei war er gar kein Vogelkundler im eigentlichen Sinne; er war kein Mensch, der die an diesen Küsten lebenden Möwen, Kormorane und Watvögel beobachtete, er gehörte zu ihnen, war einer von ihnen, einer von ihrer Art, zumindest in Gedanken oder doch der Seele nach. Er wollte mich immer überreden, ihn zu begleiten, und heute tut es mir leid, dass ich es nie getan habe. Ich war ein Kind, und ich fürchtete mich davor, für einen Vogelkundler gehalten zu werden, fürchtete vermutlich, mich selbst für einen zu halten, denn Vogelbeobachtung war als Hobby ebenso verpönt, wenn nicht verpönter, wie Briefmarken- oder Zugnummernsammeln. Bildchen von Fußballspielern oder Fernsehstars, die man mit Kaugummipäckchen kaufte, wie es sie früher am Kiosk gab, die waren in Ordnung, und eigentlich war es auch fast verzeihlich, Briefmarkensammeln zu seinen Hobbys zu zählen, weil man immer behaupten konnte, die Marken seien wertvoll, und man mache es nur des Geldes wegen, aber fürs Vogelbeobachten gab es keine Entschuldigung. Nicht für einen Jungen.

Mein Vater hat das Haus in der Cockburn Street ausgesucht, und später dann hat er sich für dieses alleinstehende, georgianische Landhaus hier draußen auf der Landzunge entschieden. Meine Mutter dürfte anfangs mit seiner Wahl einverstanden gewesen sein, doch als wir nach einigen Jahren immer noch in Coldhaven wohnten, wäre sie wohl lieber wieder nach London zurückgezogen. Nach London, vielleicht auch nach Paris, denn sie hatte jahrelang in Paris gelebt, bevor sie meinen Vater traf: In Paris, wohin ihn ein Auftrag führte, lernten sie sich kennen, kurz bevor er es endgültig aufgab, für Zeitschriften zu arbeiten, und damit begann, jene kargen, fast schroffen Landschaftsfotos zu machen, für die er heute beinahe berühmt ist. Ich glaube, als sie sich zum ersten Mal trafen, war er schon auf dem Weg dorthin: Er hatte die Fahrt nach Paris genutzt, um einige Zeit allein im Westen Frankreichs zu verbringen, wo er in La Brière und ähnlichen Gegenden eine Serie von Marschlandaufnahmen gemacht hatte, Bilder, die er später zu seinem ersten Buch zusammenfassen sollte. Er begegnete meiner Mutter auf einer

Party, und die Familiensage berichtet, dass es sich um Liebe auf den ersten Blick handelte. Meine Mutter war mit kaum zwanzig Jahren aus Massachusetts nach Paris gekommen, um Kunst zu studieren und von dem Treuhandvermögen zu leben, das ihre Großmutter für sie verwaltete: eine junge, finanziell unabhängige Frau, die hart daran arbeitete, keine amateurhafte l'art-pour-l'art-Malerin zu werden, womit sie sich ohne Weiteres hätte zufriedengeben können, sondern die eine Künstlerin sein wollte, die sich ihr Auskommen verdiente, jemand, der Aufträge übernahm, für Zeitschriften arbeitete oder auf Ausstellungen Bilder verkaufte. Sie mochte nicht zu den *typischen* Amerikanern gehören, wie sie in Cafés herumhockten, nichts als Geld und Geschwätz im Sinn, über ihre Landsleute herzogen und sich über die spießbürgerlichen Menschen daheim beklagten. Sie wollte arbeiten, wollte eine professionelle Künstlerin sein. Ihr Französisch war perfekt, nur die leise Andeutung eines Akzents, und zu ihrem Freundeskreis gehörten vor allem Franzosen, Leute, die sie aus Galerien und durch ihre Arbeit für Zeitschriften kannte. Sie muss also glücklich in Paris gewesen sein, unabhängig, muss in ihrer Arbeit aufgegangen sein: ein freier Geist mit genügend Geld, um ein Leben nach Wunsch zu führen. Dann traf sie meinen Vater, und vom ersten Moment an wusste sie, dass er ihr Mann werden würde – was vielleicht nur heißen soll, dass er eine dunklere, mehr oder weniger unbewusste Funktion in ihrem Leben erfüllte, etwas, das mit Geschichte, Konditionierung und Verlangen zu tun hatte. Wie ein Virus ist eine Familie eine sich selbst erhaltende Lebensform. Niemand entkommt ihr. Meine Mutter war glücklich allein in Paris, doch in all dem Glück vermisste sie etwas, was ihr nur mein Vater geben konnte, die Schatten an der Wand, die sie seit dem Tag ihrer Geburt für die wahre

Wirklichkeit hielt. Mein Vater dagegen, ein Einzelgänger von Natur aus, verliebte sich in das Ideal einer Weiblichkeit, wie er es von Kindheit an in seiner Seele gehegt und gepflegt hatte, und kaum bot sich ihm die Gelegenheit dieser Liebe, musste er ihr dauerhafte Form geben. Mit anderen Worten: Sie erlebten eine Romanze. Keine wahre Geschichte, sondern eine Romanze. Ich fürchte, ich könnte Ähnliches auch von mir behaupten, immerhin habe ich Amanda vermutlich aus ähnlichen Gründen geheiratet. So muss es gewesen sein. Ich glaube, ein Teil in mir wollte sie sogar wegen ihres Namens heiraten, da ich nie zuvor jemanden getroffen hatte, der Amanda hieß, und das machte sie zu etwas Besonderem, zu etwas, das einiger Mühe wert zu sein schien. Wenn es keine Liebe war, dann immerhin ein Gefühl, das dem sehr nahe kam.

Es war also das Haus und meine Einsamkeit, die Distanz zu Coldhaven, die mich anfänglich veranlasste, Mrs. K als Putzfrau einzustellen, denn wie so viele innere Exilanten war Mrs. K eine Expertin in Sachen Klatsch, und es dauerte nicht lang, da wurde sie meine wichtigste Informationsquelle. Das Besondere an ihr war, dass sie kein Wort verriet, ehe sie nicht alle Fakten beisammenhatte. Wie Miss Marple in den Geschichten von Agatha Christie wartete sie, bis sie alles wusste, und dann erzählte sie ausführlich und mit allen subtilen, ironischen Details. Allerdings sollte sie nie verraten, wie sie erfuhr, was sie wusste, doch was sie sagte, hatte stets Hand und Fuß. Sie war es, die mir von missbrauchten Kindern erzählte, von verprügelten Frauen und die den wahren Grund für den Selbstmord von Janet Carruth auf der Ceres Farm kannte. Sie war es, die wusste, wer mit wem eine Affäre hatte, wer von seinem Bruder um Geld betrogen worden war, wer wegen Depressionen behandelt wurde, obwohl man angeblich einen kranken Verwandten besuchte – und sie war es auch, die schließlich alle Leerstellen im Fall der Birnie-Morde füllte. Ich glaube, sie wusste über jeden in Coldhaven, was es zu wissen gab. Mich ausgenommen, natürlich. Soweit mir bekannt war, dürfte ich der einzige Mensch in ihrem Bekanntenkreis sein, dessen Geheimnis ungelüftet geblieben war. Gewiss mochte sie längst ahnen, dass ich beim Tod von Moiras Bruder eine Rolle gespielt hatte, aber ich kann nicht glauben, dass sie wirklich Bescheid wusste und mir gegenüber, während nach und nach der Fall Birnie aufgerollt wurde, dennoch so verschwörerisch tat. Das soll nicht heißen, ich nähme an, sie hätte Mitleid für Malcolm Kennedy empfunden oder mir Vorwürfe wegen meiner Handlungsweise gemacht, aber bestimmt wäre sie aufgeregter und zugleich ein wenig distanzierter gewesen, hätte sie auch nur vermutet, dass vor zwanzig Jahren etwas Ungehöriges vorgefallen war.

Dabei hatte ich kaum etwas dagegen, Mrs. K die Geschichte zu erzählen, vielleicht nur, um zu sehen, wie sie darauf reagierte, aber es war keine jener Geschichten, die sich so ohne Weiteres erzählen lassen. Meine erste Begegnung mit Malcolm Kennedy zum Beispiel war eine deprimierend vorhersehbare Angelegenheit gewesen. Ich befand mich gerade auf dem Heimweg von der Schule, damals, an einem klammen, noch winterlichen Nachmittag kurz nach den Osterferien. Die Schule gefiel mir nicht, ganz wie ich es erwartet hatte, aber ich hasste sie auch nicht mehr so, wie ich sie zu Beginn gehasst hatte. Nach einiger Zeit sind wohl die meisten Kinder vom Unterricht wie betäubt – weshalb die Schule eine ausgezeichnete Vorbereitung auf das Arbeitsleben ist; sie schlafwandeln durch die Jahre und lernen Tabellen und einige zusammenhanglose Grammatikregeln auswendig. Sie spielen Spiele, essen und streiten sich mit Menschen, die sie weder mögen noch verabscheuen, Menschen, die auf der Stelle tot umfallen könnten, ohne allzu viel Staub aufzuwirbeln – und dann gehen sie nach Hause, um Buchstabieren zu üben und Gleichungen in kleine Hefte einzutragen, in denen lauter belanglose Kommentare in roter Tinte stehen. Das bedeutete die Schule für mich. Ich ging ungern hin, aber nicht so ungern, dass ich etwas dagegen unternommen hätte. Selbst als Malcolm Kennedy mich zu seinem speziellen Freund erklärte, kam mir nicht der Gedanke, einfach zu Hause zu bleiben. Kinder gingen nun mal zur Schule. Erwachsene machten Fotos und schrieben Artikel, sie malten, sie hackten Fleisch und fingen Fische, und sie unterrichteten Mathematik und Religion. Kinder gingen zur Schule, damit sie eines Tages tun konnten, was die Erwachsenen taten.

Ich ging immer allein zur Schule und zurück. Ich hatte keinen besten Freund, hatte eigentlich überhaupt keine Freunde, und seit wir nach Whitland gezogen waren, gab es auch keine Nachbarkinder, denen man unterwegs hätte zufällig begegnen können. Bei nassem Wetter genoss ich den Weg, denn dann fiel es niemandem auf, dass ich allein ging. Blieb es dagegen trocken, musterten mich die Leute, wenn ich an ihnen vorbeieilte, versuchten sich zu erinnern, wer ich war, und bedachten mich mit einem halbherzigen kurzen Stirnrunzeln oder einem wissenden Lächeln, sobald es ihnen einfiel. An jenem Tag war es kalt und klamm, aber es regnete nicht, weshalb ich schneller als gewöhnlich lief. Wenn es regnete, trödelte ich gern; mir gefiel es, wie sich mein Burberry anfühlte, wenn er sich mit Wasser vollsog; mir gefiel es, Regentropfen das Haar hinab- und über das Gesicht rinnen zu spüren. Hätte es an jenem Tag geregnet, hätte Malcolm Kennedy mich vielleicht nicht bemerkt, und ich hätte niemanden umbringen müssen.

Er war mehrere Schritte hinter mir, als er «He!» rief. «Ich

kenne dich.» Mir war fast sofort klar, dass er mich meinte, aber ich versuchte es mit dem üblichen Trick und schaute in die andere Richtung, tat, als hätte ich ihn nicht gehört. «He, du da», rief er erneut, lauter diesmal, obwohl er schon fast neben mir ging. Ich schaute ihn an. Er war ein großer, knochig aussehender Junge, eine Anhäufung seltsamer Schwellungen und Beulen in einer Schuluniform. Als wäre sein Skelett zu groß für ihn, oder als hätte er einige Knochen zu viel, hier einen zusätzlichen Ellbogen, dort ein extra Schulterblatt, die im knappen Hautsack um den nötigen Platz rangelten. «Ich kenne dich», wiederholte er. «Du bist Michael Gardiner.»

Das war wirklich clever von ihm. Seit sechs oder sieben Jahren gingen wir in dieselbe Schule, und er hatte tatsächlich herausgefunden, wie ich hieß. Ich wollte ihm schon eine entsprechende Antwort geben, biss mir dann aber auf die Zunge und nickte bloß.

«Du bist in der Klasse von Miss Beansmeans», setzte er hinzu. «Miss Beansmeans» war ein Spitzname, den einige Kinder Mrs. Heinz angehängt hatten, einer mit einem deutschen Lehrer von einer anderen Schule verheirateten Schottin. Wieder nickte ich.

«Was ist los?», fragte er und grinste gemein. «Hast du deine Zunge verschluckt?» *Hast du deine Zunge verschluckt* war eine beliebte Frage von Mr. Connor, *seinem* Klassenlehrer. Niemand hatte Mr. Connor einen Spitznamen gegeben, dem Mann, der zum Riemen griff, wenn sich jemand im Unterricht einer Lehrerin danebenbenommen hatte. Frauen durften nicht mit dem Riemen schlagen, eine Regel, die die ehemalige Profisportlerin Miss Heinz zutiefst bedauerte.

Ich wusste nicht, was ich sagen sollte, also nickte ich noch einmal. Das war ein Fehler, und ich bemerkte meinen Patzer sofort, doch wirkte Malcolm nicht im Geringsten verärgert. Sein Grinsen wurde eher noch breiter, wuchs über ein Lächeln hinaus, über jeden Gesichtsausdruck, den ich an Menschen bislang gesehen hatte. Die Zähne wirkten groß und knochig; wenn er grinste, erinnerte er mich an einen Schimpansen. Zu spät sagte ich schließlich: «Ja.»

Er lachte. «Ja?», fragte er.

Ich nickte.

«Ja was?»

Ich wollte gehen. Er konnte es in meinen Augen sehen. Ich wollte nach Hause laufen und mich in dem kleinen Zimmer neben dem Treppenabsatz bei meinen Büchern, Schallplatten und Modellflugzeugen verstecken. Wenn ich mit meinen Eltern spazieren ging, trafen wir manchmal auf einen streunenden Hund, ein großes, ungepflegtes Tier, halb Schäferhund, halb irgendwas, das auf der Landzunge zwischen Dünen und Feldern frei herumzulaufen schien. Meine Mutter und ich hatten Angst vor diesem Hund. Wenn wir ihn sahen, nahm sie mich am Arm, als wollte sie mich beschützen – und vielleicht meinte sie es sogar ernst. Die Taktik meines Vaters bestand natürlich darin, das Biest zu ignorieren. «Hab keine Angst», sagte er. «Tiere können Angst riechen, aber der Hund tut dir nichts, wenn du ihn nicht provozierst.» Ich habe mich immer gewundert, wie man sich dafür entscheiden kann, einfach keine Angst zu haben, bin aber nie dazu gekommen, ihn danach zu fragen. In diesem Moment wusste ich immerhin, dass ich *keine Angst* vor Malcolm Kennedy haben sollte – aber ich wusste nicht, wie man das machte. Ich wusste nur, dass er Tier genug war, meine Angst riechen zu können. Suchend blickte ich mich um und hoffte auf das Einschreiten eines neutralen Erwachsenen. Es war niemand da.

«Ich mag dich», sagte Malcolm. «Du bist klug.» Er musterte meine Augen, grinste immer noch. «Du bist ein Original», sagte er. «Ich glaube, wir werden ganz *spezielle* Freunde.»

Dann schlug er mich. Nicht ins Gesicht, womit ich gerechnet hatte, sondern auf den Arm, ein seitlicher, kurzer Hieb, der den Knochen zwischen Ellbogen und Schulter traf, dort, wo es am stärksten wehtut. Ich gab keinen Mucks von mir. Ich hätte zurückschlagen oder fortlaufen können, aber auf eine solche Situation hatte mich das Leben nicht vorbereitet, also blieb ich bloß stehen. Ich glaube, ich wartete darauf, dass jemand kam und mich rettete.

Malcolm grinste. «Bis später dann», sagte er. Einen Moment lang stand er da und schaute mich an, als erwarte er eine Antwort, doch da ich nichts sagte, zog ein Schatten über sein Gesicht, und er schlug noch einmal zu: Nur ein leichter Knuff, ein freundlicher Klaps. «Okay», sagte er, «see you later, alligator.» Das war aus einem Buch oder einem Comic. Vielleicht auch aus einem Film, der im Fernsehen gelaufen war. Er ging, die Hände in den Taschen und ohne sich noch einmal umzudrehen, aber ich dachte bloß: *Das hast du aus einem Comic, du Schwachkopf. Du kannst dir nicht mal deine eigenen Sprüche ausdenken.* Es war schon fast komisch. «See you later, alligator.» Wer sagt denn so etwas? Einen Moment lang tat er mir fast leid. Dann lief ich zum kleinen Zimmer neben dem Treppenabsatz, um mich davon zu überzeugen, dass meine Kriminal- und Abenteuergeschichten noch komplett waren.

Ich bekam die vollständige Version der Birnie-Morde erst ein oder zwei Wochen später zu hören. Mrs. K machte sich ans Werk, redete, hörte zu, füllte Stück um Stück die Lücken im Puzzle und behielt ihre Ansichten für sich, bis sie das Bild vollständig zusammengesetzt hatte. Kaum war sie so weit, machte sie mir eine Tasse Tee, stellte einen Teller mit Keksen bereit und rief mich in die Küche. Ich kam mir vor wie eine Gestalt aus einem Roman von Dorothy L. Sayers, genoss es aber, an einem verregneten Nachmittag am Tisch zu sitzen und zuzuhören, während der rundliche Geist von Ingrid Bergman mir alles über Leben und Tod meiner früheren Geliebten erzählte.

Es schien tatsächlich drei Kinder gegeben zu haben, Malcolm und Jimmie, die beiden Jungen, sowie eine ältere Tochter namens Hazel. Laut Zeitungsberichten war Hazel vierzehn, was bedeutete, dass sie unehelich geboren worden war; allerdings hielt man Tom Birnie allgemein für den Vater, da Moira damals mit ihm ging und ihn kurz danach auch geheiratet hatte. Moira kannte Birnie seit der Schule, und sie blieben in Kontakt, auch wenn sie stets eine ziemlich wilde Beziehung geführt hatten. Als die beiden dann zu jedermanns Überraschung doch noch heirateten, hörten die Probleme nicht auf. «Wieso sie trotz Saufereien und Prügeleien zusammenblieben, war allen ein Rätsel», sagte Mrs. K. «Übrigens lag die Schuld keineswegs nur bei ihm. Wenn Moira wütend war, konnte sie ebenso gut austeilen wie einstecken.» Mrs. K warf mir einen verstohlenen, kurzen Blick zu. «Aber da sag ich Ihnen sicher nichts Neues, oder?»

«Wie bitte?»

Verschämt blickte sie zur Seite. «Nun, Sie sind doch früher mal mit Moira gegangen», sagte sie. «Das weiß doch jeder.»

Ich weiß nicht genau, warum mich das überraschte. Sie hatte ihre Hausaufgaben gemacht, gründlich wie immer, und wenn Mrs. K erst einmal eine Spur aufgenommen hatte, konnte sie ziemlich verbissen sein. Das gehörte zu den Risiken, die ich auf mich genommen hatte, als ich sie einstellte. Irgendwann wäre sie allerdings auch von selbst darauf gekommen: Die Geschichte war einfach zu gut. «Das ist lange her», sagte ich. «Und seither ist viel Wasser unter der Brücke durchgeflossen. Außerdem war Moira noch ein Kind, als ich sie kannte.»

Mrs. K nickte. Vielleicht wusste sie es besser, aber das sollte, zumindest vorläufig, ihr Geheimnis bleiben. «Sie war damals eine knochige kleine Göre», sagte sie. «Und ich habe nie ganz verstanden, wie sie sich mit Tom Birnie und dessen Clique einlassen konnte.» Sie schaute mich so bekümmert an, als erzählte sie von sich und nicht von Moira. «Egal, man weiß ja nie, wie die Dinge letztlich ausgehen. Die Schrift erscheint an der Wand, deutlich lesbar, doch wir eilen blindlings weiter.» Mrs. K nahm einen Schluck Tee. «Jedenfalls war Moira schon lange vor diesem Vorfall nicht mehr ganz sie selbst.»

Ich fragte mich, ob sie um meinetwillen das Wort «Morde» vermied, das doch in allen Zeitungen stand. Der Gedanke, sie könnte glauben, ich empfände nach all der Zeit noch etwas für Moira, rührte mich. «Wieso?», wollte ich wissen.

Mrs. K spitzte die Lippen. «Sie trank viel», sagte sie, «und fing an auszugehen und die Jungen allein daheim zu lassen. Wenn Tom abends nach Hause kam, sah er, wie Hazel aufräumte und den Jungen das Abendbrot machte, statt sich um ihre Schularbeiten zu kümmern. Nicht dass ihm viel daran gelegen wäre. Ich glaube, er liebte seine Jungen auf seine ihm eigene Weise, behandelte Hazel aber ebenso schlecht wie Moira. Trotzdem wollte er nicht, dass Moira sich ständig irgendwo herumtrieb und Southern Comfort trank, wenn er zu Abend essen wollte.» Sie griff nach einem Keks. «Dann, etwa zwei Wochen bevor es geschah, setzte Moira sich in den Kopf, Tom sei der Teufel. Sie erzählte Maggie Croft, ihr Mann sei böse, und ihre Söhne seien des Teufels Bälger. Sie wollte nichts mehr mit ihnen zu tun haben. Maggie fand, es sei ihr todernst gewesen, und sie hatte sogar daran gedacht, zur Polizei zu gehen. Aber dann ist sie doch nicht hin.» Mrs. K schwieg, um ein Stück Keks abzubrechen und in den Tee zu tunken. «Man sagt, sie hätte versucht, Tom zu töten, bevor es so weit kam», setzte sie plötzlich hinzu.

«Wer? Maggie Croft?»

Mrs. K grinste glücklich. «Nein, nein», sagte sie beinahe kichernd. «Moira. Sie ging mit dem Messer auf ihn los. Natürlich waren sie beide betrunken.» Betrübt schüttelte sie den Kopf. Dass ihr Mann Alkoholiker war, wusste ich, aber sie hatte das Zeug nie angerührt. Weiß Gott, welches Leid der Alkohol über sie brachte. «Das war nur zwei Tage vorher. Den Rest kennen Sie mehr oder weniger. Sie stand an jenem Morgen auf, und aus irgendeinem Grund war Tom nicht zu Hause. Sie sagte Hazel, sie würde sie zur Schule bringen, fuhr sie dann zu einem Feldrand abseits der Straße nach Balcormo und setzte sie dort aus. Sie gab ihrer Tochter Geld sowie einen Beutel mit Kleidern und sagte, sie solle laufen. Hazel wollte im Wagen bleiben, aber Moira stieß sie hinaus und fuhr weg.»

«Die Straße nach Balcormo?», fragte ich.

«Ganz recht. Wieso?»

Ich schüttelte den Kopf. Ich kannte die Straße, die sie meinte. Das war keineswegs «einsames Feld», wie die Zeitungen berichtet hatten, sondern eine etwas landwärts gelegene Landstraße, eine schmale, fast schnurgerade Strecke, die von der Küstenstraße abzweigte und querfeldein nach Balcormo führte, ehe sie dann Gott weiß wohin mäanderte. Sie war kaum befahren, höchstens von dem ein oder anderen Landarbeiter, der mit einer Ladung Stroh vorbeikam oder in der Stille des

Morgens Anhänger voller Mist hin und her fuhr. Ein seltsamer Ort, um ein Kind mit nichts als einer Handvoll Geldscheine und Kleidern zum Wechseln auszusetzen, doch glaubte ich zu wissen, warum sich Moira für diese Stelle entschieden hatte. An einem Sandweg, der nirgendwohin führte, kaum hundert Schritte von dieser Straße entfernt, stand neben einem verlassenen Gehöft der Kalkschuppen, in dem ihr Bruder gestorben war. «Ich kenne die Gegend», sagte ich. «Da habe ich oft als Kind gespielt.»

Mrs. K warf mir einen seltsamen Blick zu, und ich fragte mich, wie viel sie über Malcolm Kennedys Unfall wusste oder was sie vermutete. Zeit, entschied ich, unser Gespräch voranzutreiben. «Also hat sie die beiden Jungen umgebracht, Hazel aber an der Straße rausgelassen», sagte ich. «Was glauben Sie, warum sie das getan hat?»

Mrs. K zuckte bei dem Wort «umgebracht» zusammen, schaute mich dann aber mit ihrem Ingrid-Bergman-Blick an. «Also, ich finde, das ist offensichtlich», sagte sie mit grimmiger Miene. «Die beiden Jungen waren Toms Kinder, folglich war Hazels Vater vermutlich ein anderer Mann – was für die arme Moira bedeutet hätte, dass Hazel nicht so böse wie ihre Brüder war.» Traurig wackelte sie mit dem Kopf. «Man stelle sich das nur vor», sagte sie, «zwei kleine Jungen, kleine Racker, die noch nicht mal zur Schule gingen. Wie kann man bloß glauben, dass so kleine Jungen böse sind?»

Ich schüttelte den Kopf. «Des Menschen Geist ist ein seltsam Ding», antwortete ich. Was hätte ich sonst sagen sollen?

«Wie wahr, wie wahr», sagte Mrs. K und stand auf. Wenn unser Gespräch ins allzu offensichtliche Klischee abglitt, wurde es für sie Zeit, sich um den Abwasch zu kümmern. So lautete die unausgesprochene Regel, die für unsere Klatschsitzungen galt, und ich bewunderte sie dafür, dass sie diejenige war, die nachdrücklich auf deren Einhaltung pochte, sooft ein bisschen Nachdruck nötig wurde. Daher überraschte es mich ein wenig, als sie mich später in meiner kleinen Höhle am Treppenabsatz aufsuchte, die ich halb scherzhaft «meine Bibliothek» nenne. Offenbar hatte sie noch etwas vergessen.

«Komisch ist nur», sagte sie und blieb mit einem Geschirrtuch in der Hand an der Tür stehen. Es näherte sich der Moment, in dem Amanda gewöhnlich nach Hause kam, weshalb sie ein wenig besorgt dreinschaute, denn Amanda missfielen unsere kleinen Unterhaltungen. Ich schaute Mrs. K mit einem kurzen, doch ausreichend ermutigenden Lächeln an. «Als Hazel auf der Straße nach Balcormo ausgesetzt wurde, tat sie nicht, was man von ihr erwartet hätte. Und das wäre doch gewesen, zurück nach Coldhaven zu gehen, meinen Sie nicht?»

Ich nickte. «Das hätte ich für sinnvoll gehalten», sagte ich.

«Nun, seltsam ist eben, dass sie in die andere Richtung ging», sagte sie. Wir konnten beide ein Auto die Auffahrt heraufkommen hören. «Warum ist sie also weitergelaufen», fügte Mrs. K noch hastig hinzu, «wenn sie doch ein ordentliches Zuhause hatte, zu dem sie laufen konnte?»

Das war eine interessante Frage, doch blieb mir keine Gelegenheit mehr zu einer Antwort. Ich öffnete den Mund, aber Mrs. K war bereits verschwunden und zurück in der sicheren Küche, noch ehe Amanda mit dem Einparken fertig war.

Zu jener Zeit ging ich jeden Tag bei Wind und Wetter zu Fuß in die Stadt. Ich weiß nicht genau, warum ich stets diese Richtung einschlug, da uns doch in meiner ganzen Kindheit die Wege von Coldhaven fortgeführt hatten, hinaus zu den kleinen Flussarmen und den Felsinseln am Ufer, wo die Vögel waren.

Ich mochte das Städtchen nicht sonderlich. Da unten war mir immer, als kehrte ich in eine Region endlosen Schlummers zurück: Es gab hier so viel Schlaf, riesige Lagerhallen voll davon, dunkel, schwer und traumlos. Selbst wenn es auf den Straßen lebhaft zuging, wenn Menschen hin und her eilten, einkauften, sich begegneten und im Postamt oder an der Bushaltestelle vor der alten Bibliothek auf einen Schwatz stehen blieben, fand ich es dort doch immer sehr still. Draußen auf der Landzunge herrschte ständig Bewegung, ewiger Wandel, heraklitisches Strömen. Hier draußen fühlten sich die Sterne stets näher an, nahm der Wind an meinem Alltag teil, schenkte mir die Träume, die ich träumte, und folgte mir an einem böigen Tag wie ein Hofhund ins Haus, um ein, zwei Augenblicke im Flur herumzuschnüffeln, ehe er dann in die Küche verschwand. Regen kam plötzlich und hämmerte an die Fensterläden; das Morgenlicht erreichte mich so unverhofft wie ein Telegramm. Im Hochsommer war ich draußen im Garten und musste mich aufrichten oder umdrehen, um nach dem zu schauen, was ich gerade hinter mir gespürt habe, eine Ahnung, als näherte sich jemand durch die versengten Augustfelder, jemand, der lange fort war. Natürlich war da niemand: ein Schwarm Stare, der von den Hecken jenseits der Erbsenfelder aufstieg, eine Möwe am Himmel, eine Meeresbrise.

Mein Spaziergang änderte sich nie, Tageszeit und Route blieben stets gleich. Ich folgte dem kleinen Pfad die Anhöhe hinab zur Shore Road, bog dann in die Toll Wynd und ging zur Cockburn Street und weiter durch kleine Gassen hinab zum Strand. Über die Jahre hatte sich nicht viel getan, doch für mich war der Weg voller Erinnerungen. Ich weiß noch, dass ich mich oft vor dem alten Freimaurerhaus in der John Street herumtrieb und den Tauben zusah, wie sie durch ein zertrümmertes Fenster ein- und ausflogen, um das sich jahrelang niemand kümmerte, weißer, als es für lebende Wesen möglich schien, weiß wie gestärktes Leinen oder neue Segel aus alter Zeit. Sie hausten dort oben unter den Dachsparren, und man ließ sie in Ruhe. Im Sommer kamen die Schwalben, um sich überall in der Stadt auf den Telefonleitungen zu sammeln. Und im Herbst hingen die Bäume gegenüber meiner alten Schule voll dunkler, blutroter Früchte, jedenfalls bis vor drei Jahren, als der Stadtrat beschloss, die Bäume abzuholzen, um den Parkplatz zu vergrößern. Die entscheidenden Erinnerungen aber drehten sich um meine Eltern und um die ungeheure Geduld von Malcolm Kennedy.

Schikane braucht ihre Zeit, und Malcolm ließ sich mit mir Zeit, das muss ich ihm lassen. Welche Energie es ihn allein gekostet hatte, immer genau zu wissen, wo ich mich aufhielt und wann ich allein war, damit er mir seine kleinen Fallen stellen konnte, ohne erwischt zu werden. Dabei wirkte er stets wie ein stiller, lächelnder, beinahe freundlicher Junge. Er spürte mich auf und sorgte dafür, dass ich ihm die Münzen gab, die man mir für einen kleinen Snack mitgegeben hatte, für die Pausenstulle. Er kam mir entgegen, die fordernden Finger ausgestreckt, und ich drückte ihm einfach das Geld in die Hand. Das musste schnell geschehen, damit man ihn nicht ertappte; hätte ich nur dreißig Sekunden gezögert, vielleicht sogar nur zehn, er hätte vorbeischlendern und so tun müssen, als würde er mich nicht kennen. Doch ich zögerte nie. Sobald ich ihn sah, hielt ich das Geld bereit, ein fest umschlossener, in der Hosentasche zusammengeklaubter Stapel warmer, schweißfeuchter Münzen. Manchmal schlug er mich. Er schlug immer auf dieselbe Stelle zwischen Schulter und Ellbogen, direkt auf den Knochen. Er war darin sehr gut, so als hätte er es geübt. Er schlug mich nicht jedes Mal, aber oft genug, damit ich nicht vergaß, wer der Boss war. Manchmal nahm er meine Milch, trank den Rahm ab und gab mir die Flasche zurück, dann wieder schlich er sich, wenn ich trank, von hinten an mich heran und schubste mich, sodass die Flasche an meine Zähne schlug oder mir der dickflüssige, gelbliche Rahm vorn über den Pullover lief. Natürlich sagte ich niemandem ein Wort. Ich ließ mir auch nie anmerken, dass er mir wehtat oder ich mich ärgerte. Ich tat nichts. Ich sagte nichts. Und wäre da nicht eine alte Frau gewesen, die mich nicht sonderlich mochte, zumindest anfangs nicht, hätte ich diese Schikanen womöglich während meiner ganzen Schulzeit über mich ergehen lassen müssen.

Lange ehe ich sie traf, wusste ich, wer sie war. Ich kannte sie schon seit Jahren, denn sie galt allgemein als ein Original. Sie hieß Mrs. Collings, und ich habe keine Ahnung, warum sie sich für mich interessierte: Sie selbst hatte keine Kinder und lebte einsam in ihrem kleinen Haus, irgendwo zwischen der Stadt und dem ersten Streifen Ackerland; vielleicht hatte sie ja tatsächlich, wie einige Kinder in der Schule meinten, nicht alle Tassen im Schrank. Doch darauf kam es nicht an, denn nicht ich hatte sie ausgesucht, sie suchte mich aus, und sich nicht aussuchen zu lassen verlangt mehr Geschick, als die meisten Kinder haben. Dennoch muss gesagt werden, dass unsere erste Begegnung nicht gerade vielversprechend verlief. Es war Hochsommer, und ich durchstreifte das Umland der Stadt, wie so oft allein. Ich hatte mich dazu mit einem der üblichen Instrumente der Kindheit bewaffnet, einem alten Einmachglas aus der Speisekammer meiner Mutter, und in einer Senke zwischen der Straße und dem Weg, der zum Strand hinabführte, hatte ich ein weitläufiges Dickicht Weidenröschen entdeckt.

An diesem Tag war ich Wissenschaftler, ein einsamer Naturge-
lehrter; und als Mrs. Collings mich fand, bahnte ich mir einen
Pfad durch die Weidenröschen, hüfthoch umdrängt von Blumen und Bienen, das Einmachglas in der Hand, den Deckel nur
locker aufgeschraubt, damit ich ihn rasch abheben konnte, um
jede Biene einzufangen, die sich auf den Blumen ausruhte. Ich
hatte schon zwanzig oder mehr gesammelt, eine dunkle Wolke
gefangener, wütender Geschöpfe, die bei jedem Anheben des
Deckels aufstieg und sich wieder senkte, um wie ein einziges,
irrsinniges Wesen in meiner rechten Hand zu summen und zu
brummen, doch wollte ich immer noch mehr – warum, weiß
ich nicht –, und ich überließ mich der Jagd, suchte Bienen in der
Hitze eines Julinachmittags, als die alte Frau kam. Ich erstarrte auf der Stelle: Ich hatte in der Schule Geschichten gehört
und wusste, man sagte ihr nach, verrückt zu sein, übellaunig
und unberechenbar. Allerdings wusste ich damals nicht, dass
sie nur noch wenige Monate vom Tod trennten, auch nicht,
dass man es ihr in der Arztpraxis in der Shore Street gerade
erst gesagt hatte, aber ich konnte mir nicht denken, warum sie
sich durch das Dickicht drängen sollte, wenn ihr mein Anblick
nicht gefiel; also machte ich einfach mit dem weiter, was ich tat,
bis sie plötzlich stocksteif stehen blieb und mich anfunkelte.
Dann fragte sie: «Wie würde es dir denn gefallen, wenn jemand
herkäme und dich in ein großes Glas einsperrte?»

Das war keine besonders originelle Frage, doch ging von
Mrs. Collings eine Intensität aus, die meine Neugier weckte – jedenfalls so weit, dass ich aufblickte. Die alte Frau war
blass, beinahe totenbleich, aber so empört wie ein wütender
Falke. Ich hatte sie bislang kaum wahrgenommen, und obwohl ich einige Male am Strand an ihr vorbeigegangen war,
hatte ich sie nie näher angesehen. Alten Leuten haftete etwas

Vages an, eine unbestimmte, wie eingebaute Distanz, die sie auf Abstand von der Welt eines Kindes hielt; ich hatte keine Großeltern und keine freundlichen alten Nachbarn, die mich betüterten, weshalb mir die Aufmerksamkeit älterer Menschen stets erspart geblieben war. Doch an jenem Nachmittag schien mir Mrs. Collings selbst über die Distanz hinweg unausweichlich. Ich sah eine silberhaarige Frau, spröde und dünn wie ein Stück Kreide, die einen mausgrauen Wollhut und trotz der Hitze einen Burberry-Mantel trug; sie war größer und längst nicht so alt, wie ich geglaubt hatte, doch wirkte sie müde und schwach und machte den Eindruck eines kranken Menschen, den es Kraft kostet, sich aufrecht zu halten. Ihr Gesicht aber war es, was mich faszinierte: ein Gesicht, aus dem alle Farbe und jede Substanz gewichen war, und das doch vor rechtschaffener Entrüstung glühte, vor Mitgefühl für die Bienen und alle hilflosen Kreaturen dieser Welt. «Und?», sagte sie. «Hast du deine Zunge verschluckt?»

Anscheinend hatte es mir tatsächlich die Sprache verschlagen, vielmehr hatte ich mit einem Mal jede Menge zu sagen, wusste aber nicht, wie ich es sagen sollte. Mir war vorher nie der Gedanke gekommen, einem Erwachsenen von Malcolm Kennedy zu erzählen, jetzt aber, beim Anblick dieser wütenden älteren Frau, die genau wie Malcolm klang, wollte ich alles hinausposaunen, die ganze Geschichte mitsamt ihren schmutzigen kleinen Details. Nur konnte ich es nicht, damals jedenfalls noch nicht. Ich hatte Angst vor ihr, ein wenig; und sie faszinierte mich, ein wenig, vor allem aber verstörte mich, dass sie mich überhaupt wahrgenommen hatte. «Ich lasse die Bienen frei», brachte ich schließlich nach einer langen Pause des Nachdenkens heraus.

«Aha.» Bekümmert schüttelte sie den Kopf, dann musterte

sie mich mit einem verkrampften, kurzen Lächeln. «Und wie willst du das anstellen?», fragte sie.

Ich starrte sie an. Ich hatte keine Ahnung, doch hatte ich vor, die Bienen freizulassen, weil ich nicht der bösartige kleine Junge war, für den sie mich hielt; ich war ein Wissenschaftler, ein unvoreingenommener Beobachter der Natur. Mir ging es um Wissen, nicht um Grausamkeit, aber wie ließ man fast fünfzig Bienen aus einem Einmachglas frei? «Ich weiß nicht.» Ich glaube, ich hoffte darauf, dass sie es mir sagen würde.

«Tja», erwiderte sie mit sanfterer Stimme. «Pass auf, dass sie dich nicht totstechen, hörst du?» Und ohne einen weiteren Blick ging sie davon.

Das war unsere erste Begegnung, und ich denke, ihrerseits gab es nichts weiter dazu zu sagen. Für mich aber war es nur ein Anfang. Natürlich versuchte ich, die ganze Sache einfach abzutun: Bloß eine neugierige alte Schachtel; was glaubte die überhaupt, wer sie war? So was in der Art. Doch ich hörte nicht auf, den Rest des Nachmittags an sie zu denken und mir aus dem wenigen, was ich über sie aufgeschnappt hatte, ein möglichst vollständiges Bild zu machen: Ihr hatte früher der Blumenladen in der Shore Street gehört, doch hatte sie ihn verkauft, um nach dem Tod ihres Mannes allein in einem alten Haus oben bei der Ceres Farm zu wohnen. Manche Leute behaupteten, sie sei reich und hätte haufenweise Geld im Haus versteckt; andere sagten, sie sei eine Hexe. Ich wusste natürlich, dass das Unsinn war, aber ich kannte auch noch eine andere Geschichte, und obwohl ich ahnte, dass sie ebenso unglaubwürdig, ebenso lächerlich war, wollte sie mir nicht mehr aus dem Kopf.

Jedermann wusste, dass es in Coldhaven eine Frau gab, die

ein Baby mit zwei Köpfen zur Welt gebracht hatte. Der eine Kopf war makellos geformt gewesen, ein recht schöner Kopf sogar, der andere hatte bloß aus einer ekeligen Masse Nasen und Ohren bestanden, die Augen winzige Nadellöcher. Natürlich starb das zweiköpfige Kind sofort, aber die Frau kam nie darüber weg. Sie blieb einige Zeit im Krankenhaus, und als man sie entließ, war sie nicht mehr als ein Gespenst, zwar mit physischer Präsenz, gewiss, doch nie ganz anwesend, immer irgendwo anders, im Land der Träume. Es heißt, einen Monat nach ihrer Entlassung habe man sie umherlaufen, einen leeren Kinderwagen am Strand entlangschieben sehen, einen Schal vor dem Gesicht, als wäre sie diejenige, die deformiert war. Ruhig trällerte sie vor sich hin, erzählte man sich, sang leise und schön in einer Sprache, die irgendwie fremdländisch klang. Unabhängig voneinander sah eine Reihe von Leuten sie so umherspazieren, und alle waren sich darin einig, dass sie die Begegnung sehr unheimlich fanden. Dann, völlig überraschend, verschwand die Frau. Manche behaupteten, sie sei fortgezogen, andere sagten, sie habe sich im Firth ertränkt, nur sei ihr Leichnam nie gefunden worden. Die ganze Geschichte schien rätselhaft, als wäre sie nichts als ein Konstrukt aus Hörensagen und Vermutungen, und unzweifelhaft blieb offenbar nur die simple Tatsache, dass diese Frau, ob tot oder lebendig, wahnsinnig oder normal, in Frank Collings verliebt gewesen und er der Vater ihres Babys war. Das mochte stimmen oder auch nicht, die einzige andere Tatsache, die man laut jenen, die damals gelebt haben, über diesen Fall sicher zu wissen meinte, war die, dass Frank Collings, dem die Baufirma gleich hinter der Cockburn Street gehört hatte, nur drei Monate nach dem Verschwinden seiner Geliebten an einer rätselhaften Krankheit starb. Kurz darauf hatte Mrs. Collings, die noch junge Witwe, den Blumenladen in der Shore Street aufgegeben und die Firma verkauft. Heute lebte sie in ihrem kleinen Haus, webte Zaubersprüche und zählte ihr Geld, eine irre alte Frau mit einem Herz aus Stein.

Erst am Donnerstagnachmittag führte Mrs. K jenen Punkt weiter aus, der für sie das letzte, verblüffende Rätsel ihrer Geschichte barg. Offenbar, erzählte sie, sei Hazel auf der Straße nördlich von Balcormo landeinwärts gelaufen, als der Streifenwagen sie fand. Das war Stunden nach dem Brand. Tom Birnie war inzwischen nach Hause gekommen und hatte, als er das Haus leer vorfand, die Polizei gerufen. Komisch sei nur, sagte Mrs. K, dass sich das Mädchen wie eine Schlafwandlerin bewegte und man eine ganze Weile brauchte, bis man vernünftige Antworten aus ihr herausbrachte. Da hatte man den ausgebrannten Wagen bereits gefunden, doch schien Hazel keine Ahnung zu haben, was geschehen war.

«Sie lief einfach weiter», sagte Mrs. K. «Als ob sie träumte.»

Dies war aus mehr als einem Grund ein ziemlich verblüffendes Detail. Zum einen, weil es für Hazel, wie Mrs. K bereits am Abend zuvor ausgeführt hatte, keinen Sinn ergab, von zu Hause fortzulaufen, vor allem angesichts der Umstände, unter denen sie kurz zuvor ausgesetzt worden war. Von dem zweiten Grund konnte Mrs. K nichts wissen – ich aber schon, denn in meiner frühen Jugend bin ich selbst ein Schlafwandler gewesen. Natürlich war es mir nie unter solch bizarren Umständen passiert, doch allein die Tatsache, dass wir beide Schlafwandler waren, schien mir in jenen Tagen, in denen ich eben erst anfing, vorübergehend den Verstand zu verlieren, von höchster Bedeutung zu sein.

Menschen, die schlafwandeln, träumen auf die übliche Weise, sie unterscheiden sich nur dadurch, dass Träumer gewöhnlich im Bett liegen bleiben und als passive Zuschauer die eigene innere Tagesschau verfolgen, während sich der Schlafwandler erhebt und auf das Geschehen reagiert, Ereignisse auslebt, die ihm real erscheinen; er gehorcht einer dunklen Abfolge von Angst und Sehnsucht, die seinem Verstand durch die Geschehnisse des Tages bereits eingebrannt sind. Der Schlafwandler geht hinaus in die Nacht und führt Handlungen aus, die kein Schlafender ausführen können sollte; dann wacht er auf und erinnert sich an nichts. Mit zwölf oder dreizehn Jahren, kurz nach unserem Umzug nach Whitland House, litt ich unter leichten Anfällen von Schlafwandeln, doch handelte es sich dabei nur um eine vorübergehende Phase, die, soweit mir meine Eltern erzählten, auch nicht besonders intensiv gewesen zu sein scheint. Eine Zeit lang fand ich die Vorstellung aufregend, nachts vielleicht aus dem Bett zu steigen und ans Meer zu laufen, ein schlafender Junge, der mit innerem Auge auf die Lichter am anderen Ende des Firthes schaut und sie ebenso klar sieht, als würde er offenen Blicks hinüberstarren. Ich habe von Menschen gehört, die im Schlaf Auto fuhren oder Maschinen bedienten, und ich malte mir aus, wie man mich mitten im Kanal in einem geborgten Ruderboot unter einem Sternenhimmel fand, immer noch schlafend, doch hinauf in die Unendlichkeit schauend. Mein Vater machte sich über mein Schlafwandeln lustig, aber das tat er nur, weil er glaubte, ich hätte ebenso Angst, wie er um mich Angst hatte. Aber ich kannte keine Angst. Jedenfalls kann ich mich nicht daran erinnern. Ich wusste, da war etwas in meinem Kopf, ein Korrekturprinzip, ein angeborenes Verlangen nach einer Art dramatischer Ordnung, das mich daran hinderte, im Schlaf zu weit zu gehen oder etwas wirklich Gefährliches zu tun. Ich wusste das, ich war mir da ganz sicher, und ich glaube, mich erleichterte der Gedanke, dass in der Nacht nichts Schlimmes passieren konnte – aber ich fand es zugleich enttäuschend, wenn meine Mutter erzählte, wie sie mich in der Küche angetroffen hatte, als ich ein Glas bis fast an den Rand mit Milch füllte, ohne einen Tropfen zu verschütten, obwohl mir offensichtlich nicht bewusst war, was ich tat. Ich fand es auch enttäuschend, im eigenen Bett aufzuwachen und nichts zu entdecken, was meine mitternächtlichen Ausflüge belegte, kein Blut, nichts Gebrochenes, kein mysteriöser Baumwollfetzen, kein Stück Seide in der geballten Faust. Besonders enttäuschend aber fand ich, dass meine nächtlichen Wanderungen mir nichts über mich verrieten, was ich nicht schon wusste. Es gab keinen versteckten Code, nichts musste entschlüsselt oder interpretiert werden, und mir war, als hätte ich keine Geheimnisse und nichts zu verbergen. Dennoch musste es einen Zusammenhang zwischen dem Schlafwandeln und den immer häufigeren, fast alltäglichen Grausamkeiten geben, die Malcolm Kennedy in ebenjener Zeit an mir verübte, denn das Schlafwandeln hörte in der Nacht, in der er starb, für immer auf. Ich wusste noch nicht einmal, dass er tot war, und doch kam ich mir an jenem Tag wie von etwas erlöst vor.

Noch während Mrs. K den Traumspaziergang beschrieb, den Hazel an jenem Tag unternommen hatte, begann eine Idee in meinem Kopf Gestalt anzunehmen. Allerdings ahnte ich selbst nicht, was sich da langsam herausschälte, damals jedenfalls noch nicht; erst im Nachhinein kann ich sagen, dass ich in jenen Minuten, in denen ich mit meiner Putzfrau schwatzte, den Verstand zu verlieren begann. Ein Samenkorn war in meine Phantasie gepflanzt und hatte schon winzige, suchende Wurzeln ausgestreckt. Moiras Tochter war eine Somnambulistin, und auch ich war ein Schlafwandler gewesen – was doch bedeuten musste, dass wir etwas gemeinsam hatten. Noch dachte ich nicht an Blutsverwandtschaft, zumindest nicht bewusst, doch alles beginnt, bevor wir den Beginn erkennen, und auch wenn es mir nicht klar war, knüpfte ich doch Beziehungen, fügte Bruchstücke zusammen, stellte Berechnungen an. Mrs. K hatte vermutlich Ähnliches getan – und vielleicht gab sie mir das Stichwort, während sie weiterredete und mich mit ihren hellen, traurigen Augen musterte, Maß nahm, mich mit ihrem Interesse, ihrem Mitgefühl ansteckte und auf eine entsprechende Reaktion wartete. Natürlich reagierte ich nicht, damals nicht. Ich hörte nur zu. Und ich hörte gern zu, wenn Mrs. K erzählte: Der Klatsch vertrieb die Zeit, schadete auch nicht und bewahrte mich in meiner Abgeschiedenheit auf seltsame Weise vor der Welt, die Mrs. K häppchenweise in mein einsames Haus brachte. Ich hatte keine Ahnung, dass sie mich mit Gedanken infizierte, die mich früher oder später zum Handeln zwingen sollten. Doch ich hätte es verstehen müssen. Ich hätte wissen müssen, dass jede Geschichte auf die ein oder andere Weise infiziert. Ich hätte ahnen müssen, dass sich Mrs. K zwar nichts Böses dabei dachte, dass sie aber trotzdem ihre eigene Vorstellung davon besaß, wie die Dinge laufen sollten, und auch wenn sie zu jener Zeit nichts davon wusste, lag es doch in ihrem Interesse – vielmehr kam es dem entgegen, wie ihrer Meinung nach die Welt zu funktionieren hatte –, dass ich langsam den Verstand verlor.

Ehe ich Malcolm Kennedy traf, glaubte ich zu wissen, was Angst war. Sie war ein Gespenst draußen im Wald oder hauste im alten Kalkschuppen, eine verschrumpelte, in klamme Binden gewickelte Mumie, die wundgeschürft und rußfleckig unter flackernden Neonröhren verweste. Vielleicht verweste sie auch nicht, vielleicht kehrte sie wie Lazarus zurück. Vielleicht wandelte sie sich: ein Mensch, der sich daranmachte, zum Vogel zu werden, ein Vogel, der anfing, Mensch zu werden, bestimmt äußerst hässlich, doch fähig, Mitleid zu erregen und in den Dachsparren ein Nest zu bauen, von seinesgleichen getrennt, bis die Verwandlung abgeschlossen war. Ich hatte zu viele Comics gelesen und zu viele Filme gesehen, deshalb konnte ich mir die Angst in solchem Gewand vorstellen, konnte mit ihr flirten, an einem Sommertag den alten Schienensträngen folgen oder unter dunklen Bäumen im Kalkschuppen sitzen und nach dem Gespenst Ausschau halten. Aus diesem Grund war ich wie betäubt, als Malcolm Kennedy mich zu seinem speziellen Freund erkor. Ich hatte mir die Angst schöner vorgestellt, hatte sie mir aufregender gewünscht und konnte es daher kaum ertragen, dass sie so gewöhnlich war.

Und dass sie nie aufhörte. An den meisten Tagen blieb die Routine unverändert, und die Angst langweilte mich ebenso, wie ich sie fürchtete und mich darüber ärgerte. Hin und wieder kam Malcolm allerdings mit etwas Neuem, einem Plan, den er schon eine Weile mit sich herumgetragen hatte, während er nur darauf wartete, ihn in die Tat umsetzen zu können. Gewöhnlich war er allein, was schlimm genug war, doch an diesem einen Nachmittag – einem Samstag, wenn ich mich recht erinnere – kam er mit einem anderen Jungen, jemand, den ich schon gesehen hatte, aber nicht mit Namen kannte. Ich war beim Kalkschuppen gewesen und hatte einige Zeit unter den Bäumen vor mich hin geträumt, als die beiden Jungen auftauchten und mir den Weg nach Hause und in die Sicherheit verstellten. Ich wusste nicht, was ich machen sollte – weil ich nichts machen *konnte* –, also ging ich weiter, kümmerte mich um meine eigenen Angelegenheiten und hoffte, die Dreistigkeit könnte den Sieg davontragen. Das Schlimmste wäre, jetzt loszulaufen, das wusste ich, denn jede versuchte Flucht, so seltsam es auch klingt, wäre ein Eingeständnis von etwas gewesen – ein Schuldbekenntnis, ein Geständnis, dass ich verdiente, was mir geschah –, außerdem hätte sie meinen speziellen Freund beleidigt. Das Wichtigste war, ihm zu zeigen, dass er die Macht hatte, immer, und dass ich dies richtig und angemessen fand. Indem ich nach Hause ging, mit gesenktem Kopf und ohne die beiden anzusehen, meinte ich, die Situation offen zu lassen und Malcolm Kennedy so die Möglichkeit einzuräumen, nachsichtig mit mir zu sein.

«He! Du da!» Es war der andere Junge, der mich rief. Eigentlich bestand dazu keine Notwendigkeit, da er nur wenige Schritte entfernt war, aber er rief trotzdem, damit ich zu ihm hinsehen musste. Vielleicht machte es ihm auch nur Spaß, die eigene Stimme durch den stillen Sommernachmittag hallen zu hören. «He, Kleiner! Wo willst du hin?»

Ich blickte auf. Der andere Junge war etwas zu dick, zugleich aber auch ziemlich stämmig, und er sah gemein aus.

«Bist du taub?», fragte er. Sie standen jetzt beide vor mir, blockierten mir den Weg.

«Ich gehe nach Hause», sagte ich und versuchte, nicht trotzig, nicht verängstigt zu klingen.

Der Junge lachte. «Nein, tust du nicht», sagte er. «Du gehst nicht nach Hause, nicht wahr, Malkie?»

Ich sah zu Malcolm Kennedy hinüber. Er wirkte ernst, als dachte er an etwas, woran nur er allein denken konnte. Schließlich sagte er, wenn auch nicht an mich gewandt: «Halt die Klappe, Des. Du gehst mir auf die Nerven.» Dann blickte er mich an. «Kümmere dich nicht um Des», sagte er. «Der ist unverschämt, weißt du. Einfach ordinär.» Er lächelte. «Eigentlich wollte Des sagen, dass wir es schön fänden, wenn du uns zum Tümpel begleiten würdest. Das wolltest du doch, nicht wahr, Des?» Des reagierte nicht. Er war eingeschnappt. «Ich sagte», wiederholte Malcolm Kennedy mit scharfem Unterton, «nicht wahr, Des?»

Des nickte unglücklich und warf mir einen wütenden Blick zu. «Wir fänden es schön, wenn du uns zum Tümpel begleitest», sagte er in einem fast spöttischen Singsang.

«Also?», fragte Malcolm Kennedy und sah fast wieder fröhlich aus. «Kommst du? Wir können hier schließlich nicht den ganzen Tag rumstehen.»

«Ich muss nach Hause», sagte ich. «Mein Dad …»

Malcolm lächelte freundlich. «Du kommst schon nicht zu spät», sagte er. «Wir sorgen dafür, dass du rechtzeitig nach Hause kommst. Das tun wir doch, nicht, Des?»

Des nickte. «O ja», sagte er. «Wir sorgen schon dafür, dass du rechtzeitig nach Hause kommst.»

Es brach schnell herein, dieses graue, leicht rußige Abendlicht, bei dem die Ferne heller und näher zu sein scheint als der Boden unter den Füßen. Wir folgten dem Sandweg nach Osten, dann nach Norden, wo die Straße nach Seahouses abzweigt, und bogen anschließend auf einen matschigen, schwarzen Pfad zum dahinter liegenden Sumpfstreifen ein, eine Gegend, die mein Vater wegen ihrer vielen Vögel liebte. Wir kamen sogar in Sichtweite an meinem Haus vorbei, und ich dachte wieder daran, einfach wegzulaufen, wusste aber, wie sinnlos es war. Des ging voraus, einen Stock in der Hand, mit dem er auf die Pflanzen links und rechts vom Weg eindrosch, während ich stumm neben Malcolm Kennedy herlief, mir alle möglichen

Gedanken durch den Kopf rasten und ich mich fragte, welche neuen Demütigungen er für mich bereithielt. Die Gegend hier war feucht, ein bisschen morastig, doch war der Himmel über uns wolkenlos. Endlich gelangten wir zu einer schlammigen, mit Binsen bestandenen Wasserstelle, die manche Leute Tümpel nannten, obwohl es eigentlich bloß feuchtes, von niedrigen Birken und Weiden umstandenes Marschland war, ein Einsprengsel, fast eine Meile vom Strand entfernt. «Hier ist es richtig», verkündete Malcolm Kennedy, und wir blieben stehen.

Dann suchten sie an den Feuchtstellen am Tümpelrand nach Vogelnestern, nach Teichhuhn- und Blässhuhnnestern, die hier draußen ziemlich leicht zu finden waren. Mir fiel wieder ein, dass Malcolm Kennedy eine Sammlung Vogeleier besaß, eine Sammlung, auf die er so stolz war, dass er sie in die Schule mitgebracht hatte, um am Elterntag damit anzugeben. Ich sah sie vor mir: Mehrere Keksdosen voll brauner, cremefarbener und blauer Eier, alle kalt und leer, daneben ein kleiner weißer Zettel, auf dem in überraschend schöner Handschrift der Name des Vogels stand. Die Lehrer waren nicht gerade begeistert gewesen, doch hatte Malcolm behauptet, es handle sich um eine alte Sammlung von seinem Dad, da er selbst keine Vogeleier sammle, also durfte er sie in die Schule mitbringen. Im Nachhinein denke ich, man hat versucht, einen Jungen zu ermutigen, der sich ansonsten für rein gar nichts interessierte. Natürlich sammelte Malcolm Kennedy Vogeleier, doch war dies die falsche Jahreszeit; er würde keine Eier finden, nur leere Nester und kleine Küken draußen auf dem Wasser. Panik kam in mir auf. Ich hatte zu Anfang Angst gehabt, aber bislang war nichts Ungewöhnliches passiert; drei Jungen streiften an einem Samstagnachmittag durch die Gegend, und ich hatte schon begonnen, mir Hoffnungen zu machen. Jetzt erst begriff ich, dass etwas Schlimmes geschehen würde.

Plötzlich blieb Malcolm Kennedy stehen, schaute aufs Wasser und hob die Hand. «Seht doch!», sagte er.

Ich sah hin, Des dagegen hatte offenbar kein Interesse. Es war eine Familie Teichhühner, eine Henne mit etwa acht Küken, die in einer kleinen Pfütze dunklen, rußschwarzen Wassers herumpaddelte. Die Henne wirkte erschrocken, schwamm zwischen uns und ihrer Brut und gab eigenartige, fast plauderhaft wirkende Töne von sich, die sicher Gefahr signalisierten. Die Küken wichen ihr nicht von der Seite.

Mit einem Mal schnellte Malcolm Kennedy vor und platschte ins Wasser, sodass die Mutter und ihre Brut in alle Richtungen auseinanderstoben, und griff dann nach etwas. Zuerst dachte ich, er hätte einen Fisch gesehen und wollte ihn fangen; dann ging mir auf, was er vorhatte. Des stellte sich zu mir an den Rand des Wassers. Sein Interesse schien geweckt, und er wirkte auch nicht mehr eingeschnappt. «Mach schon, Malcolm», rief er. «Mach schon.»

Nach minutenlangem Herumgestampfe und -geplansche tauchte Malcolm Kennedy wieder aus dem Wasser auf. Er hielt etwas in den hohlen Händen. «Hab es», sagte er und sah mich an. Sein Gesicht war nass, Wasser tropfte ihm aus dem Haar. «Willst du es sehen?», fragte er.

Des schob sich vor und versuchte, die Beute zu sehen. Hinter uns rief erneut im ersten grauen Dämmerlicht die Mutterhenne, scharte ihre Küken um sich und sah nach, ob alle beisammen waren. Ich rechnete damit, dass eines fehlte. Des rückte näher heran.

«Du doch nicht, Blödmann», sagte Malcolm Kennedy mit böser Stimme. «*Er.*» Malcolm streckte mir die Hände hin, den

Knochenkäfig aus Fingern und Daumen, hielt ihn mir direkt ins Gesicht.

Ich schüttelte den Kopf. «Ich will nicht», sagte ich.

«Nein?»

«Nein.»

«Aber ich hab es extra für dich gefangen.»

«Nein.»

«Wirklich nicht?»

Ich schüttelte den Kopf.

«Nun mach. Ist für dich.»

Wieder schüttelte ich den Kopf. Ich wollte nichts umbringen, und ich wusste, genau darauf würde es hinauslaufen.

Malcolm Kennedy schien enttäuscht. Ohne den Blick von mir abzuwenden, öffnete er die Hände. Das Küken fiel zu Boden und flatterte wie verrückt, doch noch ehe es entkommen konnte, sah Malcolm Kennedy nach unten, vergewisserte sich, wo das Küken in der sommerlichen Abenddämmerung hockte, und zertrat es lautlos, ruhig und ohne sonderliche Eile.

«Mist», sagte er. «Jetzt sieh dir an, wozu du mich getrieben hast.»

Das war genug. Ich wusste, es war vorbei; er hatte getan, was er sich vorgenommen hatte. Kaum zerquetschte er das Küken in Schlamm und Binsen, drehte ich mich um und gab Fersengeld, patschte durch Wasser und Morast, kam vom Weg ab, fand ihn wieder, hörte nichts außer meinem Atem, bis ich zur Straße kam, langsamer wurde und nach Luft schnappte.

Kein Auto weit und breit. Kein Laut war zu hören. Ich lief über die Straße, lief nach Whitland House und merkte erst jetzt, wie dreckig und nass ich war, von oben bis unten mit Schlamm und Marschwasser bespritzt. Ich kam zu spät, meine Eltern würden eine Erklärung verlangen, und ich wusste nicht, was ich sagen sollte. Ich wusste nur, die Wahrheit konnte ich ihnen nicht sagen. Sie hätte meinen Vater zu sehr verletzt, auch wenn ich den Grund dafür nicht verstand.

Etwa eine Woche lang stellte ich Berechnungen an. Hazel Birnie war vierzehn Jahre alt, folglich war sie 1990 geboren, also irgendwann in jenem Jahr nach meiner kurzen, aber möglicherweise folgenreichen Romanze mit Moira. Die Tatsache als solche gab nicht viel her, denn zur selben Zeit hatte Moira gelegentlich auch Tom Birnie gesehen und womöglich, wie Mrs. K vielsagend andeutete, noch andere Männer. Um meine Berechnungen vervollständigen zu können, brauchte ich Hazel Birnies Geburtsdatum, doch selbst dann würde ich mich im Reich der bloßen Möglichkeiten bewegen. Wenn ich aber innehielt und nachdachte, musste ich mich fragen, was, zum Teufel, ich da eigentlich trieb. Was machte es für einen Unterschied, ob Tom Birnie, ich oder sonst jemand Hazels Vater war? Sie hatte einen Vater, und damit Punktum. Ich wollte mich nicht in Toms Angelegenheiten drängen und wünschte mir auch kein Kind. Ich kann mir diese Tage des Rechnens und Sinnierens nur damit erklären, dass von dem Problem selbst etwas Faszinierendes, beinahe Zwanghaftes ausging. Wer war Hazel Birnies Vater? Die richtige Antwort lautete vermutlich, dass es niemand je erfahren würde – und vielleicht ließ mich die Frage deshalb nicht in Ruhe. Ich wollte wissen, was man nicht wissen konnte. Das ist nicht ungewöhnlich. Doch wieso sollte man wissen wollen, was man wusste? Ich erinnere mich, wie mein Vater einmal zu keinem besonderen Anlass und zur einzigen Gelegenheit, bei der er je über spirituelle Dinge sprach, sagte: Gäbe es einen Beweis für die Existenz Gottes, würde niemand mehr an ihn glauben. Wenn ich mich doch nur noch daran erinnern könnte, warum er das gesagt hatte. Wenn ich es doch wüsste.

Ich glaube, meine Mutter war eine überzeugte Atheistin. Sie dachte gern in Kategorien. Und wenn mein Vater so redete, sagte ich mir, dass er sie auf den Arm nahm; meist machte er seine provokanten Bemerkungen bei einer unserer seltenen Dinnerpartys, wenn Gäste von weither zu uns kamen und übers Wochenende blieben. Meine Eltern verbrachten viel Zeit allein, arbeiteten, gingen am Strand spazieren, lasen und redeten nur wenig miteinander, weshalb sie, wenn schließlich jemand zu Besuch kam, sich beinahe pausenlos unterhielten, bis in die frühen Morgenstunden am Tisch saßen, tranken und über alles und nichts bramarbasierten. Manchmal durfte ich aufbleiben, sie gaben mir homöopathische Mengen Wein zu trinken und ließen mich die von den Gästen aus der Stadt mitgebrachten Käsesorten oder andere Leckereien probieren, und ich saß da, hörte zu und fragte mich, worum es bei alldem eigentlich ging. Wenn wir allein im Haus waren, fand ich uns nie einsam, doch sobald Gäste kamen, wurde nur allzu deutlich, wie allein sich meine Eltern fühlten. Sie hatten einem Leben den Rücken gekehrt, das sie geliebt hatten, waren in diese stille, beinahe leere Gegend gezogen, nicht nur um zu arbeiten, sondern auch, weil sie eine Geschichte hatten, eine, von der ich nichts ahnte. Zumindest nicht bis fast zum Schluss, als meine Mutter schon tot war. Ich wünschte mir, ich hätte sie damals gekannt, diese Geschichte, hätte gewusst, dass sie einsam waren, dass sie nicht zurückkonnten, dass die Besuche von Freunden und früheren Kollegen die letzte Verbindung zu einer Welt darstellten, die sie verloren hatten. Und ich glaubte, sie hätten diese Welt freiwillig aufgegeben. Nur deshalb brach ich, als sie unglücklich schienen, den Stab über sie.

Immer wieder stellte ich meine Berechnungen an, und ich konnte Mrs. K ansehen, dass sie, während sie ihrer Arbeit nachging, ähnliche Rechenaufgaben löste oder bereits gelöst hatte. Ich wusste nicht, was sie wusste oder zu wissen glaubte oder zu welchen Schlussfolgerungen sie gekommen war. Ich denke, ihrer Meinung nach war der Fall mangels Beweisen noch keineswegs abgeschlossen. Manchmal sah ich, wie sie mich mit versonnenem wehmütigem Blick in den Augen beobachtete, und ich fragte mich, ob ich ihr leid tat – weil ich möglicherweise noch Gefühle für Moira hegte oder weil ich vielleicht eine Tochter hatte, das aber niemals mit Gewissheit würde sagen können, und weil ich, selbst wenn ich mir sicher wäre, nach alldem, was geschehen war, dem armen, trauernden Mädchen einen solchen Schock nicht zumuten konnte – oder weil sie mich wegen meiner scheinbaren Kälte und Passivität verurteilte. Wäre sie in meiner Lage gewesen, hätte sie bestimmt etwas unternommen. Aber was sollte ich tun? Was konnte ich denn tun angesichts dessen, was ich in der Hand hatte? Nichts. Ich konnte nichts tun. Mir blieb keine andere Wahl, als die Berechnungen noch einmal durchzugehen und zu sehen, ob ich etwa einen schlüssigen Beleg dafür fand, dass Hazel Birnie, wessen Tochter sie auch immer sein mochte, nicht meine Tochter war: Fall abgeschlossen.

Malcolm Kennedy war es, der mich auf Umwegen erneut mit Mrs. Collings bekannt machte. Und zwar an einem Mittwoch, eine Stunde nach Ende der Schule; ich weiß, dass es ein Mittwoch war, weil ich gerade von meiner Klavierstunde kam. Ich fühlte mich gut an diesem Nachmittag, bis Malcolm Kennedy mir an der Küstenstraße auflauerte, kaum fünfzig Meter vor meinem Zuhause. Weit und breit war sonst niemand, aber ich konnte den Anfang des Wegs zu Whitland House schon sehen, und mich ärgerte, dass er absichtlich gewartet hatte, bis ich fast daheim war. Seit dem Vorfall draußen in der Marsch hatte er sich von mir ferngehalten, war nur hin und wieder auf dem Spielplatz oder dem Nachhauseweg durch mein Blickfeld gehuscht, um eine düstere Warnung zu murmeln, nicht um mich zu schlagen; er war dann kaum stehen geblieben, hatte mir aber versprochen, dass mich etwas Schlimmes erwartete, hatte gedroht, mich zu töten, manchmal mit so rasch und leise dahingemurmelten Worten, dass ich nicht verstand, was er sagte. Allerdings begriff ich, wie tief sein Groll auf mich war. Er war wütend und fest entschlossen, mir wirklich etwas Böses anzutun. Das wusste ich. Er wartete nur auf den richtigen Augenblick, und inzwischen genoss er das simple Vergnügen, mich leiden zu sehen. Er brauchte mich gar nicht zu schlagen, er *hatte* mich längst – und er wusste es.

«*Du bist tot, Gardiner.*»

«*Ich krieg dich, Gardiner. Das ist keine Drohung, das ist ein Versprechen.*»

«*Was ist, Mikey? Hast du Schiss?*» Ein breites, zähnefletschendes Grinsen wie das vom Blutroten Piraten. «*Solltest du auch.*»

Er hatte mich kurz vor meinem Haus erwischt, und ich wusste, jetzt war der Zeitpunkt gekommen, an dem er seinen Schwur wahr machen wollte. «He da!», rief er. «Mikey.» In den letzten Wochen hatte er angefangen, mich Mikey zu nennen.

Ich drehte mich um. Da stand er, in seiner Schuluniform, knochig und kantig, ein Lächeln im Gesicht. Ich sagte nichts, warum auch?

«Nun, willst du mich nicht wenigstens begrüßen?», fragte er.

Ich überlegte, ob ich davonlaufen sollte. Irgendetwas an seiner Art, seine aufgekratzte Stimmung, ängstigte mich. Heute würde ein besonderer Tag sein. Doch wenn ich wegliefe, würde er mich fangen. Er war größer als ich, und er war stets und allzeit bereit. Wirklich, er hätte Pfadfinder werden sollen. Er konnte meinen Augen ablesen, was ich tun wollte, ehe ich es tat; er konnte in ebendiesem Moment erkennen, dass ich daran dachte, vor ihm davonzulaufen, und seine Zunge zuckte zwischen den Lippen vor, signalisierte stumme Zustimmung, als hätte er sich ebenfalls schon meine Chancen ausgerechnet. Ich gab auf. «Hallo», sagte ich.

«So ist es besser.» Er strahlte. «Jetzt komm, Mikey. Ich will mit dir ein kleines Experiment machen.»

Er drehte sich um, ging vor mir her die Anhöhe wieder hinunter und wusste, ich würde keinen Fluchtversuch wagen. Kaum hatten wir die Toll Wynd erreicht, bog er hinter dem zweiten Haus in eine schmale, fast unpassierbare Gasse ein, von deren Existenz ich bis zu diesem Augenblick nicht einmal etwas geahnt hatte. Es war dunkel, steinig, und es roch nach Pisse. Zwischen Abfall und Unrat lagen tote Tiere und Haufen alter Kleider, vom Regen durchtränkt und von monatealtem Dreck durchsetzt, inzwischen aber halb wieder getrocknet, ein ekliger, weicher Teppich, über den man wie auf welken Blättern oder fauligem Fleisch lief. Vor mir gab Malcolm Kennedy ein seltsames kurzes Kichern von sich.

«Hier gibt's Ratten. Würde mich jedenfalls nicht wundern», sagte er. «Dicke, fette Ratten.» Er warf mir einen Blick zu. «Bestimmt auch Schlangen», sagte er. «Magst du Schlangen, Mikey?»

Ich gab keine Antwort. Er wandte sich ab, kicherte erneut, und ich folgte ihm. Gleich darauf betraten wir den kleinsten Innenhof, den ich je gesehen hatte. Früher hatte man vom

ersten Haus in der Toll Wynd diesen Hof überblicken können, aber die unteren Fenster auf der Gebäuderückseite waren
längst zugemauert worden. An der Hofseite stand eine flache,
unbenutzte Sandsteinremise, die Tür sperrangelweit offen.
Dann fiel es mir wieder ein: Hier war einmal eine Molkerei
gewesen, doch hatte man die schon vor langem aufgegeben,
und heute wurde nur noch die vordere Haushälfte genutzt,
in der damals der kleine Laden gewesen war. Der Mann, der
dort wohnte, ein uralter Wicht mit einem wirklich unglaub-
lich großen Kropf, beschränkte sich auf das vordere Zimmer
und die Küche, die beide auf die Straße führten. Hier im Hof
befanden sich bloß die Nebengebäude und eine alte Außentoi-
lette, deren grüner Wasserbehälter an der Wand verrottete, die
Rostflecken längst trocken, aber immer noch so dunkel wie
frisch verheilte Wunden. Ich schaute Malcolm an. Was er auch
vorhatte, ich wollte nur noch, dass es bald vorbei war.

«Weißt du, wo wir sind?», fragte er.

Ich nickte. «Hier war die Molkerei».

«Stimmt.» Sein Gesicht verdüsterte sich. «Zieh deinen Pullover aus», sagte er.

«Was?»

«Du hast mich gehört.»

«Nein.»

Er trat vor und schlug mir ins Gesicht. Ich wich zurück, aber
er packte mich. «Zieh deinen Pullover aus», befahl er erneut,
noch leise, aber diesmal wirklich wütend.

Ich riss mich los und schaute ihn an. Er hatte sich wieder be-
ruhigt, wirkte zuversichtlich und immer noch selbstbeherrscht.
Jetzt kamen die Tränen. Ich hatte schreckliche Angst. Ich
glaubte, er habe im Hof einen geheimen Vorrat an Ratten,
Ratten oder Schlangen, an die er mich verfüttern wolle. Ich

glaubte, er wolle mir etwas Unaussprechliches antun, etwas, das ich mir nicht einmal vorstellen konnte. Verzweifelt schüttelte ich den Kopf und spürte, wie meine Unterlippe zitterte. Zum ersten Mal weinte ich in seiner Gegenwart. Mir hatten die Augen gebrannt, mir waren Tränen in die Augen getreten, aber noch nie hatte ich vor ihm einfach losgeheult.

«Zieh deinen Pullover aus», sagte er noch einmal mit leiser Stimme.

Wieder schüttelte ich den Kopf und versuchte mir schluchzend vor Angst auszumalen, was passieren würde. Er konnte mich schlagen, sooft er wollte, aber ich würde mich nicht an die Ratten verfüttern lassen. Rotz lief mir aus der Nase, Tränen strömten mir über das Gesicht.

Er sah auf mich herab, als müsste er nachdenken. «Also schön», sagte er schließlich. «Ganz wie du willst.»

Dann rannte er auf mich zu und riss mich zu Boden. Ich fiel hart, direkt auf den Rücken, und hörte einen hohlen, gedämpften Laut: der dumpfe Schlag meines Aufpralls. Schultern, Rücken, Wirbelsäule, Lungen, Rippen. Ich bekam keine Luft mehr, konnte nicht atmen, nicht sehen, nicht denken. Reglos lag ich da, an diesem luftlosen, bläulichen Ort, während Malcolm Kennedy sich aufrappelte und über mich beugte, eine unsichtbare, atmende Präsenz. Er war riesig.

Ich träume immer noch von ihm, manchmal. Nicht oft, und meist sehe ich ihn an seinem letzten Tag, wie er Wasser im Kalkschuppen trat und um Hilfe rief; doch manchmal sehe ich ihn auch, wie er an jenem Sommernachmittag ausgesehen hat, größer, breitschultriger und dunkler, als er in Wirklichkeit je gewesen war, ein Riese, ein Halbgott. Ich maß dieser Traumkreatur, diesem Trugbild ein Gewicht bei, das er im wahren Leben nie gehabt hatte, und dann wache ich auf,

Mondlicht über dem Firth oder Vögel in der Dämmerung, und ich bin froh, am Leben zu sein, bin froh, dass er tot ist. Diese Freude ist ebenfalls riesig, größer als alles, was ich je erlebt habe. Es ist, als hätte die Welt Jahre auf sie gewartet, hätte trotz Trauer, Grauen und meiner eigenen Schwere geduldig ausgeharrt.

Was dann geschah, habe ich eigentlich weder gesehen noch gehört. Ich bekam immer noch keine Luft, mir war schwindlig, und ich kehrte erst langsam aus dem Blau zurück, doch war mir jetzt übel, mir war kalt im Kopf, und ich wollte mich übergeben.

«Hallo?» Eine andere Stimme. Eine Frauenstimme. Eine alte Stimme. «*Hallo?*» Die Frau stand über mir, blickte auf mich herab. Dann drehte sie sich um. «Alles in Ordnung», sagte sie. «Lassen wir ihn erst einmal wieder zu Atem kommen.»

Ein, zwei Minuten später kehrte sie zurück, als ich, wie sie sagte, wieder Farbe im Gesicht hatte. «Fühlst du dich besser?»

Mühsam stand ich auf. «Ein bisschen», sagte ich, sah sie an und erkannte Mrs. Collings. Einen Moment lang war ich schockiert: Wie kam sie hierher? Und mit wem redete sie? Außer ihr war niemand zu sehen. Sie schien allein zu sein, eine magere, ältliche Frau mit blauem Mantel, weißem Gesicht und ziemlich rotem Mund.

«Wer war der Junge?», fragte sie.

Ich gab keine Antwort. Ich denke, die erwartete sie auch nicht. Ich tastete mein Gesicht ab. Etwas geschah, aber ich wusste nicht genau, was es war: Ich spürte etwas Süßes, Feuchtes in meiner Nase, und mir war schwindlig; ich brauchte einen Moment, bis ich begriff, dass ich Nasenbluten hatte, nicht vom Sturz, sondern vor Angst, und der alten Frau war das ebenso klar wie mir. Sie griff in ihre Manteltasche und fischte ein winziges, sauber gefaltetes, an den Rändern mit roten und blauen Blumen besticktes Taschentuch heraus.

«Hier», sagte sie. «Deine Nase blutet.»

Ich nickte. Eigentlich wollte ich ihr Taschentuch nicht nehmen; es war so weiß und so winzig.

«Komm schon», sagte sie. «Ich hab noch welche.»

Ich nahm das Taschentuch und hielt es an meine Nase.

«Leg den Kopf in den Nacken», sagte sie.

Ich hielt den Kopf nach hinten, das Taschentuch immer noch auf die Nase gepresst, und spürte, wie mir das Blut in Kehle und Nasennebenhöhlen rann. Ich stellte mir vor, wie es mir aus den Ohren wieder herauslief.

«Bleib einen Augenblick so stehen», sagte sie. «Kopf in den Nacken. Ganz still. Und im Handumdrehen geht es dir wieder gut.»

Ich tat wie geheißen. Sie sagte nichts weiter, drehte sich um und begann erneut, mit ihrem unsichtbaren Gefährten zu reden. Außer ihr konnte ich immer noch niemanden sehen. Ich fragte mich schon, ob sie nicht vielleicht doch verrückt war, als ich merkte, dass sie zu einem der oberen Stockwerke des Gebäudes in unserem Rücken sah. Ich folgte ihrem Blick. Eine alte Frau beugte sich aus dem Fenster, nur zwei Hände und ein Gesicht, lauter Runzeln und verwehte, graue Haarsträhnen. Sie war älter als Mrs. Collings und so winzig wie ein Püppchen, wie eine dieser Bauchrednermarionetten, die ich im Fernsehen gesehen hatte.

«Sag meiner Freundin Angela Hallo.»

Ich nahm das Taschentuch vom Gesicht und sagte Hallo. Die Blutung schien sich verlangsamt zu haben, hatte aber noch nicht ganz aufgehört.

«Nun, Junge», sagte Mrs. Collings. «Sie ist dir vorgestellt worden, jetzt musst du dich vorstellen.»

«Michael», erwiderte ich und drückte mir wieder das Taschentuch ins Gesicht.

«Wie bitte?», rief Angela von oben.

«Er sagt, er heißt Michael», rief Mrs. Collings hinauf.

«Aha.» Angela dachte einen Moment nach. «Bist du aus der Gegend?», fragte sie mit unverhohlener Neugier.

Ich schüttelte den Kopf. «Ich wohne da hinten», sagte ich und deutete unbestimmt in die Richtung, in der mein Zuhause war. «Auf der Landzunge.»

«Ach so», sagte Angela zu Mrs. Collings. «Er wohnt auf der Landzunge.»

Aus irgendeinem Grund fand Mrs. Collings das sehr lustig, und ihr Lachen überraschte mich, es klang viel tiefer und rauer, als ich vermutet hätte. «Tja», sagte sie, «also bist du wohl doch aus der Gegend.»

Ich nickte. «Denk schon», sagte ich. Mir kam das alles mittlerweile ein bisschen absurd vor; ich wollte bloß noch das Taschentuch zurückgeben und endlich nach Hause gehen. Allerdings wusste ich nicht, ob Malcolm Kennedy nicht irgendwo auf mich wartete, in einer Entfernung, die er für sicher hielt. «Ich wohne in Whitland House», sagte ich ohne ersichtlichen Grund.

Wieder lachte Mrs. Collings. «Das haben wir uns schon gedacht», sagte sie.

«Lebst du mit deinen Eltern zusammen?», fragte Angela.

«Natürlich lebt er bei seinen Eltern», erwiderte Mrs. Collings. «Mit wem sollte er sonst zusammenleben?»

«Ich weiß nicht. Vielleicht mit Verwandten …»

«Ich muss nach Hause», sagte ich. «Die warten auf mich.»

Mrs. Collings nickte. «Na gut», sagte sie, «aber komm hier entlang. Durch das Haus.» Sie ging zu einer Tür, die ich bislang nicht bemerkt hatte, und betrat einen Flur, der, ganz wie ein Durchgang in einem Mietshaus, zu einer schlichten Holztreppe und zur Haustür führte. «Behalt das Taschentuch», sagte Mrs. Collings. «Vielleicht brauchst du es noch.» Dann rief sie die Treppe hinauf. «Er geht jetzt, Angela.»

Einen Moment herrschte Stille, dann antwortete Angela, und ihre Stimme klang ein wenig lauter als draußen auf dem Hof: «Will er denn keinen Tee?»

Mrs. Collings zog ein Gesicht. «Nein», rief sie. «Er muss nach Hause zu seinen Eltern. Sag auf Wiedersehen.»

Erneut war es still, dann rief dieselbe hohe Singsangstimme: «Wiedersehen, Tom.»

Bekümmert schüttelte Mrs. Collings den Kopf. «Du darfst Angela nicht so ernst nehmen», sagte sie zu mir. «Sie hat ein schreckliches Namensgedächtnis.»

«Ist schon in Ordnung.»

«Nun lauf», fuhr sie fort. «Aber pass auf den Jungen auf. Ich fürchte, er ist einer von der schlimmen Sorte.»

Ich nickte, dann trat ich durch die Haustür hinaus in den Sonnenschein, das blutbesudelte Taschentuch noch in der Hand.

Am nächsten Samstag ging ich die Anhöhe zu Ceres House hinauf, um das Taschentuch zurückzubringen. Ich hatte meiner Mutter vom Nasenbluten erzählt und auch von Mrs. Collings, nicht aber von Malcolm Kennedy. Sie hatte gesagt, sie wisse, wie man das Blut herausbekomme, und das Taschentuch gewaschen und gebügelt, dass es aussah wie neu, um es dann so zu falten, wie Mrs. Collings es getan hatte, ein kleines Leinenquadrat mit den bestickten Rosen obenauf. Dann sagte sie, ich müsse es Mrs. Collings bringen, und ich hatte mich auf den Weg gemacht, die Neugier gerade so groß, dass sie die Nervosität überwand. Wieder war es ein warmer Tag, doch als ich zu ihrem Haus kam, hatte sich der Himmel bezogen. Ich klopfte an. Erst antwortete niemand, und ich wollte schon aufgeben, als Mrs. Collings an die Tür kam, die Hände schmutzig, das Haar zerzaust. Sie schaute erst mich und dann das Taschentuch an.

«Du bringst es zurück», sagte sie. «Wie aufmerksam von dir.»

«Meine Mum hat es gewaschen», sagte ich.

«Das sehe ich.» Sie nahm das Tuch aus meiner ausgestreckten Hand und besah es sich genauer. «Und sie hat gute Arbeit geleistet. Hätte es nicht besser machen können.» Ich wusste darauf keine Antwort, falls denn überhaupt eine Antwort verlangt wurde, also sagte ich nichts. Ich fragte mich, ob es unhöflich sei, jetzt einfach zu gehen. Dann fragte ich mich, ob es unhöflich sei, jetzt nicht zu gehen. Sie steckte das Taschentuch ein und musterte mich neugierig. «Ich nehme an, du willst jetzt reinkommen und ein Stück Kuchen essen», sagte sie. «Das tun alte Frauen doch immer, nicht? Backen den ganzen Tag Kuchen für den Fall, dass zufällig ein hungriger Junge vorbeikommt.»

Ich nickte, und sie lachte. Das war der Beginn unserer Freundschaft, doch bin ich mir nicht sicher, ob «Freundschaft» wirklich das richtige Wort ist. Denn ich bin mir nicht sicher, ob sie gerade mit *mir* befreundet sein wollte. Sie war stets nett zu mir und buk tatsächlich jedes Mal einen Kuchen, wenn ich zu Besuch kam. Trotzdem wurde ich den Gedanken nicht los, dass sie sich eigentlich nur für mein Dilemma mit Malcolm Kennedy interessierte; sie war alt, sie hatte nicht mehr lang zu leben, und ich glaube, sie wollte noch einen letzten Kampf, bevor sie starb. Von alldem habe ich damals allerdings nichts geahnt. Ich fühlte mich nur geschmeichelt, wenn sie mich nach jedem Besuch sehr förmlich und mit einer merkwürdigen knappen Verbeugung einlud, wieder bei ihr vorbeizukommen. Ich freute mich, jemanden gefunden zu haben, mit dem ich über Dinge reden konnte, die ich bei meinen Eltern nicht über die Lippen brachte, und obwohl sie darauf nicht wieder zu sprechen kam, wusste ich, dass es nur eine Frage der Zeit war, bis sie mir sagte, was ich mit Malcom Kennedy tun musste. Ich weiß nicht, wieso ich das wusste, aber ich war mir sicher: Sie kannte die Antwort und würde sie mir verraten, wenn ich ihr auf eine Weise, die mir selbst noch verborgen blieb, zu verstehen gab, dass ich bereit war, sie anzuhören.

In der Zwischenzeit erzählte sie mir aus ihrem Leben. Sie gestand, dass sie den Blumenladen – früher einmal war es eine Bäckerei gewesen, danach ein Lebensmittelgeschäft – aus einer bloßen Laune heraus gekauft hatte, da sie genügend Geld besaß und über die nötige Zeit verfügte, außerdem liebte sie Blumen. «Selbst wenn du keine Blumen brauchst», sagte sie, «solltest du ab und zu in einen Blumenladen gehen, am Valentinstag zum Beispiel, nur um all die Farben zu sehen – purpurrot, lachsrot, rosenrot.» Sie warf mir einen sehnsüchtigen Blick zu. «Farben sind gut für die Seele, Junge», sagte sie. «Vergiss das nicht, wenn du erwachsen bist. Kauf hin und wieder Blumen. Kauf sie nicht für deine Freundin, kauf sie für dich selbst.» Bei dem Gedanken an eine Freundin zuckte ich zusammen, doch gelang mir noch ein Nicken, und ich habe nicht vergessen, was sie sagte, ebenso wenig wie die vielen anderen Ratschläge, die sie mir gab. Ich habe sie aufbewahrt und gelegentlich über sie nachgedacht und mich gefragt, ob sie wahr oder richtig waren.

Ich glaube, bis zu einem gewissen Maß habe ich nach ihnen gelebt.

Sie erzählte mir auch von Frank, ihrem Mann, was ich ein wenig schockierend fand, da sie mit ihren Ansichten nicht hinter dem Berg hielt. «Frank war ein Idiot», sagte sie eines Tages, als ich sie fragte, was er getan hatte. «Er hat Besitz geerbt und zu Geld gemacht, das stimmt. Trotzdem war er ein Idiot.»

«Und warum war er ein Idiot?»

Sie lachte. «Ich schätze, er war es von Natur aus», sagte sie. «Die Natur prägt uns alle. Ein Mann kann sich gehen lassen, oder er kann sich zügeln, mehr aber auch nicht. Er kann sich nicht ändern. Das Beste, was er zuwege bringen mag, ist, ein wenig Selbstbeherrschung zu üben.»

Ich hatte keine Ahnung, wovon sie redete, und sie musste es mir angesehen haben, denn sie lachte wieder ihr lautes, beinahe männliches Lachen, das dröhnend durch das Vorderzimmer ihres kleinen Hauses scholl. «Egal», sagte sie, «du wirst noch früh genug begreifen, was ich meine.»

Sie erzählte mir von Frank und seinem Mädchen – das war das Wort, das sie benutzte – «Mädchen» –, mit einer seltsamen Betonung auf der ersten Silbe, weshalb es irgendwie trivial und dumm klang, als wäre es etwas, von dem ein erwachsener Mann eigentlich wissen sollte, dass es klüger sei, ihm aus dem Weg zu gehen. «Ein hübsches Ding», sagte sie. «Und was für eine traurige Verschwendung, dass sich die Kleine mit meinem Mann eingelassen hat. Tragisch, wirklich.»

«War das die Frau, die ertrunken ist?», fragte ich.

Sie sah mich überrascht an. «Ertrunken?», fragte sie. «Wo hast du das denn gehört?»

«Weiß nicht», antwortete ich. «Muss mir irgendwer mal erzählt haben. Tut mir leid.»

«Ach, das muss dir nicht leid tun, Junge», sagte sie. Mrs. Collings nannte mich gern «Junge». Und ich hörte es gern. Sie klang dann wie Miss Havisham. «Ich weiß, dass man sich in der Stadt über Frank und mich den Mund zerreißt.» Bekümmert schüttelte sie den Kopf. «Ich habe keine Ahnung, warum ich ihn geheiratet habe. Damals hielt ich es wohl für eine gute Idee.» Sie blickte auf den Teller, auf dem die vier Stücke Kuchen, die sie mir abgeschnitten hatte, nur noch eine blasse Erinnerung waren. «Du isst gern Kuchen, stimmt's, Junge?», fragte sie.

Ich nickte. «Ich esse *Ihren* Kuchen gern», erwiderte ich.

Sie stand auf. «Mit Schmeicheleien kannst du alles erreichen», sagte sie. «Mal sehen, ob ich noch eine Kleinigkeit auftreiben kann, mit dem sich das bodenlose Loch, das du deinen Bauch nennst, stopfen lässt.»

Sie brachte mich nie in Verlegenheit und meinte es immer gut mit mir, auch wenn sie manchmal unangenehme Dinge sagte. Sie behandelte mich stets ebenbürtig, und ich wusste, dass sie die Zeit, die sie mit mir in Ceres House verbrachte, ebenso wenig bedauerte wie den Kuchen, den ich verdrückte. Es muss sie Stunden gekostet haben, den Kuchen zu backen. Dabei rührte sie den Kuchen selbst kaum an, saß nur am Kamin – in dem immer ein Feuer brannte, sogar im Hochsommer – und trank riesige Mengen Tee.

«Jedenfalls», fuhr sie fort, als sie mit dem frisch beladenen Teller zurückkehrte, «kümmert es mich kein bisschen, was man über mich redet. Frank hat sich zum Narren gemacht und seinem Mädchen das Herz gebrochen – na ja, wenigstens für eine Weile –, und als er starb, war ich ziemlich erleichtert.» Sie sah mich neugierig an. «Das schockiert dich sicher, aber so war es nun mal. Besser die Wahrheit als eine Lüge. Er starb, wie er gelebt hat: als ein Idiot. Er hat nie begriffen, was für einen

Schaden er angerichtet oder wie dämlich er sich aufgeführt hat. Und was mich angeht, ich habe den Laden aufgegeben, bin hier raufgezogen und seither glücklich. Angela ist der einzige Mensch, mit dem ich mich treffe. Natürlich ist die Arme total bekloppt. Geht nie aus dem Haus. Ich erledige ihre Einkäufe, schaue auf eine Tasse Tee vorbei und höre mir ihre irren Phantasien an. Aber sie lebt noch, ihr geht es gut, und sie ist nicht ertrunken.» Mit gerunzelter Stirn schaute sie mich an.

«Sie meinen, sie war …», ich brachte die Frage nicht über die Lippen.

«Sie war es.» Mrs. Collings lächelte grimmig. «Angela hat im Laden ausgeholfen. Sie liebte Blumen. Und sie war mir schon immer näher als er.»

«Aber sie …»

«Was denn, Junge? Was hat sie getan?»

Ich wusste nicht, was ich sagen sollte, also wechselte ich das Thema. «Warum haben Sie den Laden aufgegeben?», fragte ich. «Wenn Sie Blumen doch so geliebt haben …»

«Das tue ich immer noch», sagte sie. «Nur wollte ich mit diesen Leuten nicht mehr reden, als ob sie meine Freunde oder Nachbarn wären.» Sie schenkte sich noch eine Tasse Tee ein. «Außerdem wollte ich meine Tage nicht so beenden, wollte nicht allein mit dem Radio und einer Schildkröte über dem Laden wohnen. Ich wollte nicht dahocken und Unterhaltungen nachhängen, die schon vor zwanzig Jahren zu Ende gegangen sind. Ich wollte nicht dem Regen am Fenster lauschen …» Plötzlich hielt sie inne und starrte ins Feuer. Als sie dann weitersprach, redete sie leise, noch leiser als gewöhnlich. «Ich wollte nicht auf das Meer lauschen, wollte nicht die Stimmen im Wind hören. All die Verschollenen, die von Deck zu Deck rufen, während sie in den unheilvollen Fluten untergehen.» Es klang wie ein Zitat, und vielleicht war es das auch, etwas, das sie vor langer Zeit im Radio gehört hatte, doch bedeutete es für sie noch mehr. «Mein Vater war Seemann, mein Bruder auch. Er hieß Frank. Vielleicht habe ich den Idioten deshalb geheiratet, weil er denselben Namen wie mein toter Bruder trug.»

«Ihr Bruder ist tot?»

«Vater und Bruder, beide», sagte sie. «Auf See verschollen. Das war eine schwere Zeit für meine Mutter, meine Schwester und mich. Sie sind auch schon tot. Ich bin die Einzige, die übrig ist. Noch jedenfalls.» Sie kicherte leise vor sich hin. «Die Letzte in der Reihe», sagte sie. «Aber was soll's? Nichts ist besser, als Platz zu machen, wenn man abtritt. Eine ordentliche, leere Fläche, die jemand anders ausfüllen kann. Meinst du nicht auch, Junge?»

Ich wusste es nicht. Mir kam der Gedanke, dass sie sterben würde. Ich wusste nur nicht, wie bald. «Keine Ahnung», sagte ich. Ich wollte nicht, dass sie abtrat. Ich wollte nicht, dass sie eine Leerstelle hinterließ.

Sie lachte. Ich fuhr unweigerlich zusammen, wenn ich ihr plötzliches, lautes Lachen hörte, denn es gab keinen vernünftigen Grund, warum ein Körper wie der ihre ein solches Lachen hervorbringen sollte. «Nimm noch etwas Kuchen», sagte sie. «Ich habe ihn extra für dich gemacht.»

Ich war schon ziemlich satt, nahm aber noch ein Stück von dem noch warmen, goldbraunen Obstkuchen. Er war köstlich. Süß, feucht, gerade so gehaltvoll, wie er sein sollte. Einfach lecker. Die Früchte mit einem Hauch von Gewürzen. Die Art Kuchen eben, die man nur an einem verregneten Tag essen sollte, vor einem Kamin in einem alten Haus mit einer alten Frau, die nicht mehr am Leben hängt, aber auch noch nicht vorhat, darauf zu verzichten.

Ich weiß nicht, was ich getan habe, um die Prüfung zu bestehen, doch eines Tages begann Mrs. Collings über Malcolm Kennedy zu reden. Längst hatte sie herausgefunden, wer er war, wer seine Eltern, was sie von Beruf und mit wem sie verwandt waren – eben all die Details, auf die es in einer Kleinstadt ankommt. Anfangs sagte sie nicht viel, eigentlich sagte sie nie viel, sie deutete immer nur an. Im Grunde, sagte sie, hätte ich gar keine Angst vor Malcolm Kennedy; ich hätte Angst vor mir selbst. Ich hätte Angst, etwas Endgültiges zu tun, Angst zu handeln. Das hätten die meisten Menschen, sagte sie. Wir würden uns abwenden, wegsehen, oder wir würden eine Weile leiden, damit wir nichts Entscheidendes zu tun bräuchten. Denn tun – selbst handeln, das mache uns Angst. Entscheidend aber sei es, die Angst in etwas anderes zu verwandeln. Du kannst ihr nicht entgehen; du kannst sie nicht loswerden. Also musst du sie nutzen. Verändere sie. Brauchst du eine Waffe, wird sie deine Waffe. Brauchst du Schutz, wird sie dein Schutz – aber erst einmal muss sie verändert werden. Das war alles, was sie mir beibrachte. Verwandle deine Angst in etwas anderes. In rechtschaffenen Ärger. In Mitgefühl. In Kampfgeist. Mit genügend Aufwand kann man sie sogar in Liebe verwandeln. Das war Mrs. Collings' Lektion. Ich sollte meine Furcht in das verwandeln, was ich am dringendsten brauchte, und in diesem Moment brauchte ich Verschlagenheit. Ein verschlagener Mensch kann sich, wenn er will, unsichtbar machen. Er kann vom Gejagten zum Jäger werden. Wenn Malcolm Kennedy mich pausenlos verfolgte, musste ich unsichtbar werden – und dann anfangen, ihn zu verfolgen. «Wenn du einen Feind hast», sagte sie, «musst du ihn erst einmal kennenlernen. Du musst wissen, wie er denkt, was er weiß und vor allem, was er will. Denn in dem, was ihm fehlt, liegt seine Schwäche.» Oder sie sagte: «Nicht er, sondern du musst dich ändern. Hör auf, dich seinetwegen zu sorgen, du musst dich in Geduld üben. Warte den richtigen Augenblick ab, das ist das ganze Geheimnis. *Warte auf den richtigen Augenblick.*»

Ich will nicht behaupten, sie hätte mir genau das gesagt, zumindest nicht so klar und deutlich. Manchmal erzählte sie bloß Geschichten, kleine Parabeln über Angst und Verschlagenheit. Sie erzählte, dass Samuraikrieger sich auf die Schlacht vorbereiteten, indem sie sich einredeten, bereits tot zu sein, weshalb sie nichts mehr zu verlieren hatten. Sie erzählte von den Stoikern, die sich durch logische Willensanstrengung von mentaler und physischer Sklaverei befreiten. Sie sagte mir nicht direkt, was ich tun sollte, belehrte mich auch nicht unmittelbar über mich selbst und die Welt um mich herum, sie war einfach nur eine alte Frau, die einem dreizehnjährigen Jungen Geschichten erzählte. Trotzdem tat ich lange Zeit achselzuckend ab, was sie sagte. Wie sie da am Kamin saß, dachte ich, war es für sie ein Leichtes, von Angst und Verschlagenheit und vom Unsichtbarsein zu reden. Aber wie sollte ich denn unsichtbar werden? Wie zu einem verschlagenen Jungen werden? Die hat gut reden, sagte ich mir. Sie erinnerte mich an meinen Vater, der meiner Mutter und mir sagte, wir bräuchten keine Angst zu haben, wenn wir bei unseren Sonntagsspaziergängen auf den Hund trafen. Entweder man hatte Angst, oder man hatte keine, man konnte sie nicht beherrschen. Außerdem war es gar nicht schlecht, Angst zu haben, jedenfalls manchmal. Oder meistens. Ich fand, Angst war eine verdammt gute Vorbereitung auf diese Welt. Eine bessere jedenfalls, als blöd zu sein und sich blindlings in irgendwas hineinzustürzen.

Und dann, eines Tages, begriff ich alles schlagartig. Ich hatte Mrs. Collings die ganze Zeit falsch verstanden, da ich glaubte, um Malcolm Kennedy besiegen zu können, müsse ich wie *er* sein, müsse ihn sogar übertreffen, müsse so groß werden wie er, dann größer, so grausam wie er, dann grausamer, so stark wie er, dann stärker. Und das war unmöglich, weil wir uns einfach nicht ähnlich waren. Jetzt aber sah ich, dass genau darin meine Chance lag. Jetzt begriff ich, wenn ich ihn besiegen wollte, musste ich nur diesen einen Punkt entdecken, den wir miteinander gemein hatten, die Verbindung, den Zugang zu ihm. Ich musste den Teil in ihm aufspüren, der kein verzweifeltes Kind in einem kleinen Badeort sein wollte, ein Junge unter grimmig dreinblickenden Erwachsenen, deren Leben von Kirche und Arbeit bestimmt wurde; ich musste den Jungen aufspüren, der davon träumte, einmal von hier fortzukommen, woanders zu sein – in Feuerland etwa, oder der auf dem Rücken eines Pferdes über die Great Plains reiten wollte, ganz allein auf der Welt unter weitem Himmel. Ich musste den Jungen aufspüren, der von Zeit zu Zeit von einem Hauch Parfüm geködert werden konnte, wenn sich Miss Pryor über seinen Tisch beugte und er, wie betäubt von einem Verlangen, das er nicht einmal ansatzweise verstand, vergaß, wer er sein sollte, und nur noch als bloßes Verlangen existierte. Ich musste den Jungen aufspüren, der er gewiss manchmal war, wenn er niemanden schikanieren konnte, ein Junge, der an einem Sommernachmittag am Strand spazieren ging. Ein Junge, der glücklich, ein Junge, der schwach sein konnte. Natürlich habe ich nicht in so präzisen Worten darüber nachgedacht, aber ich begriff. *Ich begriff.*

Mrs. Collings bemerkte die Verwandlung. «Gut», sagte sie. «Jetzt bist du so weit. Gib dir elf Tage Zeit. Werde unsichtbar. Beobachte ihn. Finde heraus, wer er ist. Sieh durch ihn hindurch.»

Ich nickte. Ich war aufgeregt; ich glaubte wirklich, es würde funktionieren. Das Problem war nur, dass ich mir nicht die Zeit nahm, darüber nachzudenken, was ich Mrs. Collings' Meinung nach eigentlich tun sollte. Und vielleicht hat sie es selbst auch nicht getan. Ich fürchte, das Problem tritt keineswegs selten auf. Wenn sich die Unterdrückten, die Opfer ein wenig Macht zurückerobern, ist das nicht schlecht, doch besteht der eigentliche Trick darin, genau zu wissen, wie man die Macht einsetzt. Oft ist es natürlich am einfachsten, sie für sich selbst einzusetzen, man muss nur herausfinden, wie direkt oder indirekt sich das bewerkstelligen lässt. Dem Griff nach der Macht geht nie eine bewusste Entscheidung voraus, eher eine Ahnung des Unvermeidlichen, ein Gefühl des Ankommens. Der Moment tritt ein, und es scheint möglich, gar notwendig zu handeln, und ohne dass wir uns tatsächlich dafür entschieden hätten, handeln wir. Wir tun, was wir tun müssen – so wie Moira, als sie vor dem Teufel in Tom floh und die Seelen ihrer Kinder mit sich nahm, oder wie Hazel, die mich verraten würde, nicht weil sie mich verraten wollte, sondern im Zugzwang einer Logik, die sie selber gar nicht durchschaute.

Es geschah etwa vierzehn Tage nach den Birnie-Morden, vielleicht auch ein wenig später. Amanda und ich fuhren von einer Party nach Hause, als wir an einer Unfallstelle vorbeikamen. Zwei Fahrzeuge waren am Rand von Callie Woods in einer scharfen Kurve unmittelbar vor dem Golfplatz aufeinandergeprallt. Ich musste hart bremsen, um dem ersten Auto auszuweichen, das sich einmal um sich selbst gedreht hatte und die gesamte Straße blockierte; der Wagen war dunkelblau und stand in einem Winkel von fünfundvierzig Grad zum Straßenrand, sämtliche Türen geöffnet, der Boden auf beiden Seiten mit di-

versem Krimskrams übersät – Bücher, Landkarten, Picknick-
reste, ein Strohhut, jede Menge Kassetten. Eine braune Hand-
tasche aus Krokodillederimitat lag neben dem Hinterrad und
hatte Lippenstift, Tampons und ein Portemonnaie aus dem
gleichen Lederimitat über den Asphalt verstreut. Soweit ich
sehen konnte, saß niemand mehr am Steuer. Das andere Fahrzeug, ein roter Minivan, war gänzlich von der Straße abgekommen und im Graben gelandet. Die Scheinwerfer brannten,
und der Motor lief noch, aber der Fahrer war nicht zu sehen.
Ich zog die Handbremse an und drehte mich zu Amanda um.

«Bleib hier», sagte ich. «Ich schau mal nach.»

Sie schüttelte den Kopf. Einen Moment lang dachte ich, sie
wolle auch aussteigen, und ich setzte schon an, ihr zu erklären,
wie unnötig dies sei, als ich begriff, dass sie mich zurückhalten
wollte, dass sie die Wracks ignorieren und so tun wollte, als
wenn nichts geschehen wäre. «Es ist besser, wir fahren weiter»,
sagte sie schließlich. «Lass uns Hilfe holen.»

«Das können wir nicht tun», erwiderte ich. «Keine Sorge, ich
bleib nicht lang.» Ehe sie antworten konnte, stieg ich aus und
ging zum ersten Wagen. Erst jetzt, da ich nicht mehr im Auto
saß, hörte ich die Musik und war überrascht, sie nicht schon
vorher gehört zu haben. Sie war ziemlich laut. Ich kannte das
Stück, es war eines, das ich auch mochte: Alanis Morissettes
Mercy in der Version mit Salif Keita. Ein merkwürdiger Gedanke, dass diejenigen, die in dem Wagen gefahren waren, die
gleiche Musik mochten wie ich. Vielleicht mochten sie auch die
gleichen Bücher, die gleichen Filme. Es ließ mich hoffen, dass
sie in Ordnung und nicht schwer verletzt waren.

Der Wagen war leer, und im Zündschloss steckte kein
Schlüssel, also nahm ich an, dass der Fahrer mehr oder weniger unverletzt fortgegangen war, um Hilfe zu holen. Ich

eilte an den offenen Türen des ersten Wagens vorbei, um auch im Minivan nachzusehen. Kaum trat ich aus dem Licht der Scheinwerfer, fiel mein Blick auf den Fahrer, einen jüngeren Mann, der offensichtlich tot war. Ich wusste es beim ersten Blick, wusste es ohne den geringsten Zweifel. Sicher war er beim Aufprall gestorben; er schien sich das Genick gebrochen zu haben. Sein Gesicht war bereits grau, und er sah aus wie eine Schneiderpuppe, die Gliedmaßen seltsam verrenkt. Ich stand da und schaute ihn eine Weile an, neugierig und ein bisschen bestürzt. Die Szene wirkte normal, aber zugleich irgendwie unwirklich. Nicht lebendig genug. Es fehlte an der nötigen Dramatik – und ich begriff, dass ich Ähnliches bislang nur im Fernsehen oder im Kino gesehen hatte.

Aus dem Nichts erschien ein Mädchen, ein plötzliches Aufflammen von Weiß und Rot. Erst dachte ich, sie sei verletzt, doch als ich genauer hinsah, erkannte ich, dass der rote Fleck an ihrer Kehle nur ein locker um den Hals geschlungener Polyesterschal war. Sie wankte, taumelte, stand vermutlich unter Schock; vielleicht war sie auch am Kopf verletzt.

«Alles in Ordnung mit Ihnen?», fragte sie.

«Mit mir?»

«Alles in Ordnung?» Mit einem wilden Blick starrte sie mich an. Es war der Blick blinder Panik, den man bei einem verletzten Vogel sehen kann, der auffliegen will, obwohl er weiß, dass seine Flügel nutzlos sind, und ich fürchtete schon, sie könne in ihrer Angst davonlaufen oder eine abwehrende Haltung einnehmen, als Amanda in ebendiesem Moment die Tür öffnete und sie ablenkte. Das Mädchen schaute sich zu ihr um. «Alles in Ordnung?», fragte sie Amanda.

«*Uns* geht es gut», sagte ich. «Wir wurden nicht in den Unfall verwickelt … Wir haben bloß angehalten, um zu helfen.»

Das Mädchen erstarrte, als es meine Stimme hörte, dann wankte es einige Schritte auf unseren Wagen zu, die Hand ausgestreckt, als wollte sie Amanda um etwas bitten. Amanda zuckte zurück – nur ein bisschen, doch das Mädchen hatte es gesehen. Das verwirrte es, und es schaute wieder zu mir herüber.

«Ist schon gut», sagte ich und musste an etwas denken, das ich gelesen hatte über Unfallopfer, die wie besessen eine Wahl treffen müssen, getrieben von dem Gedanken, sie könnten das Unmögliche durch bloße Willenskraft möglich machen. Natürlich eine verständliche Reaktion angesichts der so plötzlich erfahrenen Wahllosigkeit der Welt, einer Wahllosigkeit, deren Opfer sie werden konnten und geworden waren.

«Sophie», sagte sie und zeigte in den Wald.

«Wie bitte?»

«Sophie ist weg», sagte sie.

Ich verstand nicht. Einen Moment lang nahm ich an, jemand mit Namen Sophie sei tot, und ich ging an den Rand der Straße, wohin sie meiner Meinung nach gezeigt hatte, um nachzusehen, ob da etwas war, was ich übersehen hatte.

«Sie ist sicher Hilfe holen?» Amanda versuchte, beruhigend zu klingen, obwohl sie eine Frage stellte.

«Nein», sagte das Mädchen. «Sie ist weg.» Dann taumelte es, und es sah aus, als fiele sie hin, doch sie senkte nur die Arme, knickte ein und setzte sich an den Straßenrand. Ich schaute zu Amanda hinüber. Sie schien selbst in Panik ausbrechen zu wollen und starrte das Mädchen mit seltsam verletzt wirkender Miene an.

«Du solltest Hilfe holen», sagte ich. «Ich warte hier.»

Sie wirkte erleichtert. «Ja», sagte sie. «Ich hole Hilfe.»

Sie ging zurück zum Wagen und ließ mich mit dem Mädchen allein. Ich ging hinüber zu dem Mädchen, starrte es an und fühlte mich hilflos.

«Wie heißt du?», fragte ich.

Sie sah auf. Ihr Gesicht war aschfahl. «Sophie», sagte sie. Mir kam der Gedanke, dass sie es war, die «Mercy» mochte, und ich wollte sie etwas fragen, irgendetwas, das eine Verbindung zwischen uns herstellte und ihr deutlich machte, dass wir einander ähnlich waren, dass sie nichts zu befürchten hatte. Dass wir uns um sie kümmerten. Ich wollte sie wissen lassen, dass alles in Ordnung war, doch das stimmte nicht. So etwas sagen wir nur um unserer selbst willen, weil wir es kaum ertragen können, Zeuge des Leids anderer Menschen zu sein.

In jenen elf Tagen, in denen ich Malcolm Kennedy nachspürte, lernte ich, unsichtbar zu sein. Wirklich. Und es war einfacher, als ich vermutet hatte; im Rückblick wird mir klar, dass Malcolm Kennedy nicht einmal ahnte, dass ich ihn beschattete. Warum sollte ich ihn verfolgen, jede seiner Bewegungen registrieren, einen seiner Wutausbrüche riskieren? Warum sollte ich meinen vermeintlichen Status als spezieller Freund aufs Spiel setzen und zu seinem erklärten Feind werden? Er hatte keinen Grund zu der Annahme, dass die Rollen vertauscht worden waren, etwas Derartiges wäre ihm nie in den Sinn gekommen – und er wusste, dass es mir ebenso wenig einfallen würde. Dennoch überraschten mich meine Geduld und die Fähigkeit, zugleich im Verborgenen und wachsam zu bleiben. Immerzu musste ich daran denken, was Mrs. Collings gesagt hatte. *Warte den richtigen Augenblick ab.* Das war das Geheimnis. Diese Worte strahlten etwas Befriedigendes aus. Und tief in mir entdeckte ich eine Reserve an Geduld, von der ich nichts geahnt hatte, und mich überraschte, wie groß sie war. Elf Tage lang beobachtete ich ihn, wie ein Feldforscher ein gefährliches Tier beobachtet: mit aller nötigen Vorsicht und einer gewissen Leidenschaftslosigkeit, doch auch ohne Furcht, Scheu oder gar Mitleid, Gefühle, von denen ich bislang eingeschränkt worden war. Monatelang hatte ich mich über Malcolm Kennedys Zielstrebigkeit gewundert, den puren Einfallsreichtum seiner Bösartigkeit. Monatelang war er der Jäger und ich die Beute gewesen. Jetzt wurde ich gelassen, still und selbstgenügsam. Ich studierte ihn, genau wie Mrs. Collings es mir geraten hatte. *Beobachte ihn*, hatte sie gesagt. *Lerne ihn kennen. Sieh, wie unbedeutend er ist. Finde seine Schwäche heraus.* Schließlich war ich zur Tat bereit. Ich hatte einen Plan und hatte ihn sorgsam geprüft. Er war zwar nicht narrensicher, wahrte oberflächlich gesehen aber einen gewissen unschuldigen Anschein, der jener Instanz in mir gefiel, die Mrs. Collings meinen inneren Schachspieler genannt hatte.

Es war ein Freitagnachmittag gleich nach der Schule. Ich wusste, dass Malcolm Kennedy sich nach Schulschluss meist am Tor aufhielt oder auf dem Nachhauseweg trödelte, sich Schaufenster ansah oder vor der alten Bibliothek stehen blieb, um die Zeit totzuschlagen. Es dauerte einige Tage, bis ich den Grund dafür herausfand, doch dann fiel mir ein, dass mir jemand gesagt hatte, seine Mutter arbeite im Supermarkt in der Spätschicht, und ich begriff, dass er nicht nach Hause konnte, weil er keinen Schlüssel hatte. Er lief durch die Stadt und gab sich Mühe, dass ihm warm blieb, Hände in den Taschen, das Gesicht rot vor Kälte. Es gab Plätze, an denen er sich besonders gern aufhielt: bei Mackie, dem Laden mit Fahrtenmessern und Angelzeug im Fenster; oder bei Henderson, wo es diese winzigen amerikanischen Doughnuts gab, die ich auch so gern aß, die, die ganz mit Zucker überzogen waren.

An diesem Nachmittag aber hatte ich eine Überraschung für ihn parat. Er hatte mich länger nicht gesehen, und ich glaube, er war einigermaßen verblüfft, als ich so plötzlich vor ihm auftauchte – auf ihn *wartete*. Noch ehe er ein Wort sagen konnte, ging ich zu ihm.

«Du rätst nie, was ich gesehen habe», sagte ich außer Atem und zugleich ganz kumpelhaft. «Einfach irre. Normalerweise findet man die hier gar nicht, aber mein Dad hat sie gesehen und mir gezeigt, wo sie sind …»

«Wovon redest du überhaupt?», sagte er verärgert. Der Zauber zeigte keine Wirkung. Bestimmt hätte er mich am liebsten geschlagen, um mich zum Schweigen zu bringen und die Kontrolle über die Situation zu erlangen, aber wir standen mitten auf der Shore Street, Lehrer gingen an uns vorbei nach Hause – und jetzt bot ich ihm plötzlich etwas an. Zumindest für diesen einen Moment hatte ich seine Aufmerksamkeit gewonnen.

«Gartenspötter», sagte ich. «Hast du das nicht in der Zeitung gelesen? Sind hier fast ausgestorben …»

Seine Linke zuckte vor, berührte mich aber nicht. «Einen Augenblick», sagte er. «Langsam, ruhig Blut.» Auch das hatte er aus dem Fernsehen. «Wo genau hast du sie gesehen?»

Ich grinste, naiv, vertrauensselig, hoffnungsvoll. «Ich zeig's dir», sagte ich.

Misstrauisch sah er mich an. Warum sollte ich das tun? Andererseits – was konnte es schaden? Schließlich bedeutete ich keine Gefahr für ihn. Was konnte ich ihm schon anhaben? Ihm eine Falle stellen? Lächerlich. Fast war zu sehen, wie sich die Rädchen in seinem Hirn drehten. «Na schön», sagte er. «Aber ich kann nur hoffen, es stimmt, was du sagst. Ich hab meine Zeit nicht gestohlen und Besseres zu tun, als irgendwelchen Hirngespinsten nachzujagen.»

Ich lächelte zufrieden. Eines musste ich diesem Kerl lassen, er sah wirklich oft fern. «Hier entlang», sagte ich, meine Aufregung ebenso vorgetäuscht wie echt. Jetzt, da alles in Gang gesetzt war, hatte ich fast keine Angst. «Mir nach.»

Er war immer noch skeptisch, konnte aber der Verlockung nicht widerstehen. Es gab nichts, wovor er Angst haben musste. Und falls ich ihn anlog, lieferte ich ihm den idealen Vorwand, mich richtig fertigzumachen. Ein Risiko, das mir natürlich bekannt war. Doch ich war aufgeregt. Ich war bereit. Ich kannte ihn, hatte ihn beobachtet und wusste, er war im wahren Leben schwächer, als ich es je für möglich gehalten hatte. Also ging ich voran. Ich lockte ihn in die Falle. Ich führte ihn zum alten Kalkschuppen.

Der Kalkschuppen war ein alter Steinbau am Rand eines Feldes gleich außerhalb des Städtchens und wurde seit Jahren nicht mehr benutzt; das Dach war kaputt, und im Inneren lauerten zwei lange, tiefe Gruben mit schwarzem, zähflüssig wirkendem Wasser. Es roch nach Diesel, altem Sackleinen, nach Fäulnis und Getier, vor allem aber roch es nach Kalk. Am dunklen Ende, gut zehn Meter hinter der Tür, stand an der Wand eine Reihe Zinkwannen voller Spinnweben, Staub und verrotteten Blättern. Im Sommer kam ich oft her, setzte mich in den Schatten und tat nichts, lauschte den Vögeln in den Bäumen oder dem Regen, der von den Ästen auf das Dach tropfte. Außer mir schien kein Mensch diesem Ort irgendeine Bedeutung beizumessen, außer mir kam niemand hierher. Selbst der Name «Kalkschuppen» stammte von mir. Andere Leute hielten den Schuppen vermutlich für ein altes Hofgebäude, aber für mich war er heiliges Gebiet. Manchmal kam ich im Sommer frühmorgens auf dem Rad her und betrachtete aus halb offener Tür den Sonnenaufgang. An diesem Feldrain ging die Sonne über Bäumen und nicht über dem Wasser auf, weshalb sie hier ganz anders aussah als auf der Landzunge oder der Strandpromenade. Manchmal schimmerte sie weißlich, beinahe gespenstisch, und man musste zwischen all den Blättern schon fast danach suchen, dann wieder, vor allem zu Beginn des Frühlings, schien sie wie ein großer roter Ball am Horizont hochzuschnellen und die kahlen Bäume in glosendes, glutrotes Feuer zu tauchen.

Früher brachte uns ein Mädchen die Zeitungen und fuhr jeden Morgen am Ende ihrer Runde den Hügel zu Whitland House hinauf. Ann Greer. Sie war zwei Jahre älter als ich und sehr hübsch mit ihrem langen silbrigen, fast platinhellen Haar, das sie gewöhnlich zu einem Zopf geflochten trug, manchmal aber auch offen fallen ließ, eine wilde Mähne, die ihr Gesicht umspielte und sich über die Schultern halb auf den Rücken hinab ergoss. Sie war das schönste Mädchen der ganzen Schule. Lehrer erstarrten in ihrer Gegenwart, versuchten lässig dreinzusehen und mieden jeden Blickkontakt, aber auch die Lehrerinnen fanden sie toll, da sie klüger, höflicher und schlagfertiger als die Jungen in ihrer Klasse war. Ihre Familie hatte nicht viel Geld, aber Ann Greer sah immer gut aus, selbst wenn sie die Kleider älterer Geschwister auftrug; sie besaß jene natürliche Eleganz, die es ihr erlaubte, einfach alles anzuziehen. Trotzdem war sie bescheiden, fast ein wenig still. Da sie zwei Klassen über mir war, dachte ich nicht oft an sie, freute mich aber immer, wenn sie auf dem Flur an mir vorbeiging oder wenn ich sie auf dem Heimweg am Schultor sah. Verliebt aber habe ich mich in sie erst an jenem Abend, als ich in einem Schultheaterstück nach langer harter Arbeit hinter den Kulissen eine einzige, unbedeutende Zeile aufsagen durfte.

Das Stück hieß *Macbeth*. Ann Greer war eigentlich zu schön für die Rolle der Lady Macbeth, aber sie bot sich einfach an, zumindest in den Augen des Englischlehrers Mr. Connors, der auch die Theatergruppe leitete. Er hatte sie in seiner Englischklasse gebeten, ein Stück aus *Romeo und Julia* zu lesen, und sie war so gut gewesen, hatte die Szene gespielt, aber nie den Rahmen des Klassenzimmers gesprengt, dass er noch im selben Moment entschied, sie solle ein Star werden. In Bezug auf mich war er sich da längst nicht so sicher, doch wollte ich unbedingt mitmachen, weshalb er mich am Ende auftreten und die unsterbliche Zeile sagen ließ: «Die Königin, Herr, ist tot», worauf Matthew Campbell, ein nervöses Wrack, aber ein geborener Schauspieler, zu seinem *Sie-hätte-sterben-können*-Monolog anhob. Es war nicht gerade viel, aber ich hatte die Bretter betreten, die für manche die Welt bedeuteten – gar nicht übel für einen Schüler der dritten Klasse.

So gut Matthew auch war, an diesem Abend gab es nur eine wahre schauspielerische Glanzleistung. Ich glaube, der ein oder andere Erwachsene im Publikum war den Tränen nahe, als Ann Greer über die Bühne schritt, die Hände in imaginäres Blut getaucht, das Gesicht fahl wie Meeresdunst, die Augen ein kleines bisschen zu dunkel, der Mund ein kleines bisschen zu rot. Nach dieser Szene war das Stück eigentlich vorbei. Es war, als säße man in einem Film, und der Lieblingsschauspieler stirbt nach der ersten Hälfte; man bleibt höflich sitzen, wartet das Ende ab und denkt noch einmal an die wenigen großartigen Augenblicke, die man gerade erleben durfte. Als ich auf die Bühne trat, um Matthew Campbell zu sagen, dass Ann Greer tot war, gewannen meine wenigen Worte, die mir bis dahin so glanzlos erschienen waren, neue Bedeutung, eine gefühlsgeladene, tragische Qualität, die uns allen, Schauspielern ebenso wie Publikum, in Erinnerung rief, dass der Tod nicht bloß unvermeidbar, sondern auch erschreckend *persönlich* war. All das hatte Ann Greer bewirkt, die längst nach draußen gehuscht war, um frische Luft zu schnappen oder um mit ihrem Bruder Nick zu reden, der den Banquo spielte. Sie kam für den Applaus wieder auf die Bühne, überließ typischerweise aber dem Macbeth allen Ruhm – und Matthew Campbell war niemand, der das Rampenlicht gescheut hätte.

Danach wollte ich unbedingt mit ihr reden. Ich machte mir keine großen Hoffnungen, wollte bloß mit ihr sprechen und sie zum Kalkschuppen einladen, damit sie sehen konnte, wie es da war. Danach würden wir Freunde sein. Lange dachte ich nach, doch eines Nachts lag ich im Bett und wartete auf das Morgengrauen, hörte den Vögeln zu und lauschte auf das Geräusch, das ihr Fahrrad machte, wenn sie die Anhöhe heraufkam. Meist war sie gegen sieben Uhr mit ihrer Runde fertig, vermutlich, weil sie danach noch nach Hause und sich für die Schule fertig machen konnte. Erst wollte ich draußen auf sie warten, am Tor oder auf dem Weg, sagte mir aber, dass das zu aufdringlich wirken würde, also legte ich mich angezogen unter die Bettdecke. Endlich kam sie. Sie fuhr ein altes Herrenrad, und sie hatte sich einen großen Leinensack über die Schulter geworfen. Jeden Tag hielt sie am Tor, lehnte das Rad an die Hecke und ging dann den Pfad hinauf zur Haustür. Ich hatte sie schon einige Male beobachtet und die zufriedene Miene gesehen, mit der sie ihre letzte Zeitung einwarf und die Runde beendete. An diesem Morgen kam sie den Weg herauf, noch frisch und kühl so früh am Tag, und ich öffnete das Fenster, so weit ich konnte.

«Hallo», sagte ich.

«Hallo.» Sie schaute hoch, blieb einige Schritte vor der Tür stehen und wartete.

«Soll ich dir was zeigen?», fragte ich und klang wie ein Fünfjähriger.

«Was denn?»

«Eine Stelle. Ist nicht weit.»

Sie musterte mich einen Moment, dann schüttelte sie den Kopf. «Ich kann nicht», sagte sie, ging zur Tür und schob die Zeitung in den Briefschlitz. Ich hörte sie mit sanftem, schlüpfrigem Klang in den Flur fallen. Dann tauchte Ann Greer an exakt derselben Stelle wieder auf. Sie schaute sich nach mir um. «Ich kann nicht», sagte sie. «Tut mir leid.»

Sie sah zu ihrem Rad, das an der Hecke lehnte und dessen Lenker langsam im Laub versank. «Ich kann nicht», sagte sie noch einmal. «Tut mir leid.» Es war einfach herzzerreißend, aber mir fiel nicht ein, was ich noch hätte sagen können, also nickte ich bloß und zog mich zurück. Seither schenkte sie mir jedes Mal, wenn wir uns begegneten, ein kurzes, seltsames Lächeln, sagte aber kein einziges Wort.

Jetzt aber ging ich aus einem anderen Grund zum Kalkschuppen. Ich hatte ihn ausgewählt, weil er einsam lag und weil ich glaubte, er würde mir Glück bringen. Manche Orte bringen Glück, wenn man sie gut genug kennt. Ich entschied mich für die hinterste Ecke, direkt über der langen, tiefen Grube mit schwarzem, fauligem Wasser. Dort sollte der Gartenspötter nisten. In jenen Tagen wusste ich nichts über Vögel, dabei hätte ich ein Experte sein können. Mein Vater verstand einfach nicht, weshalb ich mit ihm keine Vögel beobachten wollte. Er hatte mir sogar extra ein Fernglas gekauft, aber ich konnte mich trotzdem nicht dazu aufraffen, ihn zu begleiten. Nach seinem Tod habe ich das sehr bedauert. Er hat die Vögel geliebt und so viel über sie gewusst, über ihre Gewohnheiten, ihre Stimmen und Nistplätze. Natürlich hatte ich keine Ahnung, wo ein Gartenspötter Zuflucht suchen mochte – vermutlich nicht in einem alten klammen Gemäuer –, doch da dieser Vogel in Großbritannien sehr selten war, nahm ich an, dass Malcolm Kennedy es auch nicht besser wusste. Außerdem war er kein Vogelkundler. Er mochte Vögel nicht einmal. Er wollte bloß ein weiteres Ei für seine Sammlung. Trotzdem blieb da ein Problem. Ich hatte Malcolm Kennedy in den Kalkschuppen gelockt, jetzt musste er noch in die dunkle, gefährliche Ecke gehen, ohne Verdacht zu schöpfen. Ich musste verschlagen sein, musste ihn täuschen.

«Mein Gott, stinkt das hier drinnen», sagte er, als wir durch die halb offene Tür schlüpften. «Was ist das?»

Ich zuckte die Achseln. «Weiß nicht», erwiderte ich. «Irgendein altes Hofgebäude, glaube ich.»

Er stand im dämmrigen Innern und sah sich um. «Wozu ist die große Grube?», fragte er.

«Keine Ahnung.» Ich ging zum schmalen, nur knapp fünf Zentimeter breiten Vorsprung, der an der Rückwand entlang und über die Grube führte. Ich hatte es erst einmal sicher hinübergeschafft, an einem Nachmittag, als ich allein gewesen war und mich nichts ablenkte. «Ich geh auf die andere Seite. Da ist das Nest.»

Er packte mich am Ärmel. «Was soll das? Du gehst nicht auf die andere Seite», herrschte er mich an. «Ich geh rüber.» Er stierte in die Dunkelheit. «Wo ist überhaupt das Nest?»

«Ist ja schon gut», sagte ich und versuchte, mich aus seinem Griff zu befreien. «Ich weiß genau, wo es ist. Und ich weiß auch, wie man rüberkommt. Der Vorsprung ist ziemlich schmal …»

Wieder riss er mich zurück. «*Ich* gehe», sagte er. «Sag mir einfach, wo das Nest ist.»

Nur widerwillig und offenbar mit dem Gefühl, erneut von ihm übertölpelt worden zu sein, schien ich nachzugeben. «Also schön», sagte ich, «aber pass auf, wo du hintrittst. Es ist sehr …»

«Hast du schon gesagt», fauchte er. «Wo ist das verdammte Nest?»

Ich zeigte in die Ecke. «Da oben», sagte ich. «Siehst du den dunklen Fleck? Gleich drüber ist eine kleine Lücke. Du kannst sie von hier nicht sehen, kannst sie aber ertasten. Da ist das Nest.»

Er schaute auf. Nur wenn er sich auf Zehenspitzen stellte, konnte er hinauf zur Lücke langen – die gab es tatsächlich, ich hatte einmal Vögel durchfliegen sehen. Sobald er auf Zehenspitzen stand und sich nach dem Nest reckte, die Eier suchte, den Arm so weit ausgestreckt wie nur möglich, würde er fallen. Dazu brauchte ich nur ein wenig nachhelfen. Zu dem Zeitpunkt hatte ich nicht vor, ihm wirklich wehzutun. Ich wollte ihn nur in das dunkle, ölige Wasser fallen und eine Weile in der Brühe suhlen und herumzappeln lassen. Diesmal war er dran, gedemütigt zu werden; diesmal würde er dumm aus der Wäsche schauen. Und er würde wissen, dass ich ihn hereingelegt hatte, und wenn ich ihn einmal austricksen, wenn ich einmal die Oberhand gewinnen konnte, dann würde mir das vielleicht ein zweites Mal gelingen. Ich hatte keine Angst – jedenfalls nicht so große Angst, wie ich gedacht hatte. Ich konzentrierte mich ausschließlich auf das Bild von Malcolm Kennedy in der Grube, wie er Wasser trat und um Hilfe rief. Hilfe, die nur ich ihm geben konnte. Und ich würde sie ihm verweigern, würde ihn auslachen, hinaus in die frische Frühlingsluft treten und ihn zappeln lassen.

Er brauchte einen Augenblick, um sich zu orientieren und

sich die Stelle zu merken, an der das Nest sein sollte, dann zog er los. Er bewegte sich ziemlich geschickt, schob sich mit dem Rücken an der Wand entlang, die ihm half, das Gleichgewicht zu halten, während er sich schrittweise, aber keineswegs übervorsichtig vorantastete. Er ließ sich Zeit, aber ich glaube, er wollte auch ein wenig angeben. Er wollte mir zeigen, dass er es besser konnte, als ich es vermutlich je fertigbringen würde; er wollte, dass ich zurücknahm, was ich gesagt hatte, dass der Vorsprung so schmal sei und es so schwierig sein würde, darauf zu gehen. Langsam, mit konzentrierter Miene, rückte er vor. Bald war er nah dran. «Du bist fast da!», rief ich ein wenig zu laut. Er sollte glauben, dass ich ihn anfeuerte. Ich benahm mich, wie er mich haben wollte, unterwürfig, gehorsam, der verblüffte Zeuge seiner Überlegenheit. Das Problem war nur, dass ich ihn erschreckt hatte und er sichtlich ins Schwanken geriet.

«Schon gut», sagte er. «Brauchst ja nicht gleich zu schreien. Du schreckst noch die Vögel auf.»

Ich nickte wie blöd. «Tut mir leid», rief ich nicht ganz so laut zurück.

Er warf mir einen Blick zu und zog eine Grimasse. «Schon okay», sagte er. «Bin ich jetzt da?»

«Ja», rief ich. «Du stehst direkt davor. Wenn du dich umdrehst und die linke Hand hebst, müsstest du die Lücke finden.»

«Verdammt, hör auf zu schreien!», rief er. «Ich versuche hier, mich zu konzentrieren.» Er drehte sich vorsichtig um, setzte wie ein Tänzer die Füße mit winzigen Bewegungen um, bis er mit dem Rücken zu mir stand. Er hob die Linke und begann, über dem Kopf nach der Lücke zu tasten. «Ich kann sie nicht finden», sagte er. «Bist du sicher …»

«Ein bisschen weiter links!», rief ich, während ich nach der Stange griff. Ich hatte sie auf der Müllkippe gleich neben dem Kalkschuppen gefunden, eine lange Holzstange, fast wie eine Wäschestütze, nur ohne die v-förmige Astgabel am Ende. Ich wusste nicht, wofür sie benutzt worden war, ehe man sie hier abgeladen hatte, aber ich hatte jetzt Verwendung für sie. Weil Malcolm Kennedy sich nicht umsah und weil er sich reckte, so hoch er konnte, weil er beschäftigt war, ein habgieriges Kind, ganz auf das konzentriert, was die Mühen des Tages einbringen mochten, war er ein leichtes Ziel. In Gedanken, aber auch in diesem dunklen Winkel der realen Welt hatte ich es viele Male geprobt, und ich wusste, mit ein wenig Glück, ein wenig mehr Berechnung, aber vor allem mit fester Entschlossenheit war es möglich. Ich musste mich zusammenreißen. Ich musste aufhören, Angst zu haben. Jetzt begriff ich, was mein Vater meinte, wenn wir auf unseren Spaziergängen dem Hund begegneten. «Hab keine Angst», hatte er gesagt. Endlich verstand ich ihn, und ich hatte keine Angst. Es war eine reine Willensfrage.

«So ist's gut», rief ich. «Gleich hast du's.»

«Ja, aber …»

«Greif rein. Nun mach schon …» Ich hob die Stange und hielt sie wie eine riesige Angel über das Wasser. Sie bebte und schwankte und einen Moment lang fürchtete ich, es würde nicht klappen.

«Hier ist kein Nest …», sagte er und klang, als würde er langsam sauer. Die Stange war in seinem Rücken. Ich brauchte nur noch auszuholen und ihn anzustoßen. Ich hatte geübt – hatte aber die Möglichkeit nicht in Betracht gezogen, dass er sich umdrehen könnte, um nachzusehen, was ich tat, außerdem hatte ich nicht daran gedacht, dass er viel schwerer als der Sack und der Ast war, mit dem ich geübt hatte.

«Verarsch mich bloß nicht …» Malcolm Kennedy drehte sich um und sah, was geschah, aber es war zu spät. Vielleicht half es sogar, dass er sich umdrehte, dass er aus dem Gleichgewicht kam und folglich abgelenkt war, als die Stange auf ihn zuschwenkte und so hart traf, dass sie mir fast aus den Händen glitt, während ich ausholte, um erneut zuzuschlagen, aufgeregt diesmal und siegessicher. Ich sah sein Gesicht – natürlich war er verwirrt, doch dauerte die Verwirrung nur kurz, als er sah, was ich getan hatte, und begriff, dass er sich nicht halten konnte. Dann fiel er, hing, ehe er stürzte, einen Augenblick in der Luft wie eine Comicfigur, die gerade über den Klippenrand hinausgelaufen ist – und jetzt wirkte er wirklich wütend, so als wäre er grundlos von einem wahren Freund verraten worden und nicht von einem unglücklichen Jungen, den er monatelang zu seinem Opfer gemacht hatte.

Hart schlug er auf das Wasser auf. Ich war beeindruckt. Ein dumpfer Klatsch war zu hören, kein Platschen, eher ein Geräusch, wie es der Wind macht, wenn er ein Segel bläht oder wie jenes Geräusch, mit dem ich auf den Boden aufgeschlagen war, damals, als er mir die Luft aus den Lungen geboxt hatte. Ich hatte ihn gleich beim ersten Versuch erwischt, und er ahnte nicht einmal, was ihn getroffen hatte. Er ging unter, kam wieder hoch, rang nach Atem und planschte wie wild, Wasser in Mund und Nase, das Gesicht vor Angst verzerrt. Obwohl mir nur ein flüchtiger Blick blieb, sah ich, dass er tatsächlich Angst hatte. Er fürchtete sich. Er wusste nicht, was passiert war, und jetzt schwamm er in der Grube, und es gab keinen Ausweg. Der Rand war so hoch, dass er unmöglich nach oben langen und sich aus der Grube ziehen konnte, also musste er schwimmen oder Wassertreten und warten, bis ihm jemand zu Hilfe kam. Einen Moment lang blieb ich stehen und sah ihn auftauchen; ich wollte mich vergewissern, dass ich alles bedacht hatte, dass es für ihn keine Möglichkeit gab, an Land zu klettern und mich zu verfolgen. Dann drehte ich mich um und wich in den Schatten zurück, damit Malcolm Kennedy mich nicht sehen konnte. Ich sah ihn zwar auch nicht mehr, hatte aber schon genug gesehen. Er hatte Angst. Und er wusste nicht, wie ihm geschehen war. Darauf allein kam es an.

Schließlich rief er: «Hey, was soll der Scheiß?» Ich konnte ihn planschen hören, als er an den Grubenrand schwamm. Was ihm allerdings auch nicht weiterhalf. Er würde nirgendwohin gehen. Ich lauschte, genoss den Augenblick. Dann rief er wieder: «Hol mich hier lieber raus, sonst ist dein Leben keinen Pfifferling mehr wert.»

Ich sagte kein Wort. Es war Zeit zu gehen. Ihn ein wenig schmoren zu lassen. Ihn spüren zu lassen, wie es war, wenn man Angst hatte. Ihn spüren zu lassen, wie es war, wenn man sich gedemütigt fühlte. Zwar lockte mich der Gedanke, einen letzten Blick auf ihn zu werfen, nur um ihn in dem dreckigen Wasser planschen zu sehen, aber ich übte mich in Selbstbeherrschung. Ich zügelte mich. Schließlich ging es mir nicht darum, mich an seiner Not zu weiden, sondern darum, meinen Standpunkt klarzumachen. Mrs. Collings wäre stolz auf mich gewesen.

Auf dem Weg zurück in die Stadt war ich mir noch sicher, dass ihm nichts Ernsthaftes zustoßen würde. Man würde ihn nach einiger Zeit finden, jemand würde seine Schreie hören und ihn herausziehen, und ich würde ihn – zur Einsicht gebracht oder rachsüchtig – am Montag in der Schule sehen. Ihm blieb ein ganzes Wochenende, um darüber nachzudenken, was geschehen war; vielleicht dachte er sich in diesen Tagen auch aus, wie er wieder gegen mich vorgehen konnte, doch das war mir egal. Für diesen einen Tag zumindest hatte ich die Gewissheit, etwas getan zu haben, ich fühlte mich *stark*. Sollte alles wieder von vorn beginnen, wollte auch ich wieder einen Feldzug gegen ihn starten, und früher oder später würde ich ihn erwischen. Ich kannte jetzt meine Stärken. Und wer weiß? Vielleicht hatte er sogar beschlossen, sich einen neuen speziellen Freund zu suchen.

Zugleich aber muss ich gestehen, dass mir der Gedanke kam, nicht bloß ein Mal, sondern mehrere Male, er könnte dort draußen ertrinken, doch ich hing dieser Vorstellung nicht lange nach, und sie belastete mich auch nicht. Malcolm Kennedy war mir egal, und ich wusste, nichts konnte mich mit diesem offensichtlichen Unfall in Verbindung bringen. Weil ich getan hatte, was ich tun wollte, fühlte ich mich die nächsten ein, zwei Stunden wie berauscht, und wenn ich überhaupt an Malcolm Kennedy dachte, dann war ich mir sicher, dass ich ihn, sollte er ertrinken, wenigstens endlich los sein würde. Allerdings hielt ich das für kaum wahrscheinlich. Er würde nicht ertrinken, weil niemand nur wenige Meilen außerhalb der Stadt in einer drei Meter tiefen Wassergrube ertrank. Menschen ertranken im Meer, so wie Mrs. Collings' Vater und ihr Bruder.

Als ich in die Stadt kam, ging ich zum Bäcker und kaufte mir eine kleine Tüte Doughnuts von jener Sorte, die ich so gern aß. Draußen wurde es bereits kühler, und die Doughnuts lagen warm in meiner Hand. Ich aß zwei, dann machte ich die Tüte zu, um mir noch ein paar für später aufzuheben. Sie schmeckten köstlich, diese beiden Doughnuts. Warm, mit Zuckerguss, teigig und bissfest. Ich fühlte mich wunderbar, fast zu gut, um einfach nur nach Hause zurückzukehren. Also beschloss ich, erst nach Sandhaven zu gehen und dann den Umweg über die alten Gleise zu nehmen. Tief hing die Sonne über dem Wasser, aber es war nicht kalt, nur angenehm kühl. Ehrlich gesagt, ich dachte überhaupt nicht an Malcolm Kennedy. Ich glaube, ich mied absichtlich jeden Gedanken an ihn, um mir den Augenblick nicht zu verderben. Denn von manchen Augenblicken möchte man, dass sie nie zu Ende gehen. Augenblicke der Freiheit, Augenblicke, in denen man genau weiß, wer man ist, und in denen man genau das tut, was man tun sollte. Ich ging nach Sandhaven und starrte eine Weile aufs Meer, dann kehrte ich zurück. Als ich auf dem Heimweg die alten Gleise überquerte, fiel mir eine Reihe Häuser auf, ziemlich groß und alt, deren obere Fenster auf einer Höhe mit dem Bahndamm lagen, sodass ich in die Zimmer sehen konnte. Der Abend war bereits angebrochen, und in manchen Häusern hatte man die Vorhänge zugezogen, einige Zimmer wirkten dunkel und kalt, doch gab es auch ein erleuchtetes Fenster, in dem keine Vorhänge zu sehen waren, kaum Möbel, nur eine gewöhnliche Lampe und ein Schrank mit einem langen, ovalen Spiegel an der hinteren Zimmerwand. Jemand hatte ein blaues Kleid an die Tür gehängt. Ich blieb stehen. Die Farbe des Kleids hatte meine Aufmerksamkeit geweckt; ich glaubte, es schon einmal gesehen zu haben, und versuchte, mich daran zu erinnern, wo das gewesen war. Ich hätte schwören können, dass das Zimmer leer war, als ich stehen blieb, doch einen Augenblick später merkte ich, dass doch jemand da war und mich beobachtete. Es war ein kleines blondes Mädchen in einem alten, ziemlich schmuddeligen Nachthemd, ein junges Mädchen, ein Kind noch, das mit dem Rücken zum Licht am Fenster stand. Sie schaute mich unverwandt an. Ich wusste nicht, wer sie war, bloß ein Kind aus den Häusern an der alten, der kurvigen Küste folgenden Bahnstrecke. Und dann erkannte ich sie. Es war im Frühjahr gewesen, und ich hatte mich auf der Landzunge aufgehalten. Ich war allein, wie immer, streifte umher, tat nichts Besonderes und genoss den ersten warmen Sonnenschein. Damals hatte ich auch geglaubt, allein zu sein, und vermutlich wäre mir das Mädchen gar nicht aufgefallen, wäre das blaue Kleid nicht gewesen und die Tatsache, dass ihre Beine nackt waren, eine Tatsache, die mich damals erregt hatte. Und obwohl es heute lächerlich klingt, erschreckte mich diese Erinnerung plötzlich. Das Mädchen schaute mich an, und der Gedanke an die nackten Beine erregte und erschreckte mich, auf der Stelle wandte ich den Blick ab; dann ging ich rasch weiter und ärgerte mich, weil ich zugelassen hatte, dass jemand mich sah. Denn in dem Augenblick, da ich das Mädchen erkannte, war mir der lächerliche, völlig irrationale Gedanke gekommen, dass sie Bescheid wusste. Dass sie an meinem Gesicht abgelesen hatte, was ich getan hatte, so wie sie mir an jenem ersten Tag mein stummes Begehren angemerkt hatte, als ich sie mit nackten Beinen und ein wenig feuchten Kleidern auf den Felsen am Rand der Landzunge gesehen hatte. Dann blieb ich absurderweise stehen, eine Reaktion, die meine Gleichgültigkeit beweisen sollte, und schaute zurück. Das Mädchen war immer noch da, vom Fenster umrahmt, und wieder dachte ich, dass sie schön war, wenn auch nicht auf augenfällige Art. Sie war wie eines der Kinder in alten Filmen, die zufrieden und vom Glück gesegnet scheinen, behütet vom Glanz und der Boshaftigkeit ihrer eigenen Unschuld. Ich stand da, schaute sie an, nahm sie in mich auf und rechnete jeden Moment damit, dass jemand ans Fenster treten und sie fortholen würde. Dann geschah etwas Seltsames. Als das Mädchen sah, dass ich immer noch zu ihr herüberschaute, hob sie sehr langsam einen Arm und winkte mir zu – und ehe ich mich daran hindern konnte, hob auch ich einen Arm und winkte zurück, aus Angst, aus Liebe, vielleicht auch aus Trotz, ich hätte es nicht sagen können, doch in diesem Augenblick fand ich es einfach unmöglich, ihren Gruß nicht zu erwidern. Gleich darauf kam tatsächlich jemand ins Zimmer, und das Mädchen war verschwunden. Ich blickte auf den halb gegessenen Doughnut in meiner Hand, kalt, klein und weiß in der zunehmenden Dunkelheit, und ich warf ihn auf die Gleise, Futter für die Ratten.

Le Reniement de Saint Pierre

Es war meine Mutter, die mich das Sehen lehrte. An manchen Tagen ging sie durch das Haus und gab vor, die Dinge nicht für das zu halten, was sie waren – die Möbel, die Büsche im Garten, die Mäntel im Flur –, damit sie ihre Schatten besser sehen konnte. Es war ein Spiel, aber eines mit ernstem Hintergrund, denn sie arbeitete mit Schatten: Schatten und Licht, Ergänzungen, nicht Gegensätze. Sie suchte Bilder in den Büchern ihrer Kunstsammlung aus und gab sie mir gelegentlich zum Anschauen, wies auf die Lichtquelle hin und zeigte mir, worauf ich bei den Schatten achten sollte, wie tief und dunkel einige waren, wie blass und unbestimmt andere, und dass sie alle – ein Gemeinplatz, gewiss, aber auch der Quell mancher Freude – ihre eigene, unterschiedliche, oft überraschende Farbe besaßen. Sie gab mir im eigentlichen Sinn keinen Kunstunterricht, machte mich aber auf das ein oder andere aufmerksam, das ich für selbstverständlich hielt, sei es in der realen Welt oder in einem Buch, und ein Schatten wurde sichtbar, ein Aspekt eines Gegenstandes oder einer Person, den ich bis dahin übersehen hatte. Eines ihrer Lieblingsbilder stammte von Georges de la Tour und zeigt den heiligen Josef, dem ein Engel erscheint: Josef ist neben einer brennenden Kerze eingeschlafen, der Kopf ruht in der Rechten, aus der Linken entgleitet ihm gerade ein Buch. Der Engel, der wie eine junge Frau aussieht, steht vor ihm, einen Arm angehoben, sodass er für den Betrachter die Kerze verdeckt, die einzige Lichtquelle, weshalb zwar Haar, Gesicht und die schwarzsilberne Schärpe, die der Engel um die Hüfte trägt, in Licht gebadet sind, wir aber nur die Flammenspitze der Kerze sehen können; und Josef selbst ist nichts als ein Spiel warmer Schatten von goldenen über braunen bis zu fast schwarzen Farbtönen. Auf der gegenüberliegenden Seite war *Petrus verleugnet Christus* von 1650 zu sehen, ein Bild, das einen furchtsam dreinschauenden, etwas ältlichen Mann in ebenjenem Moment zeigt, in dem sich seine Welt in nichts auflöst – und hier wird der dramatische Effekt dadurch erzielt, dass eine Kerze oder eine Laterne von einem der Soldaten verdeckt wird, die an einem Tisch würfeln und deren Haltung zugleich zwanglos und bedrohlich wirkt, die Mienen grobschlächtig und gierig, Männer, in deren Gesellschaft sich der alte Fischer offensichtlich unwohl fühlt. Der Effekt wird durch eine weitere verdeckte Lichtquelle verdoppelt, durch eine Kerze, die von einer Bediensteten gehalten wird und die, wie die Kerze bei der Erscheinung des heiligen Josefs, fast nicht zu sehen ist. Doch während die verborgene Lichtquelle im ersten der beiden Bilder das verzückte Gesicht des Engels erhellt, dient sie in *Petrus verleugnet Christus* nur dazu, die Hässlichkeit zu betonen, Petrus' Angst, entdeckt zu werden, vor allem aber die schiere Brutalität des Soldaten mit der roten Mütze.

Malcolm Kennedy starb in der Grube. Ich malte mir aus, wie er unterging, wie sich die Lungen mit dem schwarzen, öligen Wasser füllten, und ich fragte mich, ob ich die ganze Zeit schon gewusst hatte, dass es so kommen würde. Ich weiß darauf keine Antwort. Ich musste es gewusst haben, und ich musste es gewollt haben, doch war mir damals nicht klar, dass ich es darauf angelegt hatte. Ich wollte ihn bloß für das bestrafen, was mir von ihm angetan worden war, und als ich am nächsten Montag in der Schule die Neuigkeit hörte, war ich ehrlich überrascht. Zugleich fühlte ich mich völlig unschuldig. Und er tat mir nicht im Geringsten leid. Schließlich bedeutete er mir nichts. Ich hatte nicht einmal Angst, dass man mir auf die Schliche kommen könnte, zumindest nicht seitens der Behörden. Als sich die Nachricht verbreitete, dass er ertrunken war, wurde die Schule von einer merkwürdigen Welle der Erregung gepackt: Jemand, den wir kannten, war tot, und er war unter geheimnisvollen, tragischen oder auch nur ungewohnten Umständen gestorben. Alle fragten sich, was er im Kalkschuppen gesucht hatte, doch niemand fand seine Anwesenheit dort verdächtig. Später behaupteten die Leute, sein Tod sei ein Unglücksfall gewesen, eine Tragödie, und ich griff zum Lexikon und schaute das Wort nach, da ich zwar zu wissen meinte, was es bedeutete, mir aber nicht sicher war.

Tragödie, die; –, -n 1. a) dramatische Gattung, in der Tragik (2) dargestellt wird; b) Tragödie (1 a) als einzelnes Drama. 2. tragisches Geschehen, schrecklicher Vorfall.

Schrecklicher Vorfall. Es war ein Ereignis, das sich im Schatten zugetragen hatte, im hintersten Winkel eines alten Gebäudes, ein Ereignis, für das niemand verantwortlich gemacht werden konnte, denn am Schattenort waren die üblichen Gesetze außer Kraft gesetzt. Das jedenfalls redete ich mir im Laufe der nächsten Monate ein und glaubte es meist auch, ebenso wie ich glaubte, dass es ein bloßer Zufall war, dass ich Moira Kennedy begegnete. Anfangs wusste ich nicht, wer sie war, obwohl es mir bald in einem merkwürdigen Anfall von Abscheu und Erregung klar wurde, und ich ließ mich auf etwas ein, von dem ich wusste, dass es absurd und unschicklich war. Ich ließ mich vielleicht aus einer gewissen Perversität darauf ein oder weil es bereits angefangen hatte, weil der Ball ins Rollen gekommen war und sowieso nichts verhindert werden konnte. Wie bei der Erscheinung des Engels oder im Augenblick des Entsetzens vor dem Hahnenschrei offenbarte ein Lichtflackern, dass wir doch vor allem Geschöpfe des Zufalls sind, weshalb der Teufel, wenn er seinem Werk nachgeht, es stets wie einen Zufall aussehen lässt, jedenfalls zu Anfang, um uns dann tiefer in seine Falle zu locken, sanft protestierend, falls überhaupt, doch willige Komplizen bis zum Schluss.

Ehe wir nach Whitland House zogen, wohnten wir in der Cockburn Street in einem hohen, altmodischen Fischerhaus, das mein Vater vor unserem Umzug nach Coldhaven gekauft hatte. Damals war er noch ein ahnungsloser Zugezogener mit auffälligem Akzent und einer um wenige Jahre jüngeren amerikanischen Frau; außerdem war er ein finanziell unabhängiger, erfolgreicher Fotograf, der sich einem neuen Thema zuwandte und sich deshalb für die Landschaft und das Meer rund um Coldhaven entschied. Das machte ihn bei den Ortsansässigen nicht gerade beliebt, doch glaube ich kaum, dass mein Vater großen Wert darauf legte. Es war das Licht, das ihn lockte: das Wetter, die See, der Himmel, die im Wasser reflektierte Helligkeit. In dieser Gegend erzählt man sich Geschichten von Heringsfischern, die einen Schwarm aufspürten, indem sie seinem Widerschein in den Wolken folgten – und ich bin mir sicher, dass die Geschichten stimmen, denn in der obersten Schicht dieses Doppelspiegels waren die riesigen Fischmengen meilenweit zu sehen, lebendig, glitzernd, stets in Bewegung. Es gab auch noch anderes Licht: das Silber und fahle Gold der Nachtboote, die zu den Fanggründen hinausfuhren; das Rot und Grün der Warnlichter im Hafen von Coldhaven; das gespenstische Aufblitzen des Leuchtturms weit draußen auf der Landzunge. An solchen Eindrücken lag meinem Vater mehr als an den Menschen, denn für sein Wohlbefinden war ihm die Atmosphäre wichtiger als das Wohlwollen seiner Nachbarn. Ich nehme zwar an, dass er es vorgezogen hätte, ein gutes Verhältnis zu den Bewohnern des Städtchens zu haben, nur wäre ihm das keine Mühe wert gewesen. Er und meine Mutter entschieden sich für das Haus in der Cockburn Street, weil es ihren Bedürfnissen genügte: Es war nicht allzu auffällig oder ungewöhnlich, und es schien ihnen die stille Abgeschiedenheit zu bieten, die sie suchten. Alles in allem waren sie letztlich doch nur zwei ruhige, zerstreute, ein wenig vom Leben gebeutelte Seelen, die ihre Arbeit machen wollten. Da ich nun einmal weiß, was ich weiß, muss ich annehmen, dass ihr Motto darauf hinauslief, zu leben und leben zu lassen, die eigene Meinung für sich zu behalten, dem eingeschlagenen Weg zu folgen und sich mit einem geradlinigen, beinahe asketischen Leben abzufinden, in dem sie sich ihrer jeweiligen Kunst widmen konnten, aber auch der subtilen Fähigkeit, all das zu vergessen, was sie hier vergessen wollten. Lange Zeit wusste ich nichts über ihre Vergangenheit, doch ahnte ich, dass die Welt ihnen ein Leid angetan hatte, bevor sie nach Coldhaven kamen, und dies auf eine Weise, die ich nicht einmal im Ansatz verstand. Eigentlich wollten sie nur dem Kaiser geben, was des Kaisers war, und ansonsten in Ruhe gelassen werden, doch das Glück ließ sie im Stich. Keiner von ihnen sollte je herausfinden, was sie getan hatten, um Coldhaven gegen sich aufzubringen, aber anscheinend war es nur eine Frage der Zeit, bis eine kleine Schar Ortsansässiger beschloss, meiner Familie das Leben möglichst schwer zu machen. Manche gingen offen gegen uns vor, andere versteckt, doch wussten sie genau, was sie taten. Damit will ich nicht behaupten, dass sie gemeinsam planten und sich absprachen. Nein, sie verband nur ein unbestimmtes Empfinden, das gemeinsame Wissen, ein mögliches Opfer gefunden zu haben. Es waren nicht viele, nur ein paar übellaunige Mitglieder einiger weniger Familien – die Kings, die Gillespies, die Hutchinsons – sowie deren Werkzeuge, darunter auch der stadtbekannte Säufer Peter Tone, der meine Mutter auf dem Gewissen hat. Ich will nicht behaupten, dass diese Leute gemeinsame Sache machten, da sie sich untereinander ebenso hassten, wie sie meine Eltern hassten, doch die geballte Kraft ihrer Bösartigkeit summierte sich schließlich zu weit mehr als nur einer Vielzahl kleinlicher Beleidigungen.

Der Fehler meiner Eltern bestand natürlich darin, dass sie waren, wie sie waren. Ich glaube, mein Vater hat das früh erkannt, nur fand er es nicht weiter wichtig. Er war gern allein, bei der Arbeit im Studio oder draußen auf den Spaziergängen an der Ostküste beim Beobachten der Vögel. Meine Mutter allerdings litt fürchterlich darunter. Sie wollten beide hier zu Hause sein, doch hatte Heimat für meinen Vater nichts mit Blut oder Boden zu tun, nichts mit Gemeinschaft oder Verwandtschaft; für ihn ging es dabei nur um das Land und die See, alles drehte sich um Imagination, um die freie Wahl. Er gehörte hierher, weil ihm der Himmel gehörte, es war sein Licht, seine Küste. Trotzdem ließ es ihn keineswegs kalt, wie sich die Ortsansässigen benahmen, er konnte darüber reden und wusste seine Lage genau einzuschätzen. Eines Abends, nicht lange nach unserem Umzug nach Whitland, kam bei einer jener seltenen Gelegenheiten, bei denen meine Eltern Kontakt mit der Außenwelt hatten, ein alter Freund aus London zu Besuch. Dieser Freund, John, war Schriftsteller und interessierte sich für unsere Landschaft; er und mein Vater hatten zusammen bereits einige Bücher verfasst.

«Und», sagte John, «wie lebt es sich so in der äußersten Provinz?» Er meinte es scherzhaft, aber meine Mutter stieß einen tiefen Seufzer aus und blickte verloren drein. Ich dachte, sie wolle etwas sagen, vielleicht etwas allzu Ernstes, aber dann seufzte sie nur noch einmal und schaute meinen Vater an.

Er lächelte. «Nun», sagte er, «es ist schön hier oben, wie du sehen kannst. Und ziemlich still. Jede Menge Vögel, ein phantastischer Himmel …»

«Und die Dörfler?»

Mein Vater lächelte zerknirscht. Er wusste, dass er provoziert wurde. «Ach, die sind in Ordnung», erwiderte er.

John schüttelte den Kopf. «Ich habe was anderes gehört», sagte er und warf meiner Mutter einen Blick zu, woraufhin sie den Kopf senkte und beide Hände im Nacken verschränkte, als ob sie sich verstecken wollte.

«Wir kommen zurecht», sagte mein Vater. Er war nicht verärgert. «Sie sind anders als wir, das gebe ich zu. Sie haben andere … Vorstellungen.»

John gab nicht auf. «Wie meinst du das?»

Mein Vater nahm sich einen Moment Zeit, darüber nachzudenken, und setzte dann zu einer seiner wortreichen, nur scheinbar ernst gemeinten Analysen an. «Nun», sagte er, «stell dir vor, du strandest an einem fremden Ort voll fremder Leute, Leute, die dir ähnlich sind, oberflächlich gesehen, körperlich …»

«Rede von dir selbst», unterbrach ihn meine Mutter.

«Oberflächlich gesehen», fuhr mein Vater fort, ohne auf sie zu achten, «sprechen sie dieselbe Sprache …»

«Ist mir noch nicht aufgefallen …»

«… doch auf eine seltsame, unbestimmte Weise, als gäbe es nichts zu sagen, nur Bedeutungsloses und höfliche Nichtigkeiten. Aber du bist neu in ihrem Terrain, bist ein Fremder. Schlimmer noch, du bist ein Fremder mit neuen Landkarten, mit Karten, die sie nie zuvor gesehen haben, und sie fürchten, du bist gekommen, um ihnen zu sagen, dass ihre Karten falsch sind. Was sie natürlich nicht einfach hinnehmen …»

Meine Mutter warf ihre Serviette auf den Tisch. «Ach, hör schon auf», sagte sie. «Niemand versucht ihnen zu sagen, dass sie etwas falsch machen …»

«Nicht direkt mit Worten», sagte mein Vater und schaute John an. «Es ist einfach die Art, wie wir sind. Wer wir sind. Wir stellen für sie eine Bedrohung dar. Und das ist verständlich.»

Meine Mutter schüttelte den Kopf. Im Gegensatz zu mir wusste sie es besser, doch biss sie sich auf die Zunge. Wahrscheinlich wollte sie John nicht sagen, was wirklich geschah, wollte es zumindest nicht in meiner Gegenwart sagen. Denn ich wusste nicht Bescheid, und sie klärten mich auch nie auf. Ich dachte, es ginge nur um die üblichen Probleme unter Nachbarn. Ich wusste nicht, was sie durchmachten. Wenn ich heute zurückdenke, wünschte ich, ich hätte es geahnt oder zumindest das unbekümmerte Paar gekannt, das da an einem frühen Sommermorgen nach Coldhaven gekommen war, um in die Cockburn Street zu ziehen. Sie kamen aus Städten – mein Vater war in Edinburgh gewesen, dann in Paris und London, meine Mutter in Boston, in Paris – und ließen Enttäuschung hinter sich, Ernüchterung und Treulosigkeit, etwas, woran sie nicht länger denken wollten. Sie zogen fort, verließen nur deshalb das Zentrum des Geschehens, weil sie von einem besseren Leben träumten. Nichts Besonderes, stelle ich mir vor, bloß der gemeinsame Traum von Weite und Himmel. Vielleicht hatten sie ein weißes Cottage irgendwo im Norden vor Augen, verloren in einem Goldrutenmeer, oder eines jener einsamen Küstenstädtchen hoch oben auf der Landkarte; die beiden wandten sich der See zu, beinahe körperlich angezogen vom Wechsel der Gezeiten, den Wanderflügen der Küstenvögel. Vielleicht dachten sie an die schwere, süße Luft über den Schilfgürteln entlang der Küste oder an ein düsteres Landhaus am Waldrand. Außer Coldhaven gab es genügend andere Orte, für die sie sich hätten entscheiden können, doch wie sollten sie wissen, was die Zukunft für sie bereithielt? Sie hätten sich ein hübsches Eckchen in Frankreich aussuchen können – die *côte sauvage* zum Beispiel oder La Brière –, aber ich glaube, ihnen gefiel der Gedanke an eine Gegend, in der man Englisch sprach, und als sie Coldhaven entdeckten, haben sie sich buchstäblich – wie sie oft erzählten – auf den ersten Blick in den Ort verliebt. Es war, was sie suchten, und ich glaube, es war für sie von Beginn an ein Traum, den sie miteinander teilten, ohne darüber reden zu müssen, da jeder vom anderen annahm, er wisse genau, was mit dem Wort «Heimat» gemeint war. Sie haben auch mit mir nie darüber geredet, aber das brauchten sie auch nicht; als wir in das Haus auf Whitland Point zogen, verstand ich, was sie meinten.

Ich bin mir sicher, dass ihnen das Haus in der Cockburn Street anfangs ein guter Kompromiss zu sein schien. Und ich glaube nicht, dass sie sich tatsächlich ganz aus der Welt zurückziehen wollten, jedenfalls damals noch nicht. Als sie nach Coldhaven kamen, sagte ihnen der Ort zu: Im Licht, im Wasser und in den Treppengiebeln der alten Häuser entlang der Shore Street hatten sie gefunden, was sie suchten, und vermutlich dauerte es eine Weile, ehe sie die Bewohner des

Städtchens wahrnahmen. Oder bis sie von ihnen wahrgenommen wurden. Während meiner Kindheit verstand ich nicht, was vor sich ging; da waren nur wenige Anzeichen, im Vorübergehen aufgeschnappte Bemerkungen, die Versuche meines Vaters, meine Mutter zu beschwichtigen, wenn sie sich über eine Kränkung, eine abfällige Bemerkung ärgerte. Er steckte es besser weg als sie, was nicht unbedingt gut gewesen sein musste, doch war ich damals froh, dass wenigstens einer von beiden genügend Selbstbeherrschung besaß weiterzumachen, den eingeschlagenen Kurs beizubehalten. Hätte ich jedoch geahnt, wie schlimm es werden sollte, ich glaube, ich hätte mich auf die Seite meiner Mutter geschlagen. Aber natürlich wusste niemand, was kommen sollte. Niemand sah voraus, was geschehen würde, als ich neunzehn war, es passierte einfach. Und doch … Was geschah, wäre vorhersehbar gewesen, hätte man bedacht, was vorhergegangen war. Denn ebendas verstehen wir doch unter Schicksal, diesen langsamen, allmählich eintretenden Sandhaufeneffekt, wenn sich Korn um Korn, Wort um Wort anhäufelt und etwas unvermeidlich wird, auch wenn niemand hätte sagen können, wann genau das eine in etwas anderes umschlug.

Außerdem kam mir damals alles so belanglos vor. Ich weiß noch, wie wir einmal das Haus in der Cockburn Street verließen und die Familie von gegenüber trafen, eine seltsame, merkwürdig homogene Sippe pummeliger, stark behaarter Wesen namens King. Alec King war der Jüngste, bis vor kurzem noch Mrs. Ks Herr und Meister, damals jedoch ein sanfter, langhaariger Junge, nur wenige Jahre älter als ich. Er dürfte an jenem Sonntag auch dabei gewesen sein und hat vermutlich die Nachzügler angeführt, als sich der ganze Clan – Mutter, Vater, Onkel Rex und dessen Frau, Grace, Schwestern, Brüder,

Vettern und Cousinen – nach dem Mittagessen zum nachmittäglichen Ausflug anschickte. Wir machten unseren üblichen Spaziergang, die Cockburn Street entlang und den Hügel hinauf, landeinwärts in Richtung Wald und Felder. Meist verpassten wir die Kings, aber an diesem Tag kreuzten sich unsere Wege. Nicht dass wir je miteinander etwas zu tun gehabt hätten. Die Kings waren bloß Zuschauer in dem Krieg, der gegen uns geführt wurde, und obwohl sich das später ändern sollte, hatten wir eigentlich keinen Grund, ihnen irgendwelche Aufmerksamkeit zu schenken. Doch in den Augen meiner Mutter waren sie in die ganze Geschichte verstrickt – und bis zu einem verstörenden, mich fast verängstigenden Maß konnte sie passive Zuschauer noch weniger leiden als etwa die Tones, die ihre Kinder zu uns schickten, damit sie Hundescheiße unter der Tür durchschoben oder über die Mauer kletterten und die Blumen zertrampelten: Die Tones und ihresgleichen verachtete meine Mutter, aber die Kings *hasste* sie. Und als der gesamte Clan zu den Autos trottete, der Vater voran – ein verschlagener, feister Bock von einem Mann –, der Rest brummelnd und höhnisch grinsend hinterdrein, konnte sie ihre Abscheu kaum verhehlen. Ich spürte, was in ihr vorging, genau wie mein Vater, der eine Hand auf ihren Arm legte und sie fortführen wollte. Einen Moment lang zögerte sie, dann gab sie nach und drehte sich grimmig lächelnd zu ihm um.

«Jetzt sieh sie dir doch nur an», sagte sie.

Mein Vater ging weiter, hielt ihren Arm und gab keine Antwort. Ich drehte mich zu den Kings um, sah, wie die den Bürgersteig entlangtrotteten, war mir aber nicht einmal sicher, ob ihre Kommentare – unverständlich in die Kragen gebrummelt – tatsächlich uns galten. Zwar hatten sie alle diesen hochmütigen Blick und ein halbes Lächeln aufgesetzt, mit dem sie ihren Minderwertigkeitskomplex verbergen wollten, aber das war auch schon alles. Zumindest alles, was ich sehen konnte.

«Sie erinnern mich an was», sagte meine Mutter. «Ich weiß nur nicht, woran.» Sie warf einen Blick auf das Ende der Prozession, auf diese Meute stupsnasiger Kinder, darunter auch Alec; die Rasselbande schien froh, dem Haus zu entkommen, sog schniefend die frische Luft ein, schnüffelte aneinander herum und drängte sich auf die Rücksitze. Plötzlich fiel es ihr wieder ein, und sie lachte laut. «Ach, jetzt weiß ich es», sagte sie.

Mein Vater lächelte zurückhaltend, sagte aber immer noch kein Wort. Er rechnete mit einer weiteren unangenehmen Bemerkung, ließ meine Mutter aber gewähren, weil es ihr Vergnügen bereitete, ihr Erleichterung verschaffte, oder weil sie damit loswurde, was sie zu sagen hatte. Ich für meinen Teil fand es ziemlich verblüffend, wie vehement sie reagierte.

«Sie sind wie Schweine in einem Zeichentrickfilm», sagte sie. «Große, rosafarbene Disney-Schweinchen mit fettiger, blank geschrubbter Haut, die wenigen Strähnen aus der Stirn gekämmt.» Wieder lachte sie. «Comicschweine in Anzügen und Sommerkleidern», sagte sie und sah meinen Vater an, dann mich. «Seht ihr?»

Ich schämte mich. Sie hatte natürlich recht, aber nach meiner kindlichen Auffassung gehörte es sich nicht, so etwas zu sagen.

«Schweinchen, Schweinchen», fuhr sie nun ein wenig atemlos fort. «Kommt her, ihr Schweinchen, schnauf, grunz, quiek ...»

«Ist ja gut, Catherine.» Mein Vater machte ein grimmiges Gesicht. Meist nannte er sie Kate oder Cat, daher wusste ich, dass irgendetwas nicht stimmte. Und kaum hatte er den Mund aufgemacht, gab sie klein bei. Ich sah ihr an, dass sie bloß auf sein Eingeständnis gewartet hatte, dass sie recht hatte, sein Geständnis, dass er ihr Problem leugnete – auch wenn ich damals nicht einmal wusste, worin das Problem eigentlich bestand –, gemahnte sie ihn damit doch zugleich an die Autorität, die er für sich beanspruchte, eine Autorität, an die sie nicht mehr glaubte, weil *er sich irrte.*

Das schockierte mich. Ich hatte nie geglaubt, mein Vater könne sich irren, und ich hatte auch nie geglaubt, meine Mutter könne das für möglich halten. Es kam mir wie Verrat vor, eine Art Verschwörung, die von den Hutchinsons, den Kings und Tones ausgegangen war und meine Mutter schließlich erreicht hatte. Meinem Vater musste es ähnlich gegangen sein, denn er blieb kurz stehen und sagte leise, wenn auch nicht so leise, wie er vermutlich beabsichtigt hatte: «Warum tust du dir das an, Catherine? Warum nimmst du es dir so zu Herzen?» Einen Moment lang wartete er auf die Antwort, und zum ersten Mal fürchtete ich, dass die Dinge schlimmer sein könnten, als ich dachte. Natürlich blieb ihm meine Mutter die Antwort schuldig. Ihre Ansicht war deutlich geworden, durch die Reaktion meines Vaters ebenso wie durch ihr eigenes Verhalten. Dann schüttelte sie den Kopf und wandte sich ab. «Sie bedeuten uns nichts», sagte er. «Gar nichts. Warum begreifst du das nicht?»

Damals rechnete ich es meinem Vater hoch an, dass ihm diese Leute nichts anhaben konnten. Jedenfalls nicht bis kurz vor dem Ende. Allerdings hatte seine Methode letztlich auch keinen Erfolg: Meine Mutter regte sich auf, was ihr nicht guttat, aber sie konnte sich wenigstens abreagieren. Mein Vater dagegen schien unbeeindruckt, doch war seine äußere Ruhe bloße Fassade. Er war genauso verärgert und enttäuscht wie sie, sah aber keinen Sinn darin, diesen Gefühlen nachzugeben. Außerdem kam es ihm kleinlich vor. Ich glaube, er klammerte sich an das Haus in der Cockburn Street, weil er fest entschlossen war, sich seinen Neuanfang nicht durch den kleinmütigen Groll seiner Nachbarn vermiesen zu lassen. Der Stolz ließ ihn ausharren, aber auch die Hoffnung, meine Mutter könnte lernen, das Problem zu ignorieren. Ich fürchte, er rechnete viel zu leichtfertig damit, dass sich solche Probleme in Luft auflösten, wenn man sie nicht beachtete. Er wollte nicht aus seinem Haus vertrieben werden, nicht wegen solch banalen Unsinns. Dann aber gab er sich schließlich doch geschlagen, und zwei Tage nach meinem neunten Geburtstag zogen wir nach Whitland House um.

An diesem letzten Tag saß ich oben am Fenster, während Männer den Laster beluden und meine Eltern hin- und herliefen, Mutter ganz aufgeregt bei dem Gedanken an das neue Haus, Vater vermutlich ein wenig traurig. Es war ein Wochentag, doch hinderte das die Nachbarn nicht daran, aus ihren Häusern zu kommen und in kleinen Grüppchen an den Hoftoren herumzustehen, um über nichts Bestimmtes zu reden und angesichts des hektischen Treibens Gleichgültigkeit vorzutäuschen. Zu unterschiedlichen Zeitpunkten ließen sich die Kings, die Hutchinsons und die Gillespies blicken, sogar der kleine Peter Tone stand da, dem doch alle, die sich für was Besseres hielten, sonst nur die kalte Schulter zeigten. Man grüßte sich, schwatzte, ging tatsächlichen oder nur vorgetäuschten Beschäftigungen nach, sah dabei unverwandt zu, wie die Möbelpacker die sichtbaren Beweise der Existenz meiner Eltern aus dem Haus trugen – Bücher, Noten, chinesisches Porzellan, Bilder und sonstigen Hausrat –, und konnte doch einen gewissen Ärger kaum verhehlen. Es hätte ein Sieg für sie sein sollen, es hätte sie mit Befriedigung erfüllen müssen, dass wir gingen, nur fuchste sie der Gedanke, dass wir nach Whitland House zogen. Es fuchste sie, meine Mutter wieder glücklich zu sehen, die solch ein Getue um ihre Sachen machte und darauf achtete, dass alles gut verstaut war.

Damals hielten meine Eltern schon seit Jahren Ausschau nach dem richtigen Haus, und das Haus auf der Landzunge war ideal. Als es auf den Markt kam, machten sie sich allerdings keine allzu großen Hoffnungen, da es seit Jahrzehnten im Besitz derselben Familie war; dann aber starb der letzte Bewohner, eine eingefleischte alte Schwuchtel, den die Ortsansässigen verschämt nur den «überzeugten Junggesellen» nannten, ohne ein Testament zu hinterlassen, und sein Vetter George, den er nie gemocht hatte, gab das Haus zum Verkauf frei. Meine Eltern stürzten sich darauf. Es war genau das, was sie suchten: umgeben von einem ordentlichen Stück Land, hohe Fenster mit Meerblick, ein ummauerter Garten, und – das Wichtigste – das Haus stand allein auf der Landzunge, weitab von Coldhaven. So war es kein Wunder, dass sie ein großzügiges Angebot machten. Trotzdem hatten sie Glück, dass es sich bei dem Verkäufer im Grunde um einen Ortsfremden handelte – der Vetter war als junger Mann nach Yorkshire gezogen und hatte bis auf ein paar offizielle Kontakte jede Beziehung zum Städtchen abgebrochen –, und sie hatten zudem das Glück, dass dieser Fremde außer seinem Vetter auch die Bewohner des Städtchens insgesamt nicht ausstehen konnte. Nichts war in Coldhaven so wichtig wie die Frage, was jemand besaß, doch mindestens ebenso wichtig war, wie man an diesen Besitz gekommen war. Außerdem redete man in Coldhaven gern über Geschäfte und Intrigen. Wie viel jemand besaß, war nicht immer klar, und selbst wenn man zu den Eingeweihten gehörte, musste man sich die Mühe machen, die Einzelheiten über den Besitz und die Skandale rund um seinen Erwerb in Erfahrung zu bringen. Meine Mutter sagte immer, dass sich die Leute nur dafür interessierten, wem was gehörte und wen sie übers Ohr gehauen hatten, um es zu bekommen. Vetter George verriet daher die ganze Stadt, als er das Angebot meiner Eltern annahm, und es gab so manchen, der mit seiner Ansicht nicht hinter dem Berg hielt. Ich sehe sie geradezu vor mir, wie sie in kleinen Gruppen bei der Post oder der Fischergenossenschaft stehen. «Der wird es so schnell nicht wagen, sich hier wieder blicken zu lassen», sagt ein King, «nicht, nachdem er dieses Haus an Fremde verkauft hat.»

«Ach, lass doch den kleinen George in Ruhe», würde einer der Hutchinsons dann einwerfen. Dabei konnten sie nichts ausrichten, der kleine George war gleich nach der Vertragsunterzeichnung zurück nach Halifax geeilt. «Der Mann hat sich fürs beste Angebot entschieden. Dass es von den Gardiners kam, kann man ihm kaum zum Vorwurf machen.»

«Na ja, wenigstens verschwinden sie aus der Cockburn Street», brummte der alte Joe Belcher, der direkt neben uns wohnte und den Verein des Städtchens leitete. Joe Belcher war ein kleiner glatzköpfiger Mann mit grimmigem Blick, ein Rentner, der seine Tage damit zubrachte, das Tor zum Vereinshaus schwarzgold zu streichen oder im Hof die Blätter zusammenzufegen, weil er von dort aus am besten alles im Blick behalten konnte. Meine Mutter hatte sich mal bei ihm beschwert, weil ein Besoffener auf dem Heimweg vom samstäglichen Tanzabend durch unseren Vordergarten getrampelt war, und Belcher hatte das nie vergessen. «Die gehören hier nicht her.»

Es stimmte natürlich: Meine Eltern gehörten nicht nach Coldhaven. Sie gehörten auf das Land, zu Himmel und Licht, aber vielleicht gehörten sie auch einer Idee an, die schon vor meiner Geburt unhaltbar geworden war. Ich glaube, als sie nach Coldhaven zogen, da hatten sie diese Idee noch nicht gänzlich aufgegeben und warteten nur darauf, dass sie in neuer Form wieder auftauchte. Sie schonten ihre Energie, verließen sich allein auf das, was sie schon hatten. *Reculer pour mieux sauter*. Doch nichts geschah, und mit der Zeit sahen sie ein, dass eben *dies* ihr Schicksal war, *dies* war ihr Leben. Mein Vater hatte nicht viel dagegen einzuwenden, er machte neue Bilder, konzentrierte sich ganz darauf, wie das Licht die Landzunge umspielte, und ich schätze, er begriff, dass er an diesen Ort hatte kommen müssen, zu diesem spezifischen Wetter, um seine besten Arbeiten machen zu können. Meine Mutter aber wurde hier nie heimisch, auch nicht, als wir nach Whitland zogen. Sie wollte zu irgendetwas zurück. Ich habe nie herausgefunden, was es genau war, und war mir auch nie sicher, ob es wirklich existierte.

In jener ersten Nacht in Whitland weckte mich etwas, das ich anfangs für den silbrigen Widerschein einer Festbeleuchtung hielt. Ich dachte, jemand hätte vor meinem Fenster eine riesige Lampe angezündet, ein ungeheures Licht, das zu einem Theaterstück, einer Feier gehörte. Ich setzte mich auf. Ich war in meinem kleinen Zimmer neben dem Treppenabsatz, für das ich mich entschieden hatte, als wir tagsüber durch das Haus gegangen waren und überlegt hatten, wer und was wohin kommen sollte, während die Möbelpacker geduldig warteten und meine Mutter reden ließen, als ob sie ihr zuhörten. Obwohl ich im zweiten Stock ein größeres Zimmer hätte haben können, hatte ich mich für dieses entschieden, weil sich hier das große Erkerfenster mit Blick auf das Meer befand und weil der Raum von der Geschichte des Hauses durchdrungen schien, eine Geschichte der Sommerwärme, die durch seine Rohre suppte, dem süßen Dampf heißer Milch, der von der Küche aufstieg, eine behagliche, kuschelige Präsenz wie jene Hitze, die die Glut noch ausstrahlt, wenn das Feuer längst erloschen ist. Das Fenster hatte keine Vorhänge, und das Zimmer barst vor Licht – und da, dem Bett direkt gegenüber, hing, fast vollkommen rund, am weiten, dunkelblauen Himmel der Mond. Ich war glücklich und fühlte mich, als wären wir heimgekommen. Mir war das wahre Ausmaß des Ärgers unbekannt, den wir hinter uns ließen, die Hundescheiße, die anonymen Briefe, die bedrohlichen Begegnungen auf der Straße, die widerlichen Anrufe. Ich hatte die Feindseligkeiten nicht aushalten müssen, die meine Eltern so lange ertrugen. Ich dachte, meine Mutter würde die Einheimischen nicht mögen und dass sie viel Aufhebens um nichts machte, weshalb ich wie mein Vater sein wollte – die andere Wange hinhalten und den Eindruck eines vernünftigen Menschen machen. Man glaubt immer, Toleranz sei eine Tugend, aber es gibt Dinge, die sollten nicht toleriert werden. Das lernte ich vermutlich von Mrs. Collings, doch richtig begriffen habe ich es erst, als ich Moira Kennedy kennenlernte.

Gelegentlich überraschte ich meine Mutter beim Arbeiten im Haus, wenn sie kochte, etwas stopfte oder auf dem Treppenabsatz vor dem großen Fenster an ihrer Staffelei saß und auf die Landzunge schaute; ich beobachtete sie dann, ein heimlicher Zeuge eines Lebens, das mir ein völliges Rätsel blieb. Meinen Vater meinte ich einigermaßen zu verstehen, doch meine Mutter war mir eine Unbekannte: entrückt, unberechenbar, launisch. Manchmal nickte sie im Sessel ein, und ich bemerkte fasziniert, wie anders sie im Schlaf aussah. Ich war damals in einem Alter, dem der frühen Jugend, in dem einem alles wie eine große philosophische Entdeckung vorkommt: Die Tatsache, dass wir letzten Endes allein sind, der Gedanke, dass wir uns selbst nie so sehen, wie wir gesehen werden, die Einsicht, dass wir lügen, dass wir uns meist in dem vergeblichen Versuch etwas vorlügen, die Zeit oder den Tod täuschen zu wollen. Alles hängt zusammen, alles passt zusammen in dieser kindlichen Philosophie: Wir gehen durch unser Leben wie durch einen Traum, leben das eine Leben, stellen uns ein anderes vor, hören unsere Stimmen, wie niemand sonst sie hört, sehen uns von innen, wie niemand sonst uns sieht. Manchmal ertappen wir uns im Vorübergehen bei einem Blick in den Spiegel, in ein Schaufenster, doch ist dies ein flüchtiger, nur momentaner Blick. Einen Sekundenbruchteil später erscheint wieder das gewohnte Gesicht mit gleichgültiger, ernster oder gutmütig spöttischer Miene, und wir legen auch für uns selber wieder die Maske an, die wir für andere tragen. Doch wenn wir schlafen, kümmert uns der eigene Anblick nicht, dann spüren wir den Blick der anderen nicht. Nur wenn ich meine Mutter beim Schlafen beobachtete, meinte ich, sie *wirklich* sehen zu können; während der übrigen Zeit, selbst wenn sie wütend war oder sich über etwas aufregte, war ihre Präsenz eine von ihr selbst geschaffene Illusion. Nie war sie sie selbst, nicht für mich. Es war, als lebte man mit einer Schauspielerin zusammen, die ständig an einer neuen Rolle arbeitete, die sich darauf vorbereitete, jemand anderes zu sein, durchs Zimmer zu gehen, ein Glas zu heben, etwas zu sagen.

Manchmal wurde sie wütend, oder sie verlor allen Mut, und stets war der Grund – zumindest der offizielle Grund – das Verhalten der Einheimischen. Immer fand sie etwas an ihnen auszusetzen und hörte selbst aus dem flüchtigsten Wortwechsel eine Beleidigung heraus, eine Kränkung. Ich verstand das nicht, doch nachdem wir auf die Landzunge gezogen waren und die Lage sich beruhigte, nahm ich an, ihre Probleme hätten eine andere Ursache. Die Abneigung, die sie für die Einheimischen empfand, war mir schon immer zu belanglos erschienen: ein Sturm im Wasserglas, viel Lärm um nichts. Ich ahnte nicht, was sich noch im Hintergrund abspielte – die Anrufe spätnachts, wenn ich schlief; eine neue Flut verleumderischer Briefe; das bedrückende Schweigen, das sich ausbreitete, sobald meine Mutter die Post oder die Apotheke betrat –, denn meine Eltern hatten zu meinem Besten beschlossen, dass ich *nie* davon erfahren sollte. Sie entschieden sich dafür, diese Vorfälle vor mir geheim zu halten, so wie ich beschlossen hatte – wohl meinem Vater zuliebe –, kein Wort darüber zu verlieren, wie sehr ich unter Malcolm Kennedy litt. Eigenartigerweise bin ich davon überzeugt, dass meine Mutter mir geholfen hätte, damit zurechtzukommen. Sie hätte irgendwas Entscheidendes getan, mich vielleicht sogar aus der Schule genommen und selbst unterrichtet. Aber das war das Letzte, was ich wollte. Mein Vater hätte jedoch völlig anders reagiert, und ich bin mir sicher, dass er, wären ihm Malcolm Kennedys Schikanen zu Ohren gekommen, alles nur noch schlimmer gemacht hätte. Bestimmt hätte er beim Direktor der Schule vorgesprochen, einem freundlichen, absolut unfähigen kleinen Mann namens Mr. Allman. Man hätte sich zusammengesetzt und auf beiden Seiten beteuert, dass es von nun an besser werden würde, doch dann hätte alles von vorn begonnen, nur wäre es diesmal noch viel schlimmer gewesen. Und ich hätte endgültig geglaubt, dass sich nichts dagegen ausrichten ließ.

Zu gewissen Zeiten hatte ich daher meine Geheimnisse, und meine Eltern hatten die ihren. Dabei gab es auf beiden Seiten

Geheimnisse, die wir gern für uns behielten, diese verborgenen Freuden und Wissenssplitter, die verschwiegen werden wollten, da wir ahnten, dass sie sich verflüchtigten, wenn wir darüber redeten, Geheimnisse, die sich sowieso nicht verraten ließen, da keine Worte ausreichten, sie zu erzählen. Das heimliche Vergnügen, frühmorgens aus dem Haus zu gehen, wenn alle noch schlafen, am Strand entlang zur Spitze der Landzunge zu wandern und zehn, zwanzig Vögel aufsteigen und davonflattern zu sehen; das Vergnügen, mit der Erinnerung an einen Traum aufzuwachen, reglos liegen zu bleiben und zu versuchen, ihn wieder zusammenzusetzen, die geheime Botschaft einer Geschichte zu enträtseln, die absurd erschiene, wollte man sie erzählen, obwohl sie einem ganz logisch vorkam, solange sie sich im Kopf abspielte. Stets bleibt die Spannung zwischen dem Wunsch, das Geheimnis zu wahren, und dem perversen Verlangen, es preiszugeben, zumindest aber bleibt, wenn es ein gutes Geheimnis ist, die Frage des Vergnügens oder des Verstehens. Jene anderen Geheimnisse jedoch waren eine Last, für meine Eltern wie für mich, da bin ich mir sicher, und ich wünschte, sie hätten mir alles erzählt, statt die Bürde allein zu tragen, auch wenn es nicht den geringsten Unterschied gemacht und mir nur Kummer bereitet hätte. Außerdem wünschte ich, ich hätte ihnen von Malcolm Kennedy erzählt, von den monatelangen Schikanen und auch davon, wie er starb, woran ich zugleich schuld und nicht schuld war. Ich wollte sie aber nicht in mein Unglück hineinziehen, so wie sie ihres nicht mit mir teilen wollten. Und deshalb, aus lauter Freundlichkeit, aus einer perversen Rücksicht heraus, hatten wir einander nichts zu sagen.

Nachdem Malcolm Kennedy gestorben war, hatte ich auch Mrs. Collings nichts mehr zu sagen. Sie vermutete, dass etwas

Ungehöriges geschehen und ich irgendwie darin verwickelt war, doch weigerte sie sich eisern, mich danach zu fragen. Dabei hätte es mich nicht viel gekostet, ihr zu erzählen, ihr zu erklären, dass ich Malcolm Kennedy eigentlich gar nicht umbringen wollte, dass es ein Unfall gewesen war, nur hätte sie gewusst, dass ich log. Deshalb stellte sie während des ganzen letzten Sommers jene Frage nicht, die in ihrem Kopf immer deutlichere Gestalt annahm. Sollte sie mich aber doch fragen und ich ihr antworten, müsste sie mir in die Augen schauen, und sie würde sehen, dass ich die Tat unbewusst sehr wohl geplant hatte, was natürlich hieße – oder etwa nicht? –, dass sie mitschuldig wäre. Schließlich hatte sie mir geraten, die Verschlagenheit in mir zu finden, sie war meine Führerin gewesen. Ich mache ihr deshalb keinen Vorwurf – ich würde ihr niemals Vorwürfe machen, ebenso wenig, wie ich mir selber etwas vorwerfe –, doch hätte sie sich gewiss verantwortlich gefühlt. Wäre von ihr die Frage gestellt worden, die sie jederzeit hätte stellen können, dann hätte sie sich auch verpflichtet gefühlt, die Verantwortung auf sich zu nehmen, die Verantwortung, mich zum Mörder gemacht zu haben, und dafür war sie damals einfach schon zu krank und zu schwach.

Es dürfte sie überrascht haben, dass ich glaubte, wir könnten weitermachen wie bisher, könnten Freunde bleiben. Vermutlich war ich zu jung, um einzusehen, dass wir unsere Geheimnisse nur wahren konnten, sowohl die Tatsache selbst wie deren Anerkennung, die erwartete Frage wie die gefürchtete Antwort, wenn wir uns voneinander zurückzogen. Außerdem wusste ich längst, dass sie, wenn ihre Zeit käme, allein sterben wollte. Sie hatte es oft genug angedeutet, wenn sie von ihrem Umzug nach Ceres House erzählte: Wie ein braves Tier wollte sie allein verenden, wollte, der Stille lauschend, vom

Schweigen davongetragen werden. Sie mochte nicht im Dorf wohnen, mochte nicht verbleichen wie ein Fleck in der Sonne, sie wollte wie ein leiser Ton sein, der verklang und im Hinterland verschwand. Ebendas ist damit gemeint, wenn von einem würdevollen Tod die Rede ist: eine gewisse Stille, eine Sorgfalt. Nach dem Tod meines Vaters hielt ich diesen Gedanken für eine Lüge, für etwas, was wir uns einreden, damit wir uns dem Gefühlschaos nicht stellen müssen, doch es geht dabei um eine Lüge, die ich nachvollziehen kann, und ich konnte sie selbst in Mrs. Collings' Lage nachvollziehen, auch wenn ich sie ihr nicht abnahm. Vermutlich blieb ihr nichts anderes übrig – um den Schein zu wahren, musste sie mich früher fortschicken, als ihr lieb war. Ach, so schonend, freundlich, mit einem sichtlichen Bedauern, das uns beide stärkte, doch war es wieder etwas, das hätte vermieden werden sollen, und als ich sie an jenem letzten Tag verließ, kam ich mir wie Petrus vor, der beim Hahnenschrei etwas oder jemanden leugnete, nur war ich mir nicht sicher, wen ich verriet.

Ich studierte an der Universität, als mich die Nachricht erreichte, dass meine Mutter bei einem Autounfall gestorben war. Man brachte es mir äußerst behutsam bei, mit Takt und viel Mitgefühl, doch wirkte die Situation auf mich ziemlich geschäftsmäßig. Nach einer Vorlesung nahm man mich beiseite und beschied mir, mein Dozent wolle mich sprechen. Das fand ich seltsam, und ich rechnete gleich mit schlimmen Neuigkeiten, doch kam mir gar nicht der Gedanke, es könnte jemand gestorben sein – zumindest nicht, bis ich in das Gesicht meines Dozenten sah. Dr. Wright war ein kühler, distanzierter Gelehrter, erst kürzlich von einer jüngeren Frau geschieden, und ich muss gestehen, dass ich ihn zwar respektierte, aber nicht recht schlau aus ihm wurde. Er plante alles stets sorgfältig bis ins Detail, bis auf die Sekunde genau, wann seine Vorlesung oder ein Tutorium enden sollte, und er schien die Grenzen ebenso wie das Potential eines jeden seiner Studenten genau zu kennen, doch trotz der Mühen, die ihn diese Umsicht kosten musste, machte er den Eindruck eines Mannes, der ganz mechanisch agierte und die meiste Zeit in Gedanken woanders war. Ich meine damit nicht unbedingt seine Scheidung. Die schien kaum weiter von Belang zu sein. Nein: Ich glaube, er war ein Mann mit einer geheimen Leidenschaft, real oder bloß eingebildet, ein Mann, der irgendwo eine vor aller Welt sorgsam versteckte Geliebte besaß oder insgeheim eine gewisse Geldsumme ansparte, um sich irgendwann ein Schiff kaufen und davonsegeln zu können. Bis jener Tag anbrach, sollte alles möglichst reibungslos verlaufen. Der Tod meiner Mutter aber bedeutete eine Störung seiner sorgfältigen Organisation. Jetzt würde er in sich hineinreichen und eine unmäßige Summe von – *etwas* – hervorholen müssen, dabei war es auf den ersten Blick offensichtlich, dass er keine Ahnung hatte, worum es sich bei diesem Etwas handeln könnte. In dem Moment jedoch, in dem ich sein Gesicht sah, begriff ich, dass jemand gestorben war: dieser entsetzte Blick, das zarte Bedauern für die eigene missliche Lage.

«Kommen Sie herein», sagte er. «Kommen Sie, und setzen Sie sich …» Er kam hinter dem Tisch vor, um mich zu begrüßen, und stand da, den linken Arm halb ausgestreckt, fast wie eine jener anatomischen Figuren aus Vesalius' *De humani corporis fabrica*, als befände er sich auf der Bühne oder führte irgendein uraltes Ritual aus; lächerlich war nur, dass ich überhaupt nichts damit anfangen konnte. Ich brauchte bloß die Fakten, damit ich mit meinem Leben weitermachen konnte, damit dies hier möglichst bald vorbei war. Rasch setzte ich mich, denn einen Augenblick lang fürchtete ich, er könnte mich berühren wollen, wenn ich stehen bliebe. Eine sanfte Berührung, eine kühle Handfläche auf meinem Unterarm, irgendetwas dieser Art, trotzdem unerträglich.

«Ist es mein Vater?», fragte ich hastig.

Jetzt wirkte er noch bekümmerter. Ich setzte ihn unter Druck. Und es gefiel ihm nicht, wenn man ihn unter Druck setzte. Einen Moment lang konnte er nicht weitermachen, dann schüttelte er den Kopf.

Also wusste ich Bescheid. «Was ist passiert?», fragte ich.

Ein Schimmer der Erleichterung huschte über sein Gesicht. Wir hielten uns wieder an das von ihm vorbereitete Skript. «Ich fürchte, es hat einen Unfall gegeben», sagte er, als zitierte er direkt aus einem jener alten Filme, die sonntagvormittags wiederholt werden.

Den Rest hörte ich nicht mehr, jedenfalls nicht alles. Ich filterte bloß die wenigen Fakten heraus, die er mir darbot: Meine Mutter hatte einen Spaziergang gemacht, allein, entlang der Küstenstraße, und ein Auto war von der Fahrbahn abgekommen. Das waren seine Worte: *Ein Auto ist von der Fahrbahn abgekommen.* Es klang abstrakt, theoretisch – doch wusste ich gleich und hätte es beinahe laut gesagt, wäre fast aufgesprungen und hätte ihm laut ins Gesicht geschrien, was ich schon gewusst hatte, noch ehe es geschehen war: *Sie haben es getan,* dachte ich, *sie haben sie umgebracht.* Und noch ehe er weiterreden konnte, erhob ich mich – langsam, ein wenig unsicher –, dankte ihm und verließ sein Büro, ging nach draußen, über den Flur, durch das Foyer, vorbei an den Postfächern für die Studenten und hinaus in die kühle Februarluft.

Jeder kannte den kleinen Peter Tone. Jeder kannte ihn als

den Stadtsäufer. Früher hatte der kleine Peter schlicht Peter geheißen, aber im Lauf der Jahre war er mit jeder neuen Peinlichkeit kleiner und dümmer geworden. Wie an jenem Tag, als man ihn schlafend am Kriegerdenkmal fand, eine Flasche Buckfast in der Hand, die Hose um die Knöchel nass vom eigenen Urin. Oder wie damals, als er das Auto seines Schwagers gestohlen und versucht hatte, es in der Stadtkneipe zu verkaufen. Er war ein Trottel, ein Idiot. Manche Leute behaupteten allerdings, er sei ein guter Kerl gewesen, ehe er mit der Sauferei anfing, ein talentierter Fußballer, doch heute war er für sie meist nur noch eine Schande, ein Mann, dessen eigene Kinder kein Wort mit ihm redeten. Schon mehr als einmal war ihm nachgesagt worden, todkrank zu sein, und wie er durch die Straßen zog, sah er aus, als klopfte er bereits an die Pforten des Todes, doch war er stets gut gelaunt und hatte für jeden ein Grinsen parat, wenn er die Hand in der Hoffnung auf ein Almosen ausstreckte.

Es war der kleine Peter, der meine Mutter getötet hatte. Niemand weiß, ob es mit Absicht geschah: Er hatte sich wieder einmal den Wagen seines Schwagers ausgeliehen und war ohne besonderen Grund die Küstenstraße auf und ab gefahren, ohne Ziel, doch ausnahmsweise nüchtern. *Nur eine kleine Spazierfahrt*, behauptete er später. Dabei konnte er nicht fahren, besaß gar keinen Führerschein, aber das kümmerte ihn nicht. Allerdings kümmerte ihn der Vorwurf, er hätte die Kontrolle über den Wagen verloren, weil er nicht fahren konnte, und mindestens zwei Leute haben ihn prahlen hören, diese Yankee-Nutte absichtlich umgenietet zu haben. Sicher war das bloß Gerede. Er fuhr einen Wagen, ohne zu wissen, wie man fährt, und meine Mutter war zur falschen Zeit am falschen Ort. Die Polizei gab sich bei der Aufklärung des Falls große Mühe, doch blieb es dabei, der kleine Peter war zum Zeitpunkt des Unfalls nüchtern gewesen, und letzten Endes kam er deshalb ziemlich glimpflich davon. Für den Unfall selbst gab es keine Zeugen, und es gab auch keine Anzeichen dafür, dass er zu schnell gefahren war. Er hatte den Unfallort nicht verlassen, hatte angehalten – vermutlich, weil einige Leute aufgetaucht waren – und gewartet, bis Polizei und Krankenwagen kamen. Das überraschte allgemein, und sicher wurde es ihm strafmildernd angerechnet. Niemand verstand, warum er nicht einfach Fahrerflucht begangen hatte.

Als ich heimkam, war mein Vater wie benommen. Der Arzt hatte ihm fürsorglich ein leichtes Beruhigungsmittel verschrieben, doch war der Schock mehr, als er verkraften konnte. Wie sich später herausstellte, war er schon damals krank gewesen, und nach der Beerdigung – im engsten Kreis, nur Familie und einige Freunde – dauerte es nicht lang, da musste er sich auf Geheiß des Arztes ins Bett legen. Ich dachte ernsthaft daran, mein Studium aufzugeben und nach Hause zu kommen, um ihn zu pflegen, doch davon wollte er nichts wissen. Er stellte eine Frau aus Sandhaven ein, eine frühe Inkarnation von Mrs. K, die für ihn kochte und putzte, während er die Tage im Bett verbrachte, las oder aus dem Fenster sah, um die über der Landzunge kreisenden Vögel zu beobachten. Ich blieb zwei Wochen – und wenn ich mich recht erinnere, hatte ich damals mein letztes Techtelmechtel mit Moira, ein Techtelmechtel, das durchaus zu einem Missgeschick geführt haben mochte, falls denn meine Rechenkünste stimmten. Danach fuhr ich mit dem Zug zurück zum College und zu den staubtrocknen Tutorien über Chaucers Gedicht *The Parlement of Foules* mit einem gründlich präparierten Dr. Wright. Bis zum Sommer aber wuchsen meine Schuldgefühle, und ich konnte es kaum erwarten, endlich wieder nach Hause zu fahren. Ich wollte daheim sein, falls auch mein Vater starb, und ich wollte vernünftig mit ihm reden, wollte mich wenigstens ein einziges Mal über etwas anderes als über Vögel und Fotografien mit ihm unterhalten.

Am Ende des Sommers redeten Amanda und ich kaum noch ein Wort miteinander. Selbst Mrs. K schien sich ein wenig zurückzuziehen, und ich verbrachte die Tage allein, dachte nach, ließ die Vergangenheit Revue passieren und wälzte allerlei in meinem Kopf hin und her. Von der Geschichte mit Hazel Birnie war ich wie besessen. Ich wollte sie treffen, wenigstens einen Blick auf sie werfen, vielleicht kurz mit ihr reden, inkognito. Ich hatte ein Bild von ihr in der Zeitung gesehen, aber das gab nicht viel her. Sie trug Schuluniform, stand über ihr Rad gebeugt und linste in die Kamera. Sie war vielleicht zehn Jahre alt. Nichts in ihrem Gesicht verriet, dass sie und ich blutsverwandt sein könnten, allerdings sah ich auch nichts, woran sich erkennen ließe, dass sie Tom Birnies Kind war – und auch nichts, worin sie Ähnlichkeit mit ihrer Mutter besaß. Sie schien aus dem Nirgendwo gekommen zu sein, geformt nach abstraktem Plan, nach der Blaupause eines Kindes. Allerdings stand mir nur ein grobkörniges Zeitungsfoto zur Verfügung. Wenn ich sie wenigstens *sehen* könnte, würde ich vielleicht eine Antwort auf die Frage finden, die mein Denken beherrschte. War Hazel tatsächlich mein eigen Fleisch und Blut? Woher sollte ich das wissen? Wie konnte ich mir da sicher sein, auf die ein oder andere Weise? Ehrlich gesagt, wenn ich heute zurückblicke, habe ich keine Ahnung, warum mich diese Frage beschäftigte. Ich wollte keine Kinder, erst recht nicht dieses Kind. Ich hatte mit Amanda nie über Kinder geredet, und soweit ich wusste, hegte sie selbst auch keine Wünsche in diese Richtung. Natürlich hatte ich gewiss mehr getan, dieses Thema zu vermeiden, als ich mir heute eingestehen will: Früher, als wir noch nicht durch unsere Ehe schlafwandelten, mochte Amanda vielleicht geglaubt haben, Kinder seien nur eine Frage der Zeit. Doch hat sie den Gedanken daran vermutlich nach einer Weile aufgegeben – vielleicht hatte sie auch einfach mich aufgegeben –, weshalb sie sich seither darauf beschränkte, sich mit ihren Freundinnen zu vergnügen und in Sachen Kultur und Politik auf dem Laufenden zu bleiben. Zumindest nahm ich das an.

Eines Abends fand eine ihrer Dinnerpartys statt. Das bedeutete zweierlei: Erstens musste ich helfen, den Tisch zu decken (das Essen bereitete Amanda prinzipiell allein zu), und zweitens hatte ich mich zu benehmen. Das mag schwieriger klingen, als es war: Immerhin hielt ich mich in meinem eigenen Haus auf und konnte für Ablenkung sorgen, mich gelegentlich verdrücken, um Musik aufzulegen oder etwas zu holen, womit Amanda auftrumpfen wollte. Eine Zeit lang wurde ich sogar zum Raucher, damit ich mich auf eine Zigarre in den Garten zurückziehen konnte. Amanda regte sich erst darüber auf, doch ich blieb hartnäckig, und schließlich wurde es akzeptierter Bestandteil ihrer Soireen: Sie regte sich nicht mehr auf, und ich durfte zum Rauchen nach draußen gehen. Zum Glück rauchte keiner ihrer Freunde. Ich übrigens meistens auch nicht.

Es war ein warmer Abend. Ich dachte schon damals daran, die Sache ein wenig weiterzutreiben, vielleicht etwas entschiedener vorzugehen, um endlich Antworten zu bekommen – nur wusste ich nicht, was ich damit eigentlich meinte. Trotzdem, der Abend versprach, genügend Zeit zum Nachdenken zu bieten: Amandas Dinnerpartys waren nur allzu vorhersehbar und die geladenen Gäste meist leicht zufriedenzustellen, Frauen, mit denen sie aufgewachsen war (die «Mädchen»), und deren Männer oder Freunde, Arbeitskollegen plus Ehegefährten, manchmal auch ihre Schwester Mary und deren Freundin Maria. Mary und Maria mochte ich am liebsten, aber sie wohnten in Edinburgh und kamen deshalb nur selten. An jenem Abend gehörten Michelle und ihr Freund Mark zu den Gästen. Michelle (genannt «Shell», genau wie die Muschel, ein passender Spitzname) war eines der «Mädchen» – und Mark eindeutig einer der Jungs. Langweilig, aber ideal, um innerlich auf Autopilot umzustellen. Das zweite Paar, ein neuer Kollege von Amanda samt hagerer, verkniffen aussehender Gattin, kannte ich zuvor noch nicht.

Es gab eine Zeit, da begegnete ich Amandas Freunden mit Staunen und Ehrfurcht. Sie waren alle gleich, und das fanden sie toll. Sie stammten aus Coldhaven oder aus Orten in der Nachbarschaft; meist hatten sie studiert oder einige Zeit außerhalb der Gegend verbracht, doch war ihr Akzent seit ihrer Rückkehr ausgeprägter als je zuvor, und man sah ihnen an, wie unglücklich sie sich während ihrer Abwesenheit gefühlt hatten. Außerdem konnten sie kaum verhehlen, wie erpicht sie darauf waren, zu den alten Rivalitäten zurückzukehren, den heimlichen Vorlieben und Ritualen. In der Schule hatten sie zu den sauberen Kindern gehört, zu jenen, die fleißig lernten und sich im Sport hervortaten, die mitmachten. Vermutlich hätten sie selbst als Erste darauf hingewiesen, dass sie keinen Deut besser als ihre Mitschüler waren, doch war stets etwas Anständiges aus ihnen geworden. Wie schon ihre Mütter hatten sie sich Mühe gegeben. Als Kinder hatten sie gesammelt – Briefmarken, Münzen, Zigarettenbilder oder Fahrpläne der Eisenbahn –, und auch für den Rest ihres Lebens ließ sie der

Drang zu sammeln und zu horten nicht los. Einer der Ehemänner, ein Kerl namens Murdo, kam mit mauvefarbenem Hemd und rosafarbenem Schlips zu seinem ersten Dinner; er war ein Wortsammler. Man sah es seinem Gesicht an: Obwohl in der Gegend geboren und aufgewachsen, konnte er sich noch über die Ortsnamen in Fife freuen, über Freuchie, Limekilns, Star oder Burntturk. Er liebte ihren Klang – doch war diese Liebe auch seine Art, uns in gefälligem, gesellschaftlich akzeptablem Code beizubringen, warum nichts Bedeutenderes, Glorreicheres aus ihm geworden war. Er liebte diese Gegend, und er zählte sich gern zu ihren drolligen Banalitäten.

Am besten gefiel mir an Amandas Abenden allerdings das Geschirrspülen. Dann konnte ich nämlich der Party entfliehen, während die Gäste ins Wohnzimmer gingen, um ihren Kaffee zu trinken – und ich floh gern vor Amandas Freunden, so wie sie mich selbst auch gern eine Weile los waren. Manchmal erbot sich jemand, mir beim Abtrocknen zu helfen, und ich musste vielleicht ein wenig nachdrücklich werden, doch meist ließen sie mich gewähren, vor allem, wenn sie zu den regelmäßigen Gästen zählten.

Außerdem gefiel mir an meiner kleinen Hausarbeit der Blick auf den Esstisch beim Aufräumen. Hinterher schien er mir viel interessanter als vor der Ankunft der Gäste, als das Geschirr noch sauber, ordentlich und adrett arrangiert gewesen war. Etwas Forensisches ging davon aus, von den Unmengen Kaffeesatz, den Brotkrümeln, den fettigen Fischölflecken am Tellerrand, den kleinen Sahnepfützen auf dem Dessertlöffel oder den Etikettfetzen, die jemand den ganzen Abend lang mehr oder weniger unbewusst von einer Weinflasche abgezupft hatte. Mir gefiel der Geruch gelöschter Kerzen und der Trick, mit dem man Teller so stapelte, dass keine Essensreste dazwischen eingezwängt wurden, im Becken landeten und zwischen den Schaumkämmen herumtrieben. Eine von Amandas Freundinnen, eine dicke Frau, die in ihrem Büro arbeitete, besaß die Angewohnheit, an verschiedenen Stellen auf dem Tisch kleine Salzhäufchen zu verteilen, und ich suchte hinterher die Tischdecke ab, spürte die Häufchen auf und versuchte herauszufinden, was sie bedeuteten, falls sie denn überhaupt etwas bedeuteten. Amanda selbst litt am Zahnstochersyndrom: Sie bestand darauf, Zahnstocher in kleinen Plastikbehältern auf dem Tisch zu verteilen, und sobald man mit dem Dessert begann, nahm sie die Zahnstocher aus dem nächststehenden Fässchen, verteilte sie auf der Tischdecke, hob sie nacheinander auf und strich darüber, wodurch sie zarte Spuren Käse ins Holz rieb. Niemandem sonst schien das aufzufallen.

Im Anschluss an das Aufräumen ging ich in den Garten. Nach der engen, massigen Körperwärme im Esszimmer war es hier recht frisch, und ich entfernte mich vom Haus, um in den kühleren Bereich jenseits der Veranda zu gelangen. Jetzt spürte ich überall auf meiner Haut die Nachtluft, ein schlichtes, klares Vergnügen, dieser köstliche *frisson* der Kälte. Wenn der Winter begann, war ich in meinem Element, doch auch im Herbst oder an späten Sommerabenden konnte ich nach einigen warmen Tagen in die Nacht hinausgehen und mich wie in einen erholsamen Urzustand, eine Art Ursprung zurückversetzt fühlen. *Heimat.* Mich erinnerte das an jene Gelegenheiten, bei denen man ein Regionalflugzeug besteigt, einen dieser kleinen Flieger, zu denen man über die Asphaltbahn laufen muss, wenn man an Bord will: Ich trug dann immer ein dünnes Hemd mit offenem Kragen und wartete, bis alle übrigen Passagiere eingestiegen waren, um so lang wie möglich an der kühlen Luft zu bleiben. Wenn ich es schließlich nicht länger aufschieben konnte, stieg ich die Treppe hinauf, blieb aber auf der letzten Stufe noch einen Moment stehen und drehte mich in den Wind. Ich fühlte mich in ihm geborgen. Sooft er mich findet, kommt er mir wie ein Gefährte vor – ein Gefährte, nicht unbedingt ein Freund, doch wie jemand, den ich genau kenne. Amanda meint, es sei seltsam, dass ich die Kälte so sehr liebe. Sie meint, es sage etwas über mich aus, etwas Freudianisches. Ich denke, wenn das stimmt, sagt es auch etwas über sie aus. Aber eigentlich weiß ich nicht, worauf sie hinauswill. Ich habe es gern ein bisschen kalt, ich mag den Wind im Gesicht und an den Händen. Was kann es denn auch schon schaden, dieses kleine Vergnügen?

Im besten Fall waren die Gäste auf Amandas Dinnerparty bloß eine Ablenkung. An diesem Abend jedoch geschah etwas Überraschendes. Ich war gerade in die Küche zurückgekehrt, als die hagere Frau auftauchte und sich neugierig umsah. Ich ärgerte mich kurz wie ein *chef de cuisine*, wenn er einen Gast in sein Reich eindringen sieht, der in Töpfe und Pfannen lugt, aber ich verbarg meinen Unmut, da es den Streit mit Amanda nicht lohnte, wenn ich einen ihrer Gäste verärgerte. Ich versuchte, mich an den Namen der Frau zu erinnern, doch ich scheiterte.

«Hallo», sagte ich. «Kann ich Ihnen etwas anbieten?»

Außer mir hatten sämtliche Gäste Weißwein getrunken, und die Frau wirkte ein wenig beschwipst. «Das hier war das Haus Ihres Vaters», sagte sie und schaute sich um. «Es ist anders, als ich es mir vorgestellt habe.» Sie blieb vor der Verandatür stehen und schaute in den Garten.

«Tja, mit den Jahren hat es sich ein wenig verändert», erwiderte ich und versuchte, nicht allzu beflissen oder zu neugierig zu wirken. «Haben Sie meinen Vater gekannt?»

Die Frau blickte mich an und gab einen seltsamen kleinen Laut von sich, sozusagen nur den Beginn eines verschreckten Aufschreis. «O nein», sagte sie, «jedenfalls nicht persönlich.»

«Aha», antwortete ich. Sie wollte mir also sagen, dass sie sein Werk kannte. Manchmal traf ich Leute, die mit seiner Arbeit vertraut waren, auch wenn ich diesen Leuten nicht gerade in Amandas Kreisen begegnete. Doch sie war die Frau eines Kollegen. Sie führte ihr eigenes Leben, und plötzlich begriff ich, dass sie solche Abende ebenso langweilten wie mich.

«Ich liebe die Fotografie», sagte sie. «Vor allem Landschaften. Und ich bewundere die Bilder Ihres Vaters.»

Ich nickte. Sie wollte mir noch mehr sagen, wusste aber nicht, wie. Ich hoffte bloß, es hatte nichts mit dem Unfall oder dem Tod meines Vaters zu tun.

«Wissen Sie», fuhr sie fort, «ich habe ihm einmal einen Brief geschrieben. Einen Fanbrief, fürchte ich.» Das überraschte mich. Ich hatte nicht gewusst, dass mein Vater Fanpost erhielt. Plötzlich fiel mir der Name der Frau wieder ein: Emma irgendwas. Sie war älter als ihr Mann und vielleicht ein wenig zu zart für ihn. Außerdem gehörte sie jener Sorte Menschen an, die eine gewisse Distanz zu allem wahren und die Angewohnheit besitzen, plötzlich in Worte auszubrechen und einem Gedankenzug Gestalt zu verleihen, der bis dahin nur lautlos durch ihre Gedanken gerattert war. «Wegen eines Fotos, das ich gesehen hatte, eines aus der Brière-Serie.» Sie lächelte. Sie sollte öfter lächeln, dann sähe sie nicht so verkniffen, so verhärmt aus. «Früher bin ich oft hingefahren, *en vacances*», sagte sie. «In die schwarze Marsch. Es war für mich eine schöne Zeit.»

«Es hat ihn bestimmt gefreut», sagte ich. «Zu wissen, dass jemand seine Liebe zur Marsch mit ihm teilte …»

Sie lachte leise. «Vielleicht», sagte sie. «Aber er hat nicht mal geantwortet. Ich kann mir nicht vorstellen, dass er ihn überhaupt gelesen hat. Es war ein dummer Brief, und Ihr Vater war bestimmt immer sehr beschäftigt. Außerdem ist es lange her, damals hat er noch gar nicht hier gewohnt.»

«Ach so.» Es war mir peinlich, wie glatt und routiniert ich klang. «Nun, er war wirklich meist ziemlich beschäftigt. Und er konnte sich nie besonders gut an etwas erinnern.» Er war selbst ein ziemlicher Einzelgänger, dachte ich. Und ich war mir, auch wenn ich noch nicht so recht darüber nachgedacht hatte, keineswegs sicher, ob er tatsächlich von der Existenz anderer Menschen überzeugt war. Vögel, die gab es, ja. Das Meer. Auch die wilden Blumen draußen auf der Landzunge. Aber andere Menschen?

Sie lächelte. «Nein», sagte sie. «Er war eben ein Künstler.» Sie musterte mein Gesicht. «Schreckliche Sache allerdings, das mit seinem Freund. Dürfte nicht leicht für ihn gewesen sein.»

«Sein Freund?»

«Oh …» Sie schaute mich erschrocken an, als sie begriff, dass ich nicht wusste, wovon sie redete. «Ich habe gedacht … habe angenommen, Sie würden …»

«Was?»

«Tja.» Sie wusste nicht, ob sie weiterreden sollte. Ich gab mir Mühe, weder besorgt noch empört dreinzusehen, und wollte nur, dass sie das, was sie zu sagen hatte, möglichst rasch sagte. «Sie arbeiteten beide für dasselbe Blatt. Damals war er noch Zeitungsfotograf. In Guatemala, wenn ich mich richtig erinnere. Man hielt sie mehrere Tage gefangen und folterte seinen Freund. Ihren Vater allerdings nicht, er konnte entkommen.» Sie sah mich bekümmert an. «Tut mir leid. Ich habe gedacht, Sie wüssten …»

«Was ist aus ihm geworden?»

Sie schien verwirrt. «Er ist entkommen», wiederholte sie.

«Der Freund?»

«Nein, Ihr Vater.» Sie schüttelte den Kopf. «Sein Freund ist gestorben.»

«Wie hieß er?»

«Wie bitte?»

«Der Freund. Erinnern Sie sich an seinen Namen?»

«O ja.» Sie sah jetzt beinahe verängstigt aus, als ihr eine weitere Tatsache aufging, wieder etwas, was sie nicht sagen wollte. Und doch war sie hierhergekommen, in meine goldene Küche mit ihren diversen Lichtquellen und farbigen Schatten, um ebendieses Gespräch zu führen. Sie konnte nicht mehr zurück.

«Er hieß Mallon», sagte sie. «Thomas Mallon.»

Ich nickte, und sie schlug die Augen nieder. Meine Mutter war eine Mallon gewesen, das wusste ich von beiläufigen Gesprächen über die Gardiners und die Mallons – über die Mallons, die so unbeständig, und die Gardiners, die so beharrlich und gewissenhaft waren. Hitzköpfe gegen Pantoffelhelden. Irische Katholiken gegen schottische Presbyterianer, abgeschmeckt mit einem Quäntchen Hugenottentum. Es war ein Spiel, das sie manchmal spielten. Meine Mutter hieß Kate Mallon, Catherine, Cat, und sie hatte einen Bruder namens Tom gehabt. Er sei jung gestorben, hieß es. Das hatten sie mir gesagt. Er sei jung gestorben, mehr nicht.

Ich habe stets geglaubt, wenn die Toten vergehen, dann ziehen sie davon, über Wochen, Monate oder Jahre, in eine weite Ferne. Mit den Geschichten, die man uns in der Schule erzählte, konnte ich nichts anfangen, den Geschichten vom Himmel, den Märchen über ein Leben nach dem Tod; ich glaubte, die

Toten kehrten ins Nichts zurück, verblichen langsam wie herabgefallene Blätter oder wie die Haufen Knochen, die man hin und wieder in der Marsch findet, das Skelett eines Hundes, eines Vogels, das sich weiß verfärbt hat und in der Sonne zerfällt, zu Pulver wird und sich im Wind verstreut. Nachdem meine Mutter gestorben war, ging ich immer noch davon aus, dass es so sein würde: Sie schien weit fort, in der Erde vergraben, unsichtbar, und ihr Geist oder ihre Seele, ihr *Wesen*, löste sich irgendwo in der Luft oder zwischen den Sternen auf. Ich durfte sie nach dem Unfall natürlich nicht sehen. Sie war schwer verletzt, und man hielt es für besser, dass ich sie nicht sah, doch bin ich mir nicht sicher, ob man recht daran tat. So wurde eine Distanz zwischen uns geschaffen, jene Art Distanz, von der wir auf die eine oder andere Weise in der Schule erfuhren, im Religionsunterricht: die Distanz zum Himmel, die Distanz zu einer anderen Welt. Wenn ich an meine Mutter denken wollte, schloss ich die Augen und sah Dinge: eine Halskette mit roten und grünen Perlen an einer Silberschnur; den dunklen terrakottafarbener Pullover, den sie zum Malen trug, blaue oder gelbe Farbflecken an den Ellbogen und Ärmeln; die silberne, antike Haarbürste, die mein Vater ihr geschenkt hatte. Als ich zur Beerdigung heimkam, fielen mir Dinge in Whitland House auf, Dinge, die nur einem Fremden auffallen konnten: der Geruch ihrer Farben; der Duft in der Küche, in der sie so viele Jahre ihre Kirschtorten und Obststreuselkuchen gebacken hatte; das Geräusch, das der Wind im Schornstein ihres Ateliers machte; die Farbflecken auf dem Boden. Als ich zum Grab ging, dem geschlossenen Sarg folgend, fielen mir ihre Schuhe ein, die auf dem kleinen Schuhschrank im Flur nebeneinander aufgereiht gewesen waren – kleine, schmale Schnürschuhe mit flachen Absätzen und runden Spitzen, geputzt, aber schon wieder eingestaubt –, und ich erinnerte mich, dass ich am Morgen im Flur gewesen war und sie nicht gesehen hatte. Jemand hatte sie fortgeräumt. Es war mir erst gar nicht aufgefallen, aber so wusste ich jetzt, am Grab, dass meine Mutter nicht mehr da war. Die Schuhe. Ich konnte die Augen schließen und sie vor mir sehen, aber *sie* konnte ich nicht sehen. Wenn ich später in den Sommerferien nach Hause kam, ging ich oft zum Friedhof an ihr Grab. Mein Vater wollte nicht mitkommen; er sagte, das schaffe er nicht, außerdem könne er sie überall spüren, im Haus, in der Luft, im Licht, im Vogelgeschrei draußen auf der Landzunge. Er konnte sie dort spüren, ich nicht. Dann, in jenem Sommer, in dem er starb, hörte ich ihn manchmal im Schlafzimmer vor sich hin murmeln, und ich wusste, er redete mit ihr. Für ihn war sie eine unauslöschliche Präsenz, für mich war sie einfach fort. Und er selbst war auch nicht mehr richtig da, er war schon abwesend. War es vielleicht immer gewesen.

Draußen auf dem Friedhof nahm ich die Vase vom Grab, warf die alten Blumen fort, spülte das Gefäß am frei stehenden Wasserhahn unweit vom Grabstein aus, wusch den grünen Algenrand ab und steckte dabei die Finger so tief hinein, wie ich nur konnte. Das prasselnde Wasser war kalt, und ich ließ es strömen, bis meine Hände blau anliefen. Wenn ich aufblickte und über die Reihen weißer Kreuze und Engel schaute, konnte ich über den Schieferdächern und roten Schornsteinen den Kirchturm aufragen und einen Schwarm grauer Tauben sehen, die in Formation herumwirbelten, mit ihren Flügeln die Sonne einfingen und dann umschwenkten, dunkler wurden, eine andere Vogelart, wie in einem Bild von Escher oder wie durch einen Zaubertrick. So lang ich denken konnte, stand die Uhr auf fünf vor zwölf, und mir fiel eine Geschichte ein, die meine

Mutter über die alte Turmuhr erzählt hatte, zu der sie als Kind hinaufgestiegen war, um ins Uhrwerk zu klettern und durch die Öffnungen im Zifferblatt auf die Stadt hinabzusehen, die wie ein bunter Flickenteppich unter ihr ausgebreitet lag. Im Gebälk waren Nester gewesen, und sie konnte sich daran erinnern, zwischen all den Zahnrädern und Rädchen Vogeleier gesehen zu haben. Es verblüffte mich, dass ich etwas über meine Mutter wusste, da ich mich nicht daran erinnern konnte, je von ihr aus ihrem Leben gehört zu haben; für sie schien es immer nur um Kunst und Bücher gegangen zu sein, um Orte, an denen sie gewesen war, nie um sie selbst. Und doch wusste ich mehr, als ich vermutet hätte. Dass ich noch nie von ihrem Bruder gehört hatte, überraschte mich nicht: Mein ganzes Leben lang hatte ich angenommen, dass meine Eltern vor irgendetwas davonliefen, und meine Mutter hatte immer diesen Funken mit sich herumgetragen, einen Funken Wut, Trauer – wer weiß schon, was? Hat sie meinem Vater vorgeworfen, dass er überlebte? Was hatte er getan, um sich zu retten? War er je damit herausgerückt? Und falls er es ihr erzählt hatte, hatte er ihr da die Wahrheit erzählt, die ganze Wahrheit und nichts als die Wahrheit?

Nachdem mein Vater gestorben war, wohnte ich allein in Whitland House – und war glücklich. Hätte man mich damals gefragt, ich hätte gesagt, dass ich mir nichts lieber wünschte, als hier draußen zu bleiben, allein, ohne auf jemanden Rücksicht nehmen zu müssen. Keine Gespenster, keine Erinnerungen. Niemand sonst. Nur ich, in einem Haus voller Instrumente und Messapparate, Nadeln, die verstohlen über Millimeterpapier huschten, empfindlicher Monitore, die jedes Risiko eines Eindringens anzeigten. Mehr wollte ich nicht: ein Haus, das für sich genommen einer dünnen Membran glich, einem Register, das mir jede Veränderung in der Atmosphäre – Wetter, Klatsch und die subtilsten demografischen Bewegungen – in Echtzeit zu Bewusstsein brachte. Ich wollte allein sein, wollte in irgendetwas wahrhaftig sein. Und ich wollte sichergehen, dass nichts in diese Einsamkeit vordringen konnte. Es gab keinen Grund, das Haus zu verlassen: Ich hatte alles, was ich brauchte, und meine Spaziergänge unternahm ich bloß aus einer Laune heraus oder vielmehr zur Beschwichtigung, ein Angebot, um der Welt auf halbem Weg entgegenzukommen und so jede Neugier zu vertreiben. Um sie auf Abstand zu halten. Ich wollte unerreichbar sein. Dann traf ich Amanda, ganz zufällig, und ehe ich recht wusste, was geschah, hatte ich sie geheiratet.

Anfangs hätte ich behauptet, wir seien durchaus glücklich. Und wenn schon nicht glücklich, dann doch zufrieden. Es war strapaziös, sie ins Haus ziehen zu lassen, während wir uns zugleich näher kennenlernten und erkundeten, wie wir denselben Ort miteinander teilen wollten. Es war strapaziös, und es veränderte das Haus, ließ es eigenartigerweise größer und heller wirken, als ginge man von Zimmer zu Zimmer und stieße sämtliche Fensterläden auf. Amanda wollte viele neue Sachen kaufen – Möbel, Teppiche, Dinge, die mein Vater gehasst hätte –, und ich genoss es, sie mit ihr auszusuchen. Dass wir diese Dinge gemeinsam auswählten, sei wichtig, sagte sie, doch letzten Endes war sie es meist, die entschied. Mir war es egal. Ich hatte die alten Sachen gern, doch als sie vorschlug, einige der verschlisseneren Stücke zu verkaufen, um Platz für Neues zu schaffen, war ich einverstanden. Es gab Dinge, von denen ich mich nicht trennen wollte, und die blieben. Die Bücher meines Vaters, seine Kameras, diverses Zubehör, die Dunkelkammer. Das Atelier meiner Mutter. Mein eigenes kleines Zimmer am

Treppenabsatz. Sie blieben unverändert. Nur unser Schlafzimmer und das Wohnzimmer wurden von den Veränderungen ernstlich in Mitleidenschaft gezogen. Amanda wollte außerdem eine nagelneue Einbauküche, aber dazu konnte ich mich nicht durchringen. Wir fanden einen Kompromiss.

So ging es weiter – und ich glaube, ich dachte, es würde immer so weitergehen. Vielleicht dachte ich aber auch überhaupt nichts. Vielleicht hielt ich alles für selbstverständlich. Ich kann deshalb auch nicht sagen, wann sich etwas änderte, doch im Nachhinein weiß ich, dass es eine erste, lautlose Verschiebung gab, einen nächtlichen Erdrutsch vom frisch verheirateten Paar zum typischen Ehepaar am nächsten Tag. Urplötzlich schienen wir uns unbehaglich zu fühlen. Ich begann, die von ihr in Gang gebrachten Veränderungen zu hassen, dann fing ich an, mich ihnen zu widersetzen. Und sie machte mit einem Mal kleine Anspielungen auf die Tatsache, dass ich es mit meinem Privatvermögen zu leicht hätte, dass ich mich vor meiner Pflicht drückte, in die Welt hinauszugehen und etwas Sinnvolles *zu tun*.

«Du solltest dir einen Job suchen», sagte sie wie aus heiterem Himmel.

«Wieso?»

Sie schaute mich neugierig an, als fiele ihr erst jetzt auf, dass ich ein Mann war, der seine Tage daheim verbrachte, Bücher ordnete und Musik hörte. «Du solltest dir einen Job suchen», wiederholte sie. «Du verbringst zu viel Zeit allein. Das ist nicht gesund.»

«Ich brauche keinen Job», erwiderte ich. «Ich habe genug Geld.»

Sie lachte. «Ich rede nicht von Geld», sagte sie. «Ich rede davon, dass du mit deinem Leben *etwas anfangen* solltest. Falls dir das mit dem Geld zu schaffen macht, könntest du ja für einen wohltätigen Verein arbeiten.»

«Ich will keinen Job», sagte ich. Mehr war es nicht, ein flüchtiger Wortwechsel, eigentlich bloß ein Gespräch innerhalb eines Gesprächs, doch plötzlich begriff ich, dass sie mich nicht mehr so mochte wie früher. Mit Liebe hatte das nichts zu tun, nur damit, jemanden zu mögen – und ich glaubte, jetzt, da es mir aufgefallen war, da sie mich darauf aufmerksam gemacht hatte, fragte ich mich, ob ich sie denn überhaupt mochte. Ich kam zu keinem Schluss, nur ging mir die Frage immer wieder durch den Kopf. Es war kein großes Drama, kein Wendepunkt. Zumindest nahm ich das an. Doch was einige Monate später geschah, der eigentliche Wendepunkt, war gänzlich von diesem Moment geprägt, von der Stimmung undeutlichen Unbehagens, der Wachsamkeit, die dieser Abend auslöste, eine Wachsamkeit, die schließlich in berechnender Neutralität enden sollte, ein Prozess, der wie die Inszenierung eines Rituals zugleich distanziert und doch gemeinschaftlich ablief.

Im späten Sommer fuhren wir heim, an einem dieser erstaunlichen Abende in Fife, an denen man glauben könnte, die ganze Welt laufe im dunkelsten Blau an und bleibe so, allein über der Förde ein winziger Lichtschimmer, nahebei eine undurchdringliche Schwärze, Kaninchen, die gelegentlich im Scheinwerferlicht auftauchten und gleich darauf wieder im nur wenige Zentimeter entfernten Nichts verschwanden. Die Bäume am Straßenrand, im Vorbeifahren angestrahlt, wurden vom Wind seitwärts gekämmt – widerspenstiges Geäst –, umstellt von jahrzehntealtem, desolatem, trunken schwankendem Unterholz, flüchtig und unwirklich wie das Verandalicht der Häuser und Bauernhöfe, an denen wir vorüberhuschten. Die Straße war leer. Das Radio lief ausnahmsweise einmal nicht, und ich dachte, wie schön es doch wäre, säße ich allein im Auto, ohne Amanda. Ich fuhr gerne nachts Auto, vor allem allein. Mir kam die Idee anzuhalten und auszusteigen, um zum Himmel hinaufzuschauen. Nach oben zu blicken und die Nacht zu spüren, zu riechen.

«Alles in Ordnung?», Amanda starrte mich an, als wäre sie mit einem Irren zusammen.

«Ja», sagte ich. «Warum fragst du?» Ich wandte mich wieder der Straße zu.

«Du hast mit dir selbst geredet.»

«Ach was.»

«Doch, hast du», sagte sie und schien ernstlich besorgt. «Ich habe es deutlich gehört. Du hast mit dir selbst geredet.»

Ich lachte. «Ehrlich?», fragte ich. «Und was habe ich gesagt?»

Einen Moment lang antwortete sie nicht. Ich schaute sie an. «Das ist kein Witz, weißt du», sagte sie. «Ich mache mir Sorgen um dich …»

«Was habe ich denn gesagt?»

«Du benimmst dich seltsam in letzter Zeit», sagte sie. «Ist ja auch nicht gesund, dass du den ganzen Tag zu Hause bist, keine Menschenseele siehst, nichts tust …»

«Was, zum Teufel, habe ich gesagt?»

Ich fragte zu laut, das wusste ich. Ich hatte sogar fast geschrien, aber ich war wütend. Ich wollte wissen, was ich gesagt hatte. Sie brauchte es mir doch nur zu sagen. Aber ich hatte nichts gesagt. Ich kam mir wie die Frau in jenem alten Spielfilm vor, in dem Joseph Cotten versucht, sie in den Wahnsinn zu treiben, um an ihr Erbe zu kommen. Joseph Cotten oder George Sanders, einer dieser so schönen, so zwiespältigen Männer, die es heute nicht mehr zu geben scheint. Und wer war die Schauspielerin? Joan Fontaine, nehme ich an. Joan Fontaine, vielleicht auch Loretta Young. Eine dieser so schönen, so zwiespältigen Frauen. «Was genau habe ich deiner Meinung nach denn gesagt?», fragte ich erneut, diesmal mit ruhigerer Stimme.

Sie gab keine Antwort. Einen Augenblick lang nahm ich an, sie weinte, doch dann passierten wir einen Lichtkegel, und ich sah ihre gefasste Miene. Schweigend fuhren wir weiter. Ich wollte etwas sagen, wollte das Eis brechen, doch mir fiel nichts ein. Ich konnte nur an jenen Film denken, und ich weiß noch, dass er sehr gut war, jedenfalls bis kurz vor dem Ende, aber mehr kann man von alten Filmen schließlich auch nicht erwarten.

Meine Ehe mit Amanda war damals schon zu Ende, auch wenn ich es noch nicht wusste. Dabei hätte ich es wissen können. Als ich schließlich ging, war sie mir oft so fern, dass ich bei den wenigen Gelegenheiten, bei denen ich ihre Aufmerksamkeit auf mich lenken wollte, meinte, ihr wie durch eine Nebelwolke zuwinken zu müssen. Es gab Momente während unserer seltenen Gespräche, da dachte ich, es wäre besser, die Dinge aufzuschreiben, damit sie eindeutig blieben, denn sobald wir aufhörten, miteinander zu reden, weil wir uns in dem einig waren, worin wir uns einigen mussten, vergaßen wir beide, was wir ausgemacht hatten. Wir teilten einen Ort, bewohnten aber getrennte Räume, lebten in separaten Dimensionen. Von Zeit zu Zeit fing ich ihren Blick auf, wenn sie mich musterte, ein wenig neugierig und leicht amüsiert. Nichts in diesem Blick ließ auf Interesse schließen, es war nur eine flüchtige Neugierde jener Art, wie man sie etwa angesichts eines zurückgezogen lebenden Nachbarn empfindet oder beim Anblick eines seltsam aussehenden Tiers im Zoo. Dem Tapir zum Beispiel.

Trotzdem glaube ich, es überraschte sie, zumindest anfangs, dass keine große existentielle Krise über sie hereinbrach, als sie begriff, dass sie eigentlich nicht wusste, mit wem sie verheiratet war. Ich fürchte, es enttäuschte sie sogar. Doch sie ließ sich treiben, genau wie ich, und wir blieben verheiratet, ein mehr oder minder normales Paar: keine allzu großen Schwierigkeiten. Kein Streit. Keine Affären – jedenfalls sehr lange nicht. Keine großen Dramen.

Das Problem mit der Ehe ist, dass sie so langsam dahinsiecht. Manchmal schwindet sie auf angenehme Weise dahin wie die Wärme, die gefalteter Wäsche im Schrank entweicht, dennoch schwindet sie dahin, und lange Zeit scheint es niemand zu bemerken. Manchmal braucht sie Jahre, um zu vergehen, doch dann, ganz plötzlich, ist nichts mehr da, nur noch ein blasses Wasserzeichen, das Gespinst eines Goldrandes gleich den schnörkeligen Insignien auf einer nutzlosen, auf dem Dachboden eines alten Mannes gehorteten Aktie. Unsere Ehe, Amandas und meine, löste sich rasch auf, doch kamen wir beide nicht auf den Gedanken, etwas dagegen zu tun. Wir hielten einfach den Kopf gesenkt, machten weiter und versuchten, jenes Leben zu führen, das wir eigentlich führen wollten – was in ihrem wie in meinem Fall dem Leben entsprach, das wir gehabt hatten, als wir noch allein gewesen waren. Wenn ich zurückdenke, überrascht es mich, dass sie nicht früher reagiert hat. Ehe ich zu meiner kleinen Tour aufbrach, war ich kaum zu ertragen gewesen: ein bissiger, egoistischer Mann, der genau wusste, wie egoistisch er war, aber tat, als ob alles in Ordnung wäre – alles in Butter, völlig im Lot, *comme il faut*.

Es gibt noch ein Problem mit der Ehe, sie ist nämlich eine Geschichte. Von Zeit zu Zeit muss man neue Ereignisse hinzufügen, eine Zeile hier, einen Absatz dort, ganze Kapitel, die beide Protagonisten, auch wenn sie nicht während des ganzen Dramas auf der Bühne stehen, miteinander teilen sollten, sobald sie interagieren. Ich schätze, ich sollte nicht abstrakt über die Ehe reden, natürlich sollte ich das nicht, aber ich gehe davon aus, dass viele Paare so leben, wie Amanda und ich lange gelebt haben, und ich vermute, einer ganzen Reihe von ihnen gelingt ein kleines trauriges Wunder, nämlich den Weg bis zum Schluss zu gehen, ohne zu merken, wie wenig sie eigentlich gemeinsam haben. Vielleicht haben es meine Eltern nicht anders gemacht, jedenfalls gegen Ende. Sie wären schließlich nicht die Einzigen gewesen – und bestimmt glückte ihnen etwas weit Zivilisierteres, Herzlicheres als Mrs. K mit ihrem langweiligen, vermutlich gar ziemlich hässlichen Verhältnis mit Alec oder Moiras brutale *coniunctio* mit Tom Birnie. Ich musste mich fragen, warum man überhaupt heiratete, wenn man doch das Leben der Eltern beispielhaft vor Augen hatte. Und wenn das Band fürs Leben geknüpft wurde, was erwartete man dann? Was erhoffte man sich? Ich fürchte, meine Schwierigkeit bestand darin – eine Schwierigkeit, die ich meiner Ansicht nach mit Amanda teilte –, dass ich ein Idealisierer der Ehe war, einer aus jenem blauäugigen Verein, der sich eine verwickelte Geschichte ebenso wie ein offenes Geflecht gemeinsamen Wissens und geteilter Möglichkeiten wünschte, eine echte Romanze. Doch das Problem mit der Ehe beginnt in dem Moment, in dem der Mann seiner Frau unterstellt – oder die Frau dem Mann –, eine ganz andere, separate Geschichte laufen zu haben, die nicht erzählt wird, vielleicht niemals. Das hat nichts mit der Vergangenheit, nichts mit Eifersucht zu tun, auch nicht mit jenen alltäglichen Lastern, die die Vertrautheit zutage fördert. Dabei geht es wirklich nur um Liebe oder fehlende Liebe. Nein: Dies ist eine Geschichte – wohl kein großes

Drama, aber auf begrenztem Gebiet etwas durchaus Wichtiges, etwas, was nicht beiseitegeschoben werden kann –, eine Geschichte, die stumm erzählt wird, immer und immer wieder, in den frühen Morgenstunden, während die übrige Welt schläft, oder an langen, verregneten Nachmittagen, wenn im Hintergrund das Radio dudelt und am Fenster der Regen wispert, dieses ruhige, bedächtige Regengeflüster, das selbst wie eine Erzählung klingt, eine Geschichte, die woanders erzählt, aber hier lebendig wird, für eine Stunde vielleicht, wie eine wiederbelebte Vergangenheit oder eine präzise vorhergesehene Zukunft. Dies ist die Geschichte, die im Mittelpunkt aller übrigen Geschichten steht, der entscheidende Moment, der verborgen und geheim bleiben muss, wenn sie weiterhin funktionieren soll. Am schlimmsten aber ist, dass diese Geschichte auch eine Wahl bietet, gar eine Phantasie. Sie kam keineswegs zufällig zustande, am Anfang nicht und auch später nicht, als sie überarbeitet, verklärt und in einer derart gut versteckten Erinnerung verwahrt wurde, dass selbst der Geschichtenerzähler kaum von ihrem Vorhandensein weiß. Es passiert, so seltsam es auch klingt: Sie bietet eine Wahl, diese private Geschichte, eine Wahl, die immer wieder getroffen werden muss, bewusst oder unbewusst, während sich die äußere Erzählung weiterentwickelt – und es kommt die Zeit, in der das Äußere bloß entfaltet wird, um dieses eine zu schützen, diese exklusive Erinnerung, um sie zu etwas Besonderem zu machen, zu etwas Heiligem. Dies ist die Geschichte, die es trotz aller übrigen Geschichten gibt, in ihrem eigenen Raum, in dieser privaten, innersten Kammer, in der man nur den Wind als Nachbarn kennt. Mag sie noch so unschuldig anzuhören sein, wenn sie laut erzählt werden könnte, so ist sie doch das eine schuldbeladene Geheimnis, die eine wahre Lüge in diesem oberflächlichen Leben, wie sie auch die einzige wahre Tatsache seiner ureigenen Seele ist.

Es war Frühstückszeit. Ein Samstagmorgen, daher hatte Amanda es nicht so eilig wie gewöhnlich. Die Wochentage waren mir lieber, denn dann nippte sie nur an einer Tasse Kaffee, machte sich eine Scheibe Toast, verschwand, noch ehe ich einen Bissen gegessen hatte, und ließ nur einen Hauch geschmolzener Butter zurück. Am Wochenende frühstückten wir gemeinsam.

«Wer ist Katie?», fragte sie plötzlich.

Einen Moment lang erstarrte ich, wandte mich dann zu ihr um und stand mitten in der Küche, eine Cornflakesschachtel in der Hand, einen leicht verwirrten Ausdruck im Gesicht.

«Katie?» Das war nicht gespielt. Soweit ich wusste, kannte ich niemanden mit diesem Namen.

«So hast du mich genannt», sagte sie. «Gerade eben. Du hast mich Katie genannt.»

Ich verstärkte meine verwirrte Miene um einen Bruchteil – nur war ihr jetzt, obwohl mir zu dem Namen nichts einfiel und ich zweifellos keinen Grund für ein schlechtes Gewissen hatte – eine Spur Irreführung beigemischt, eine Prise Betrug. «Nein, habe ich nicht», sagte ich.

«Doch, hast du.» Sie bemühte sich, gelassen zu klingen, sich höchstens ein wenig neugierig zu zeigen und darauf zu achten, dass sie dem Ganzen nicht allzu viel Bedeutung beimaß. Es war alles nur eine Frage der Einstellung: Falls eine Katie existierte, wollte sie sich herauswinden können, wollte wissen und nicht wissen, vielleicht auch nur das Gesicht wahren. Oder sie suchte nach einem Vorwand, ihre eigene Geschichte beginnen zu können, eine, bei der es möglicherweise um eine echte

Affäre ging, eine Art Retourkutsche. «Katie hast du gesagt. Also – wer ist diese Katie?»

Ich suchte eine Schale und sah Amanda nicht an, mied ihren Blick. «Keine Ahnung», sagte ich, goss Milch ein und versuchte, so cool zu bleiben wie sie, was mir aber nicht gelang. Das war das Ärgerliche – ärgerlicher als die Tatsache, dass sie mich beschuldigte, ohne mich eigentlich zu beschuldigen –, und ebendas hinderte mich daran, die Sache durchzustehen, ihr Misstrauen zu zerstreuen, über die Angelegenheit zu reden und sie damit zu begraben. Amanda war absolut cool und ich nicht, dabei hatte ich nicht den geringsten Anlass für ein schlechtes Gewissen. Inzwischen war ihr Misstrauen endgültig geweckt, aber sie blieb tapfer, nahm es auf die leichte Schulter; wäre mir das auch gelungen, hätte alles noch gut ausgehen können. Aber ich bin in solchen Spielchen noch nie gut gewesen.

Sie wartete.

«Ich kenne keine Frau namens Katie», sagte ich im geduldigen Ton leidvoller Endgültigkeit – nur glaubte sie mir natürlich nicht. Was sie aber nicht sagte. Sie lächelte bloß grimmig und wandte sich wieder ihrem Kaffee zu.

«Ganz wie du willst», sagte sie und schlug die Zeitung auf. Es war ihr gelungen, alles und nichts aus diesem Augenblick zu machen. Ich wusste, er würde vergehen, und er verging, es war ja auch *nichts*. Dennoch erinnere ich mich daran, und ich weiß, dass er der Anfang vom Ende war, erst für sie, dann für mich – auch wenn ich von der Affäre erst erfuhr, als ihr Beginn schon lange zurücklag. Heute begreife ich allmählich – mit einer Empfindung von vielleicht genau der nötigen Mischung aus Scham und Mitgefühl –, dass ihr am meisten die Tatsache zu schaffen gemacht hatte, dass ich mir nicht einmal die Mühe gab, davon wissen zu wollen.

Denke ich heute über diese letzten Monate nach, ehe ich fortlief, kommt jener seltsame und manchmal erschreckende Eindruck wieder auf, die Zeit könne stehen bleiben. Ich wurde damals die Befürchtung nicht los, die Welt werde jeden Augenblick erstarren. Im Nachhinein verstehe ich, dass ich um meinen Vater trauerte und um einen Traum, den ich gehabt und nicht verwirklicht hatte, doch weiß ich auch, dass es irgendwie absichtlich wirkte, wie ich so viele Wochen, ganze Monate mit Nichtstun verbrachte. Natürlich gab es eine Ausrede für meinen Müßiggang: Ich lag nicht bloß einfach auf dem Sofa und sah fern. Nein. Jeden Tag wachte ich auf und achtete peinlich genau darauf, mich mit sinnlosen Aufgaben und abwegigen Hobbys zu beschäftigen, mit absurden Kleinigkeiten, die mir Beschäftigung vorgaukelten, während die Tage verstrichen. Auf einer gewissen Ebene war mir vermutlich klar, was vor sich ging; ich hatte Dr. Gerard aufgesucht, den alten Arzt unserer Familie, der meinen Vater während seiner letzten Tage betreut hatte, und nach einigem Herumgedruckse – ich, der ich versuchte, ihm zu sagen, dass mit mir alles in Ordnung war, obwohl ich Hilfe suchend vor ihm saß, er, der es vermied, das Problem direkt anzusprechen, und eine Art Geschichte daraus machte, die mir half, das Gesicht zu wahren – ging ich mit einem Rezept für ein leichtes Beruhigungsmittel nach Hause. Das, so wurde mir versichert, würde den Alltag angenehmer machen und mir zu einem Gefühl der inneren Ruhe verhelfen. Damit meinte der Arzt natürlich, dass es hoffentlich die wachsende Furcht vor einer drohenden Katastrophe linderte, jene stete unterschwellige Angst, die meine Tage prägte. Dabei weiß ich selbst heute nicht genau, wovor ich mich eigentlich fürchtete.

Ich muss zugeben, ich rechnete nicht damit, dass sich durch

das Medikament etwas änderte – wenigstens nicht in dem Maß, in dem es dann tatsächlich wirkte, und das schon innerhalb weniger Tage. Man hatte mir gesagt, es könne eine Weile dauern, Wochen, vielleicht Monate, aber schon nach kurzer Zeit trieb ich in eine seltsame, doch recht angenehme Gleichgültigkeit wattiert dahin, mit der ich nun fast allem, zumindest allem Wichtigen gegenübertrat. Das Wesentliche in meinem Leben – die scheiternde Ehe, mein mangelnder Ehrgeiz, der Ärger um, auf und über meine Eltern – trat in den Hintergrund, während alles Unwichtige und Triviale enorme Bedeutung gewann. Kaum fing ich an, die Tabletten zu nehmen, zeigte sich, dass ich mit meinem Leben mehr oder weniger zufrieden war. Ich genoss es über die Maßen, auf dem Treppenabsatz zu sitzen und den Staren auf dem Dach zuzuhören. Mein täglicher Spaziergang wurde mir noch unentbehrlicher, und ich wurde nervös, sogar ein wenig hysterisch, wenn sich mein Aufbruch verzögerte. Bei Wind und Wetter ging ich hinaus und schlug immer denselben Weg ein, hielt das gleiche Tempo, dachte nahezu die gleichen Gedanken und bemerkte jeden Morgen dieselben Dinge an denselben Orten. Dennoch fand ich mich nicht sonderlich *verändert*. Ich war nur wie gedämpft, ruhig, und eine Weile vergaß ich meine Angst vor der Zeit. Der Tagesablauf war festgelegt, ich werkelte ein wenig am Haus, kümmerte mich um meine Finanzen – die ich allzu sehr vernachlässigt hatte –, pflegte aber auch einige eher persönliche Aktivitäten, wie etwa meine Spaziergänge oder jene Abende, die ich im kleinen Zimmer neben dem oberen Treppenabsatz mit meiner Zeitungslektüre verbrachte. Amanda fuhr zur Arbeit – sie mochte ihren Job und bestand darauf, jeden Morgen loszufahren und den ganzen Tag im Büro zu bleiben, obwohl wir das Geld nicht brauchten –, und abends sah sie fern oder saß unten im Wohnzimmer, um mit den «Mädchen» zu telefonieren. Ich fürchte, manchmal hat sie sich ziemlich einsam gefühlt, auch wenn sie sich kaum gerade nach mir gesehnt haben dürfte. Trotzdem, sie hatte ihre Freunde, mit denen sie sich regelmäßig in einem Restaurant irgendwo am Strand in Sandhaven traf, wo sie zur Schule gegangen war und ihre Freunde immer noch nahezu ausnahmslos wohnten. Ich kann mir nicht vorstellen, dass sie meine Gesellschaft vermisste, zumindest damals nicht. Jenes Stadium der Ehe, in dem es viel bedeutete, zusammen zu sein, hatten wir rasch hinter uns gelassen; außerdem teilten wir kaum gemeinsame Interessen. Sie wünschte sich von mir nur eine gewisse Stabilität, ein Gefühl der Ordnung, die Zusicherung, dass ich im Großen und Ganzen zufrieden war, oder, falls nicht, sollte sich die Lage doch nie derart verschlechtern, dass ich depressiv oder unberechenbar würde. Im Nachhinein kann ich ihr daraus nicht gerade einen Vorwurf machen. Im Gegenteil, es scheint mir eine völlig realistische und nicht besonders anspruchsvolle Basis für eine Ehe zu sein. Schließlich ist Amanda nie mit ihren Problemen zu mir gekommen – falls sie denn welche hatte.

So kam es also, dass das Leben – mit ein wenig Hilfe von Dr. Gerard – wie geschmiert lief. Und daran hätte sich wohl auch jahrelang nichts geändert – ganz bestimmt sogar –, hätte ich an jenem Samstag nicht jene gewisse Zeitung zur Hand genommen und jenen gewissen Artikel gelesen. Ich fürchte, es klingt an den Haaren herbeigezogen, dass die Lektüre einer Zeitungsnachricht das Leben eines Menschen ändern kann, aber genau das ist mir passiert. Im Nachhinein bin ich sogar froh darüber. Aber ist es nicht entsetzlich und irgendwie erschreckend, dass ich, wenn ich an die Toten denke, an den verbrannten Wagen, dass mir dann zuallererst einfällt, wie mich diese Ereignisse letzten Endes vom täglichen Einerlei leiser Beklemmung und ordinärer Selbsttäuschung befreit haben? Ich weiß noch, dass Dr. Gerard bei jenem ersten Termin gesagt hatte, ich leide noch unter dem Tod meines Vaters und müsse etwas finden, was mir wichtig sei. Vermutlich wollte er mir raten, mit dem Golfspielen anzufangen oder mit dem Aquarellieren. Jedenfalls kann ich mir nicht vorstellen, dass er damit meinte, ich solle mit einem vierzehnjährigen Mädchen im Schlepptau durch die Lande ziehen und mich fragen, was wohl als Nächstes geschehen wird.

Das Ende auf dem Rummel

Mrs. Collings starb, während alle im Städtchen Weihnachten feierten. Sie starb allein, wie sie es sich gewünscht hatte, aber – und das ist mein letztes Geheimnis – sie lag nicht so lange tot und unentdeckt in ihrem Haus, wie alle Welt glaubt. Ich hatte beschlossen, ihr nicht länger lästig zu fallen, sobald offensichtlich wurde, dass ihr die Sache mit Malcolm Kennedy zu schaffen machte, doch war mein Entschluss am ersten Tag der Weihnachtsferien ins Wanken geraten, und ich klomm den Hügel hinauf, ein letztes Mal, nur um zu sehen, ob alles in Ordnung war, und um ihr ein Geschenk zu bringen, eine Kleinigkeit ohne sonderlichen Wert und von recht zweifelhaftem Geschmack, die ich im Städtchen gekauft hatte. Ich wollte sie nicht lange aufhalten, wollte nur eine Weile bei ihr sitzen, eine Tasse Tee trinken, ein Stück Kuchen essen, wollte nicht viel sagen und höchstens einige Minuten vergehen lassen, ehe ich mich für immer verabschiedete. Nur machte ich mir da etwas vor, und ich fürchte, ich ahnte es. Was immer ich mir einredete, insgeheim *wusste* ich, dass ich, als ich an jenem Morgen nach Ceres aufbrach, einer weit ernsteren Versuchung nachgab – der Versuchung nämlich, ein Geständnis abzulegen. Ich hatte mir geschworen, es ihr nie zu sagen, wollte sie aber auch nicht ohne jede Erklärung sterben lassen – also war es, wenn ich jetzt zurückschaue, wohl ein Glück, dass sie bei meinem Eintreffen bereits tot war. Wahrscheinlich war es für uns beide ein Glück. Wäre ich bei Sinnen gewesen und nicht ganz sentimental von all dem Weihnachtsgedusel geworden, hätte ich vermutlich nie daran gedacht, die Katze aus dem Sack zu lassen. Aber vielleicht war auch das bloß reines Wunschdenken.

Es war ein bitterkalter Morgen, Schnee lag in der Luft. An unserem Küstenstrich schneit es nur selten, doch wenn Schnee kommt, fällt er rasch, in Mengen und bleibt lange liegen. Ich war warm eingepackt, dafür hatte meine Mutter gesorgt, als ich ihr sagte, dass ich rausginge. Allerdings hatte ich ihr nicht verraten, wohin ich wollte, hatte ihr auch mein kleines Weihnachtsgeschenk nicht gezeigt – eine mauvefarbene Porzellanrose mit grünlich blassen Blättern –, da es schon eingewickelt und in meiner Tasche vergraben war, zusammen mit einer selbstgemalten Karte, die einen winzigen, mit roten und blauen Kugeln behangenen Weihnachtsbaum zeigte und in einem alten, etwas zerknitterten Umschlag steckte. Das waren meine Gaben. Mein Besuch sollte nichts Besonderes sein, ich wollte die Endgültigkeit nicht betonen, wollte nicht, dass er unwiederholbar oder sonst irgendwie bedeutsam wirkte. Ich wollte einfach nur vorbeischauen und mich dann verabschieden, als wäre es die normalste Sache der Welt. Schon als ich an die Tür klopfte, wusste ich, dass irgendetwas nicht stimmte. Obwohl es fast Mittag war, als ich ankam, brannte im Vorderzimmer Licht, dabei wusste ich, wie sparsam Mrs. Collings mit dem Strom umging. Schuld daran war nicht allein ihr Geiz, es hatte vielmehr mit dem Tageslicht zu tun. Sie mochte kein künstliches Licht, und selbst wenn es dunkel wurde, blieb sie im letzten Grau der Dämmerung sitzen und wartete so lange wie möglich, ehe sie die kleine Lampe am Kamin anmachte. Ich wusste also, sie hätte an diesem Tag, obwohl der Himmel bedeckt war und Schnee in der Luft lag, kein Licht angemacht, wenn es dafür keinen guten Grund gab. Wieder klopfte ich. Keine Antwort.

Ich wartete: Da sie nicht mit Besuch rechnete, ging sie vielleicht nicht an die Tür; manchmal, wenn sie in der Stimmung dazu war, tat sie das. Ich überlegte, ob ich noch einmal klopfen sollte, ging stattdessen aber zum Fenster und schaute ins Haus. Sie war da, an ihrem gewohnten Platz, saß im Sessel am Kamin, und zugleich war sie auch nicht da. Ich wusste es sofort. Sie trug ihr bestes Kleid und eine dicke marineblaue, selbstgestrickte Jacke mit Zopfmuster. Ein Buch lag umgedreht auf ihrem Schoß. Offenbar ein alter Almanach, der ihr aus der Hand zu gleiten drohte, so als hätte sie am Abend zuvor darin gelesen und ihn abgelegt, weil sie müde war und sich die Augen reiben oder zur Uhr aufsehen wollte, um zu schauen, wie spät es war. Bestimmt hatte sie sich vorgenommen, ins Bett zu gehen, war dann aber im Sessel eingeschlafen, zu müde für die Treppe. Nur schlief sie nicht. Das konnte ich sehen.

Ich hätte damals nach Hause laufen und dafür sorgen sollen, dass meine Mutter die Behörden anrief. Ein Krankenwagen wäre hinausgefahren, ein Streifenwagen, der Leichenbeschauer – wer auch immer unter diesen Umständen hinausfahren musste. Schließlich hätten die Bewohner des Städtchens dann einen Grund gefunden, um vorbeizugehen oder vorbeizufahren, um zu sehen, was zu sehen war. Irgendjemand würde sich irgendwo anbieten, das Haus zu einem Spottpreis zu räumen, weil er sich Hoffnungen auf Wertsachen machte. Und natürlich gäbe es jede Menge Klatsch. Entsprechend ausgeschmückt würden die alten Geschichten wieder aufgewärmt werden. Die Geschichte vom Baby mit den zwei Köpfen. Die Geschichte vom ertrunkenen Mädchen. Die Geschichte vom brutalen Ehemann und davon, was sie angestellt haben musste, dass er derart durchgedreht war. Da ich dafür gesorgt hatte, dass die Behörden alarmiert wurden, würde man über meine Freundschaft mit ihr tratschen. Am schlimmsten aber wäre, dass jemand – wer auch immer – sie anfassen würde, sie anheben, ihren zarten, leeren Körper aus dem Sessel hieven und auf eine Trage legen, sie in der Leichenhalle aufbahren und untersuchen, Maß nehmen und sie für die Beerdigung vorbereiten würde. Dieser Jemand wäre natürlich ein Fremder. Ich wusste, ich konnte das nicht verhindern, doch bot sich mir die Chance, es noch etwas hinauszuzögern. *Ich* musste nicht derjenige sein, der die Fremden holte. Noch war ich ihr Freund, und ich war in der Lage, sie zu beschützen, jedenfalls eine Zeit lang; ich konnte sie in ihrem Sessel schlafen lassen, und falls ihr Geist noch im Haus weilte und versuchte, seinen Frieden mit der Welt zu machen, konnte ich ihm zusätzliche Zeit verschaffen. Ich blieb noch einige Minuten stehen, schaute sie ein letztes Mal an, das Zimmer, das ich nie wieder betreten würde, all die Sachen, die sich in ihrem Leben angesammelt hatten, Nippes, Souvenirs, die wenigen schlichten Möbel, und ich nahm Abschied. Kein Geständnis, keine Erklärung. Es war kurz vor Weihnachten, und ebendas wünschte ich ihrem Geist, als ich die billige Porzellanrose auf das Fensterbrett legte, wo er sie finden konnte, falls ihm danach war: *Frohe Weihnacht.* Ich sagte es nicht laut, dachte es aber so, dass Mrs. Collings es bestimmt gehört hatte, so sie denn wollte. Die Karte nahm ich wieder mit. Über Worte und Weihnachtskarten war sie hinaus, außerdem sollte zwischen uns nur noch Stille herrschen. Während ich den Hügel wieder hinunterging, erinnerte ich mich daran, wie sie zu Lebzeiten gewesen war, und gab mir dann alle Mühe, sie aus meinem Gedächtnis zu verbannen. *Wer erinnert, der vergisst*, pflegte mein Vater zu sagen. Es war ein chinesisches Sprichwort, das er irgendwo aufgeschnappt hatte, und in diesem Augenblick erschien es mir angebracht. Ich wollte mich nicht unbedingt an sie erinnern, ich wollte, dass sie verging, Teil einer Geschichte wurde, die sich mein Körper erzählte, während er seinen Weg zurück in die Welt suchte. Ich wollte, dass sie unsichtbar bei allem dabei war, was ich tat, damit mein geheimes Missgeschick nicht umsonst geschehen war.

Ich sehe ein Foto vor mir, das sie als junge Frau zeigt. Sie hatte es mir eines Tages gegeben, kurz bevor wir auseinandergingen. Heute scheint es mir kaum möglich, dass sie im Sterben lag, während all dieser Zeit, und dass ich nichts davon mitbekommen hatte. Nicht so richtig jedenfalls. Ich wehrte mich dagegen, weil ich nichts damit zu tun haben wollte, aber ich wusste Bescheid: Ihr Gesicht glühte dunkel wie eine weiße Kreidezeichnung auf schwarzem Papier, wie ein Kinderbild, bei dem immer die Dunkelheit durchschimmert. Auf dem Foto war sie ganz anders. Ich will nicht behaupten, dass sie schön oder auch nur hübsch war, denn es lässt sich kaum leugnen, dass sie recht gewöhnlich aussah, doch fasziniert mich immer wieder aufs Neue, wie leuchtend hell die Menschen auf alten Fotografien wirken. Das Licht und die Gesichter der Abgelichteten sind von einer Art, die sie wie Heilige auf viktorianischen Lithografien aussehen lässt, wie die Augenzeugen auf frühen Wundergemälden, nicht im Mittelpunkt des Geschehens, aber tief betroffen von der schieren Unmittelbarkeit der Ereignisse, denen sie beiwohnen. Das Foto war nur klein, ließ jedoch einen Garten erahnen, vermittelte das Gefühl von Raum. Mrs. Collings muss damals um die zwanzig gewesen sein – das Bild, hatte sie mir erzählt, war vor ihrer Hochzeit aufgenommen worden –, also dürfte es sich um die fünfziger Jahre gehandelt haben, ein Jahrzehnt der Schatten und des warmen Lampenlichts, vielleicht auch ein wenig später, die frühen sechziger Jahre, als man noch glaubte, dass nichts sich jemals ändern würde. Sie lächelte nicht, schien aber auch nicht unglücklich; sie gehörte einfach nicht zu den Menschen, die oft lächeln. Sie war nicht hübsch, auch nicht matronenhaft oder eine jener Frauen, von denen man weiß, dass sie irgendjemandes Lieblingstante sind. Ihr war nur eine warmherzige, doch unerbittliche Beharrlichkeit gegeben und das laute, männliche Lachen. Sie fehlte mir.

Sie fehlte mir, weil ich jemanden brauchte, mit dem ich über Hazel Birnie reden konnte, und niemand sonst hätte diese Rolle übernehmen können. Mir war keineswegs klar, was sie gesagt hätte, aber sie hätte mich bestimmt aus der Sackgasse geführt, in der ich gedanklich steckte. Selbst als ich von Hazel immer besessener war, konnte ich mich nicht aufraffen, dagegen anzugehen. Anfangs glaubte ich vermutlich nicht einmal, dass ich etwas dagegen tun konnte; ich war für Hazels Leben nicht zuständig, konnte mir nicht sicher sein, dass überhaupt eine echte Verbindung zwischen uns existierte. Ich wusste über sie nur, was ich in den Zeitungen gelesen hatte, dazu die paar Bruchstücke Klatsch, einige Geschichten und jene Anekdoten, die sie völlig aus dem Zusammenhang ihres Alltags gerissen zeigten. Wenn sie zu Hause misshandelt wurde, war es Aufgabe der entsprechenden Behörden, sich darum zu kümmern: der Polizei, des Jugendamts, der Schule. Ich sagte es mir immer und immer wieder: Es ging mich nichts an. Es war nicht meine Angelegenheit. Und doch – es *war* meine Angelegenheit, denn wenn schon nicht durch Blutsbande, so war ich gewiss durch die Umstände mit ihr verbunden. Mein Leben war auf die eine oder andere Weise mit ihr verknüpft. Falls ich nicht ihr Vater war, dann nur aus Zufall, und mit ihrer Mutter war ich ganz bestimmt verbunden, auch mit dem Tod ihrer Brüder hatte ich zu tun – einer der beiden hieß immerhin Malcolm –, und selbst wenn es noch andere Gründe für Moiras Abstieg in den Wahnsinn gab, so war der grässliche, von mir verschuldete Tod ihres Bruders ein Anfang gewesen, ein Teil, der zum Ende beigetragen hatte. Auch wenn es nur ein schreckliches Missverständnis gewesen war, ein Unfall, so hatte ich doch den Onkel getötet, den Hazel nie kennenlernte, und ich hatte, wenn auch nur indirekt, geholfen, ihre Mutter so weit zu bringen, dass sie ihre eigenen Kinder bei lebendigem Leib verbrannte. Alles hängt zusammen. Das konnte ein Grund sein, gar nichts zu tun, es konnte aber auch ein Grund zum Handeln sein, zu entschiedenem Handeln in dem Wissen, dass, was immer man tat, die Konsequenzen nicht vorherzusehen waren. Ich hatte nicht entschieden gehandelt, nicht ein einziges Mal in den zwanzig Jahren seit jenem Tag, an dem ich Malcolm Kennedy in den Tod gelockt hatte. Ich hatte keine einzige Entscheidung getroffen, nicht einmal in Bezug auf Möbel. Und jetzt bot sich mir die Gelegenheit, etwas zu tun. Nicht bloß die Gelegenheit, sondern eine Pflicht – war es etwa nicht meine *Pflicht* einzuschreiten, wie unbesonnen und unberechtigt mein Vorgehen auch wirken mochte? Im Rückblick kann ich gestehen – mir und allen anderen –, dass ich an einer Art temporärem Wahnsinn litt, doch wenn dem so war, wenn ich wirklich einige Wochen lang verrückt gewesen bin, als ich im Winter mit und ohne Hazel in der Gegend herumzog, so war es wenigstens eine selbstgewählte Verrücktheit.

Als ich sie zum ersten Mal sah, stand sie mit drei anderen Mädchen vor ihrer Schule. Es war ein warmer Nachmittag Anfang Oktober, nur wenige Monate nach dem Tod ihrer Mutter und der Brüder. Ich fand es eigenartig, anfänglich sogar ein wenig beschämend, sie vom Parkplatz gegenüber zu beobachten; falls man mich entdeckte, würden mir einige peinliche Fragen gestellt werden. Doch ich wusste, wie man diskret vorging. Ich erinnerte mich an die Zeit, in der ich Malcolm Kennedy beobachtet hatte. Und ich dachte an meinen Vater, der seinen Erfolg ausschließlich einer extremen Art zu fotografieren verdankte, hatte er doch Menschen in schrecklichen Lebenslagen, Gefangene, Kranke, Sterbende, Kleinkinder und Kriegsopfer ohne ihr Wissen fotografiert, zumindest ehe sie etwas gegen die Aufnahmen einwenden konnten. Als ich ihn eines Tages danach fragte, nannte er sich einen Seelendieb, und ich bin fest davon überzeugt, dass er sich vom Fotojournalismus abwandte, weil er diesen Abschnitt seines Lebens hinter sich lassen wollte – dennoch blieb die Tatsache bestehen, dass sein Auskommen ebenso wie der Unterhalt seiner Familie mit dem Geld gestohlener Seelen finanziert wurde. Sicher, mit seinen Landschaftsaufnahmen und Tierbildern hatte er letztlich mehr Geld verdient, doch hatte er sich da bereits einen Namen als Fotograf gemacht. Und muss man nicht fairerweise hinzufügen, dass er wegen eines einzigen schrecklichen Fehlers eine Karriere geopfert hatte, die, in ein, zwei Situationen, den Lauf der Dinge zu ändern half – und dies trotz Seelendiebstahls und des Widerwillens, den er manchmal gegen sich und seine Arbeit empfand? War ich nicht auch dadurch, dass ich Malcolm Kennedy beobachtet hatte, von einem gemeinen Tyrannen befreit worden? Ich dachte darüber nach, doch waren meine Überlegungen kaum mehr als eine bloße Rechtfertigung, um das zu tun, womit ich mich auskannte, denn selbst wenn ich vielleicht zu nichts anderem fähig war, so war ich doch ein guter Beobachter – und niemand würde behaupten können, dass meine Beobachtungen nicht zu etwas Gutem führten. Sollte ich mehr über Hazel Birnie herausfinden, begriff ich vielleicht, warum ihre Mutter und ihre Brüder gestorben waren und warum Hazel an jenem Tag einfach weitergelaufen war, drüben auf der Straße nach Balcormo. Falls sie misshandelt wurde, konnten meine Beobachtungen helfen, den Kinderschänder vor Gericht zu bringen. Ich wusste, wie sie aussah. Ich wusste, wo sie wohnte und in welche Schule sie ging. Ich sagte mir, dass ich kein Verbrechen beging. Ich würde diskret sein und mich, sofern nichts Ungewöhnliches geschah, unauffällig wieder zurückziehen. Ende der Geschichte.

Die vier Mädchen standen auf dem Bürgersteig und hatten offenbar etwas Wichtiges zu bereden. Eine aus der Gruppe, ein untersetztes, dunkelhaariges Mädchen mit einem pelzigen, bläulichen Leberfleck auf der rechten Wange, schien besonders lebhaft und redete am meisten, während ihre Freundinnen zuhörten und nur gelegentlich ein Wort einstreuten. Es war ganz offensichtlich eine Unterhaltung der folgenden Art: *Dann hab ich gesagt … und sie hat gemeint … hat sie nicht … klar doch! … und dann hab ich gesagt …*, und alle hörten aufmerksam zu, Klatsch-Azubis, künftige Mrs. Ks.

Auf den ersten Blick wirkte Hazel größer als ihre Freundinnen. Erst später merkte ich, dass ich mich täuschte, dass sie diesen Eindruck absichtlich förderte. Sie schien größer, weil sie schlank war und sich sehr gerade hielt, anders als die anderen Mädchen, die aussahen, als würden sie jeden Moment zu einem kraftlosen Häuflein in sich zusammensinken. Diese Wirkung wurde noch durch die Änderungen verstärkt, die sie an ihrer Uniform vorgenommen hatte – der enge Rock fiel gerade herab, der Blazer war gut einen Zentimeter länger, als er sein sollte –, außerdem trug sie das Haar zu einem kurzen Pferdeschwanz gebunden, eine persönliche Note, die sie ebenfalls älter als die übrigen Mädchen aussehen ließ. Anscheinend wollte sie größer und älter wirken, wollte erwachsener sein, alles Kindliche hinter sich lassen. Hier vor der Schule, der Unterricht war für heute vorbei, sah sie entspannt aus, und auch wenn es keinen Grund zu der Annahme gab, dass sie glücklich war, merkte man ihr die gerade erst durchlittene Tragödie nicht an, die traumatische Erfahrung, meilenweit von zu Hause allein auf einer Landstraße zurückgelassen worden zu sein. Es gab auch nicht das geringste Anzeichen dafür, dass sie gequält oder misshandelt wurde. Vielmehr schien sie sich auf das Angenehmste zu langweilen, hörte zu, sagte selbst aber kaum etwas und nickte nur hin und wieder, um anzudeuten, dass sie dem Gespräch folgte. So standen die Mädchen etwa fünfzehn Minuten zusammen, als ein Auto kam und ihre Freundinnen einstiegen. Man rief auf Wiedersehen und winkte zum Abschied, dann fuhr der Wagen davon, und Hazel blieb allein auf dem Gehweg zurück. Sie verharrte noch einen Augenblick, blickte die Straße suchend auf und ab, als wartete sie auf jemanden, dann ging sie los. Ich folgte ihr in sicherem Abstand.

Mir kam eine Erinnerung. Vielleicht erlebte ich auch eine Art *Déjà vu*, einen jener Augenblicke, in denen man glaubt, nicht bloß ein einzelner Vorfall sei schon einmal geschehen, sondern alles – die ganze Geschichte – wiederhole sich, immer aufs Neue, immer gleich oder doch nur mit den unscheinbarsten, kaum wahrnehmbaren Variationen. Der Baum an der Ecke, die Schaufenster, die Lichter, die Frau, die mit dem Hund an der Leine die Straße überquert, sie alle waren schon einmal hier gewesen, an genau so einem Tag wie heute. Ein Bus war vorbeigefahren, ein Mann und ein Junge waren ausgestiegen, hatten sich auf dem Bürgersteig umgedreht und dem Bus nachgewinkt. Jemand – ein Mädchen auf dem Heimweg von der Schule – hatte genau im selben Moment einer Freundin etwas zugerufen, und der kleine Junge, ein blondes, hellhäutiges, vierjähriges Kind, hatte sich neugierig umgedreht. Es war schon einmal geschehen, genau so – und auch ich bin dort gewesen, bin schon einmal im Nachmittagslicht über die Sandhaven Road gegangen.

Hazel Birnie hatte vor mir die Straße überquert, um sich ein Schaufenster anzuschauen. Ich lief bis zur Ecke, blieb stehen und ging dann ebenfalls auf die andere Seite. Sie sollte nicht glauben, dass sie verfolgt wurde, was nicht weiter schwierig war, solange sie in Bewegung blieb, nur ist es längst nicht so einfach – wie sämtliche Spionagefilme belegen –, unauffällig zu bleiben, wenn die Zielperson immer wieder stehen bleibt, die Routine durchbricht, innehält und sich unerwartet benimmt oder plötzlich mit leicht überraschter Miene umdreht, als wäre ihr gerade eingefallen, dass sie eigentlich ganz woanders sein sollte, um etwa eine Tasse Kaffee mit einer Freundin zu trinken oder ein Vorstellungsgespräch zu führen. Hazel Birnie gehörte zu dieser Sorte. Sie hatte kein bestimmtes Ziel, falls aber doch, dann zögerte sie die unvermeidliche Ankunft hinaus; oder sie war bereits angekommen und wartete nur noch auf jemanden. Dann aber, lautlos und so, dass es mir erst auffiel, als es schon fast zu spät war, änderte sich etwas, und sie blieb stehen. Wir waren mittlerweile kurz vor dem Hafen, gleich neben der Imbissbude am Ende der Shore Street. Erst dachte ich, sie warte auf jemanden, dann bemerkte ich meinen Irrtum. Sie wurde beobachtet, und sie wusste Bescheid.

Sie entdeckte mich nicht, jedenfalls nicht unmittelbar. Sie wusste nur, dass sie beobachtet wurde – allerdings von jemand anderem, nicht von mir, denn als sie sich umschaute –, diskret, ohne sich eine Blöße zu geben –, blickte sie durch mich hindurch. Ich war es nicht, das stand ihr deutlich ins Gesicht geschrieben, was natürlich bedeutete, dass die Person, von der sie sich verfolgt glaubte, jemand war, den sie bereits kannte. Erst war ich erleichtert. Ich wurde nicht verdächtigt, noch war ich unsichtbar. Dann aber begriff ich, was dies bedeutete, und so offensichtlich es auch war, dauerte es doch eine Weile, bis es zu mir durchsickerte: Es gab einen weiteren Beobachter, ein zweites Augenpaar, das, wie ich nun endlich begriff, mich vermutlich schon längst beobachtete. Jetzt wäre ich beinahe derjenige gewesen, der sich umgedreht hätte, aber ich widerstand der Versuchung und betrat den kleinen Blumenladen, der früher einmal Mrs. Collings' ganzer Stolz gewesen war.

Es waren keine Kunden im Laden, doch war er voller Farben und Gerüche. Ich hatte ihn anders in Erinnerung, war allerdings auch seit Jahren nicht mehr hier gewesen, nicht mehr seit dem Tod meiner Eltern. Die Frau hinter dem Tresen saß auf einem hohen Hocker und flocht einen Kranz; ich hatte sie noch nie gesehen, doch kam sie mir irgendwie bekannt vor, fast so, als ob ich sie kennen müsste. Ein weiteres *Déjà vu*. Ich blickte mich um. Die Blumen standen aufgereiht zu beiden Seiten, rote Rosen, gelbe Rosen, Chrysanthemen, Nelken, Freesien, herrliche Abfolgen reiner Farbtöne in jenen hohen Metallvasen, die nur Blumenhändler verwenden. Ich hatte diese betäubende Wirkung von Farbe und Feuchtigkeit ganz vergessen, diese Kombination von Gerüchen, diesen Duft, der, unabhängig davon, welche Blumen angeboten werden, nahezu immer gleich ist, für sich genommen bereits ein Ereignis, eine Wirkung, die größer als die Summe aller Einzeldüfte ist. Ich dachte an Mrs. Collings und daran, wie schwach sie in ihren letzten Monaten gewesen war. Dann sah ich die Frau an. Sie war mit ihrer Arbeit fertig, kam hinter dem Tresen vor und blieb neben mir stehen.

«Tut mir leid, dass Sie warten mussten», sagte sie. «Eine dieser kniffligen kleinen Aufgaben, die keinen Aufschub dulden.» Sie lächelte. «Kann ich Ihnen behilflich sein?»

«Ich weiß nicht», sagte ich. «Ich habe mich noch nicht entschieden. Es sieht hier so anders aus …»

Sie brach in ein lautes Lachen aus, das mir irgendwie bekannt vorkam. «Ich habe den Laden gerade gekauft. Dachte, ich ändere ein paar Kleinigkeiten.»

Ich nickte. «Ist irgendwie – besser geworden», sagte ich.

«Danke.»

Ich sah sie an. «Sind Sie aus Coldhaven?», fragte ich. «Ich meine nur, weil Sie …»

«Nein, bin ich nicht», unterbrach sie mich. «Ich habe mit der Gegend hier nichts weiter zu schaffen, nur hat meiner Tante mal dieser Laden gehört, aber das ist schon lange her.»

«Ihrer Tante?»

«Ach, Sie werden sie kaum kennen. Sie ist bereits vor Jahren gestorben und hatte diesen Laden damals längst aufgegeben. Mrs. Collings?»

Ich nickte. «Ja», sagte ich. «Ich habe sie gekannt. Ein wenig. Ich war noch ein kleiner Junge …»

«Sicher», erwiderte sie. «Es ist mittlerweile zwanzig Jahre her. Aber als der Laden frei wurde, musste ich einfach zugreifen. Ich habe meine Tante manchmal besucht, ehe sie krank wurde und den Laden aufgab, aber damals war das hier mein liebster Ort auf der ganzen Welt.»

Ich sah sie überrascht an. «Wie? Coldhaven?», fragte ich.

Sie lachte laut. «Nein», antwortete sie. «Dieser Laden. Ich habe den Duft geliebt und die Art, wie die Blumen angeordnet waren. Mehr habe ich eigentlich auch gar nicht verändert, ich habe es nur so wieder hergerichtet, wie es damals gewesen ist.

Aber ich will Sie nicht den ganzen Tag aufhalten. Lassen Sie sich Zeit, schauen Sie sich um, und geben Sie mir Bescheid, wenn Sie so weit sind.»

Als ich wieder aus dem Blumenladen trat, einen Strauß gelber Rosen in der Hand, war Hazel Birnie verschwunden. Das überraschte mich nicht weiter, doch beschäftigte mich noch der Eindruck von vorhin, nämlich jenes Gefühl, dass Hazel glaubte, beobachtet zu werden, und zwar von jemandem, den sie vermutlich kannte. Ihr Vater vielleicht? Ein abgewiesener Verehrer? Gewiss hatte sie nach den Morden jede Menge Aufmerksamkeit auf sich gezogen, manches Mitgefühl, manche Neugier, doch gab es da draußen auch immer den ein oder anderen Sonderling, dessen Interesse mehr als bloße Neugier verriet. Und was war ich? Die Rechnungen, die ich in meinem Kopf angestellt hatte – immer wieder dieselben Kalkulationen –, ließen die Möglichkeit zu, dass es sich bei Hazel Birnie um meine Tochter handelte, doch war das alles schon lange her, und ich wusste, durch bloße Mathematik ließ sich gar nichts lösen. Was allerdings bedeutete, dass ich auch einer der Sonderlinge war, oder nicht? War, sein könnte, versuchte, es nicht zu sein, oder einer war, der sich zumindest einredete, es nicht zu sein. Aber was blieb mir anderes übrig? Ich konnte wohl kaum zu Tom Birnie gehen und ihm einen DNA-Test vorschlagen, um so zu prüfen, ob er der Vater des Mädchens war, das er seit vierzehn Jahren für seine Tochter hielt. Folglich konnte ich nur nach Hause gehen, die Rosen ins Wasser stellen und am nächsten Tag meine Beobachtung wiederaufnehmen – dann natürlich ein wenig vorsichtiger. Auch wenn es nichts weiter brachte, könnte ich möglicherweise wenigstens die Identität von Hazels Verfolger feststellen.

Doch am nächsten Tag kam sie nicht zur Schule. Auch am

übernächsten nicht. Erst am Freitag sah ich sie wieder; sie wirkte verändert, nicht mehr so streng, nicht mehr so erwachsen. Sie war wieder nicht in der Schule gewesen. Ich hatte sie nur zufällig getroffen, als ich durch den kleinen Park gleich oberhalb der Promenade vom Einkaufen nach Hause ging. Sie saß auf einer Bank, allein, in einem weißen Sommerkleid und mit durchsichtigen Plastiksandalen, wie Kinder sie am Strand tragen. Sie sah aus, als wartete sie auf jemanden, und sie bot einen eigenartigen, seltsam ergreifenden Anblick. Die Sachen, die sie trug, passten nicht zum Wetter, es war feucht und kühl, vom Meer blies eine Brise, und sie fror ganz offensichtlich. Ich wusste nicht, ob sie mich bemerkt hatte, als ich ihr das letzte Mal gefolgt war, und wollte daher kein Risiko eingehen, hielt Abstand und wartete, ob jemand kam und sich mit ihr traf. Längst war mir klar, dass ich früher oder später aus meiner Deckung kommen musste, dass es sinnlos war, sie immer nur zu beobachten. Irgendwann würde ich mit ihr reden müssen. Erst aber musste ich sie weiter beobachten, musste mehr herausfinden. Auf wen wartete sie? Und warum? Wartete sie auf einen Jungen? Hatte sie ein Rendezvous? Warum würde sie sonst hier draußen in der Kälte sitzen? Ich wusste es nicht, aber wer es auch war, er kam nicht, und nach etwa einer halben Stunde stand sie auf und machte sich auf den Heimweg.

Es ist falsch, allzu konzentriert nach jenem Moment zu suchen, an dem etwas angefangen hat. Die Dinge beginnen tief unter der Oberfläche, und wenn sie sichtbar werden, haben sie ein eigenes Leben, eine festgelegte Richtung. Weil wir das nicht sehen können, nennen wir es Schicksal, Bestimmung oder Zufall, wenn etwas Unerwartetes geschieht, doch sind wir insgeheim längst darauf vorbereitet, an diesem Augenblick teilzuhaben, den wir oberflächlich gesehen so überraschend finden. Erst Ende Oktober entschied ich, wie ich vorgehen wollte, doch kommt mir unwillkürlich der Gedanke, dass etwas, das ich ungefähr zwei Wochen zuvor beobachtet hatte, bereits die Zahnräder in meinem Kopf in Bewegung gesetzt hatte.

Es war einer dieser lästigen Abende, ein Essen mit Amandas Chefin und deren Mann; ich hatte mich rasiert, Jackett angezogen und Krawatte umgebunden, aber Amanda war noch nicht fertig, weshalb ich mir einen großen, kalten Drink machte und hinaus in den Garten ging. Der Abend war warm, die Wärme ein fast wahrnehmbarer Druck auf Hände und Gesicht, und während ich dasaß und an meinem Drink nippte, spürte ich unter meiner Haut etwas aufsteigen, ein altes, längst vergessenes Gefühl der Angst, oder vielleicht eher eine dunkle Vorahnung, älter als meine menschliche Existenz, eine träge, nahezu reptilienhafte Vorahnung, die aus Knochen und Knorpel aufstieg, losgelöst von meinen sonstigen Sorgen, doch empfänglich für das, was ich gewöhnlich nicht wahrnahm – ein Zittern der Luft, ein bebender Ast an einem Baum am Rand des Gartens, der einen Schauder über diesen mächtigen, einfachen Körper schickte. Mit einem Mal war ich mir einer eisigen, animalischen Erregung bewusst, eines Zusammenhangs zwischen meinem Fleisch und den Schatten in den Büschen, doch die Angst, die Vorahnung war noch da, und ich begriff, dass diese beiden Empfindungen unzertrennlich waren, Angst und Erregung, Vorahnung und die verhaltene Lust, hier an diesem Ort zu sein, lebendig zu sein. Im selben Moment spürte ich etwas anderes – es wäre zu viel, wollte ich sagen, ich hätte aus den Augenwinkeln eine Bewegung wahrgenommen, und soweit ich mich erinnere, war kein Laut zu hören, doch ahnte ich, wie etwas von mir fort zum hohen Gras des Obstgartens glitt. Es dauerte nur einen Moment, doch das Gefühl, das dieses Etwas hatte aufkommen lassen, war überwältigend. Ich spürte eine merkwürdige, seltsam stille Panik, ein Gefühl, als würde ich etwas verlieren, noch ehe ich verstanden hatte, was es war, und ich wollte es auf keinen Fall loslassen, zumindest nicht für den Augenblick. Ich wollte es begreifen, es behalten und ihm einen Namen geben.

Amanda trat an die Terrassentür. «Kommst du?»

Ich blickte sie an.

«Was ist los?», fragte sie. «Du siehst aus, als hättest du ein Gespenst gesehen.»

Ich schüttelte den Kopf. «Ach, nichts», antwortete ich. «Ich habe nur nachgedacht.»

Sie tat, was sie oft tat, spitzte die Lippen und wandte sich ab, als würde sie sich eine Bemerkung verkneifen, die sie nicht wiederholen wollte, weil sie keine Lust hatte, sie noch einmal zu sagen. «Nun mach», sagte sie, «sonst kommen wir noch zu spät.» Sie zog den Mantel an. «Und heute Abend könntest du dir zur Abwechslung wenigstens mal den Anschein geben, als würdest du dich amüsieren.»

Die Tage vergingen. Amanda fuhr zur Arbeit; ich suchte Hazel Birnie, fand sie, verlor sie, fand sie wieder. Manchmal hatte sie fast schon geregelte, mehr oder weniger normale Tage: Schule, Freunde, nach Hause gehen; dann wieder zog sie los, schwänzte die Schule und trieb sich am Strand oder im Park herum, offenbar ohne Angst vor Sanktionen. Ich schätze, sie wusste, dass man angesichts des ihr Zugestoßenen nicht allzu streng mit ihr sein würde. Sie ließ sich einfach treiben, und ich fand, jemand sollte ihr helfen. Wer wusste denn schon, was in ihrem Kopf vorging?

Unterdessen begann auch Amanda, sich ein wenig treiben zu lassen. Nach der Arbeit blieb sie noch auf ein Glas Wein mit einem der «Mädchen» oder einem Kollegen. Sie rief jedes Mal an – meist war ich draußen oder nicht in der Nähe des Telefons – und hinterließ eine kurze, belanglose Nachricht, an die ich kaum einen Gedanken verschwendete. Ob ich etwas vermutete? Eine Affäre? Wechselnde Liebhaber? Ich muss gestehen, ich tat es nicht. Ehrlich gesagt habe ich gar nicht weiter darüber nachgedacht. Manchmal kam sie spät, ein wenig beschwipst, und fing einen Streit an. Ich hatte für so etwas keine Zeit. Eines Freitags war sie erst um ein Uhr morgens wieder zu Hause. Ich saß im alten Arbeitszimmer meines Vaters und las ein Buch, als sie in der Tür stand.

«Hallo», sagte sie. «Fleißig?»

«Hallo», sagte ich.

Sie lächelte. «Willst du nicht wissen, wo ich gewesen bin?», fragte sie.

«Eigentlich nicht.»

«Willst du denn nicht wenigstens wissen, ob ich einen schönen Abend gehabt habe?»

«Ich schätze, wenn du keinen gehabt hättest, wärest du früher heimgekommen.»

«Das interessiert dich also überhaupt nicht, stimmt's?»

Ich sah sie an. Sie war hübsch, betrunken. «Es freut mich, dass du einen schönen Abend hattest», sagte ich.

Sie schnaubte verächtlich. «Klar doch», sagte sie. «Das kümmert dich einen Scheißdreck.»

Ich warf einen Blick in mein Buch, als wollte ich mich daran erinnern, was ich vor ihrer Ankunft getan hatte. «Ich lese ein Buch über Moore in Westfrankreich».

«Wie schön für dich.»

«Sehr interessant», sagte ich. «Ich würde gern mal hinfahren.»

Daraufhin verstummte sie. Vielleicht fühlte sie sich ein wenig benommen. Spürte einen Anflug von Traurigkeit. «Was habe ich hier nur verloren?», sagte sie. «Ich habe Besseres verdient.» Sie lehnte sich an den Türrahmen. «Meinst du nicht, dass ich Besseres verdient habe?», wollte sie wissen, doch war die Frage vor allem an sie selbst gerichtet.

Ich schaute sie an. Was für ein Jammer, dachte ich. Sie war so hübsch, so ganz anders als ich. «Das hast du», erwiderte ich. «Du hast Besseres verdient.» Dann schlug ich das Buch zu, und sie fuhr zusammen. Ich hatte sie nicht erschrecken wollen. «Geh zu Bett», sagte ich. «Du bist müde.»

Sie blickte mich an und schüttelte den Kopf. «Mehr hast du dazu nicht zu sagen?», fragte sie. Ich verneinte. Sie seufzte. «Was noch?»

«Es freut mich, dass du einen schönen Abend hattest», sagte ich.

Sie schaute mich lange an, eher traurig als verärgert, dann ging sie zu Bett.

«Ich beobachte, dass Sie mich beobachten.»

Ich überlegte, ob ich vorgeben sollte, sie nicht gehört zu haben, so zu tun, als glaubte ich, sie spräche mit jemand anderem. Doch warum? Sie war nur wenige Schritte entfernt und hatte mich ertappt, daran gab es nichts zu deuten. Ich blickte auf. Sie trug ihre Schuluniform, blauer Pullover, blauer Faltenrock, weiße Bluse, rot-blauer Schlips. Das Haar war zu kurzen Zöpfen mit kleinen Schleifen an den Enden zusammengebunden. Jeden Moment würde man mich als Kinderschänder verhaften.

«Wie bitte?», fragte ich.

Sie lachte. «Entschuldigen Sie sich lieber», sagte sie. «Immerhin könnten Sie dem Alter nach mein Vater sein.»

Ich schüttelte den Kopf. «Nicht doch, der erste Eindruck täuscht.»

«Und der wäre?»

«Du weißt schon.»

«Woher denn? Ich könnte dem Alter nach schließlich Ihre Tochter sein.»

«Es ist nicht so, wie es aussieht», sagte ich. «Ich wollte bloß …» Was? Ich wollte bloß herausfinden, ob sie zu Hause misshandelt wurde? Ich wollte bloß sehen, ob ich eine Ähnlichkeit fand, die vielleicht eine bestimmte Frage beantwortete? Ich wollte bloß – was?

«Also?», fragte sie. «Was wollen Sie?»

«Nichts», antwortete ich. «Ich will gar nichts.»

Sie schüttelte den Kopf. «Jeder will was», sagte sie, lächelte wieder und wandte sich ab. Ich sah ihr nach. Das hätte ich nicht tun sollen – für den Fall, dass uns jemand beobachtete, hätte ich derjenige sein sollen, der sich abwandte –, doch ich sah ihr nach, und mir fiel auf – ich konnte gar nicht anders, wirklich nicht, es geschah ganz und gar zufällig –, dass sie trotz der Kälte nackte Beine hatte, und die Beine waren blass, glatt, schön und verstörend schlank.

Ich war verwirrt. Wollte sie mich anmachen? Mich auf den Arm nehmen? War das eine Aufforderung? Sie hatte gemerkt, dass ich sie beobachtete, doch statt zum nächsten Polizisten zu laufen, war sie auf einen freundlichen Schwatz zu mir gekommen. Was glaubte sie denn, was ich von ihr wollte? Und wenn wirklich jeder was will, was wollte *sie* dann? Und warum waren mir ihre Beine aufgefallen? Warum hatte ich überhaupt gemerkt, wie sie in ihrer Schuluniform aussah, so beunruhigend und attraktiv mit Zöpfen und Faltenrock, so – war es denn nicht eindeutig? – provozierend? Ich hatte nicht vorgehabt, dergleichen zu bemerken, niemals, darauf war ich nicht aus. Oder doch? Kannte ich mich so wenig? War dies nur ein vertrackter Vorwand, um mich von einer tief sitzenden, geheimen, entsetzlichen Perversion abzulenken, die ich schon seit Jahren hegte? Ich wollte nicht, dass sie dachte, was sie angedeutet hatte. Ich wollte nicht, dass sie mich für einen widerlichen alten Mann hielt. Aber wie konnte ich diesen Gedanken aus ihrem Kopf vertreiben? Ich beschloss, dass es das Beste war, wenn ich auf Distanz ging, zumindest für eine Weile. Mich zurückzog, aufhörte, mich derart auffällig zu benehmen. Natürlich war mir klar, was ich beabsichtigt hatte: Ich hatte die Sache vorantreiben, mit ihr reden und mich zu erkennen geben wollen. Und sie hatte mich mühelos auf dem falschen Fuß erwischt. Jetzt war meine Tarnung aufgeflogen. Ich war sichtbar.

Ich dachte daran aufzugeben. Ich dachte oft daran. Ich hatte immer wieder schreckliche Albträume, ich lag im Bett und merkte plötzlich, dass noch jemand da war, auf der Bettdecke, auf mir. Ich konnte nicht erkennen, wer es war, wusste aber, es musste eine Frau sein oder ein Mädchen. Manchmal, wenn ich aufwachte, glaubte ich, es sei Hazel gewesen, dann wieder war ich mir sicher, dass es ihre Mutter gewesen war. Fast jede Nacht griff ich nach einem Schatten, wachte auf, schrie und kämpfte, versuchte, mich von dem Gewicht der Fremden zu befreien und sie zugleich zu fassen, um zu sehen, wer sie war. Einmal schlief ich im Garten ein, und gerade als ich aus diesem Traum aufschreckte, kam Amanda nach draußen. Ich wusste noch nicht recht, was vor sich ging, wo ich war, als ich spürte, wie sie sich über mich beugte und fragte, was denn sei. Ihre Stimme war überraschend freundlich, sehr sanft, als redete sie mit einem Kind. Spätestens da hätte ich begreifen müssen, dass sie einen Liebhaber hatte, so rücksichtsvoll, wie sie mit mir umging.

«Was ist denn? Mit wem redest du?»

Ich setzte mich auf. Ich wusste nicht, warum ich solche Angst hatte, aber ich war zu Tode erschrocken. Jemand war bei mir gewesen, ein Mädchen oder eine Frau mit weißen, schuppigen Händen, die versucht hatten, mein Gesicht zu berühren. Die Hände waren verätzt, wund, das wusste ich – wie von einem schlimmen Ausschlag befallen –, doch im Traum hatte ich mich davor gefürchtet, mit dieser weißen, schuppigen Haut in Berührung zu kommen.

«Was ist?», fragte Amanda.

Ich schaute mich um. «Hier ist jemand», sagte ich. «Bei uns im Garten.»

Sie blickte mich an. «Nein», erwiderte sie. «Hier ist niemand. Du hast geträumt.»

«Nein», widersprach ich. «Sie war hier.»

«Wer?» Sie musterte mich lange mit fragendem Blick, dann legte sie eine Hand an meine Stirn. «Du hast Fieber», sagte sie. «Du solltest lieber ins Bett gehen, statt hier draußen im Garten zu schlafen.»

Mit jeder Sekunde ließ ich den Traum weiter hinter mir, und ich wusste, sie hatte recht. Ich war an einem warmen Tag eingeschlafen, ich war müde und begann allmählich, den Verstand zu verlieren. Ich sollte ins Bett gehen, eine Tablette nehmen. Mir einen Grog gönnen. Vernünftig sein. Doch ich konnte noch nicht loslassen, der Traum war zu real gewesen. Suchend schaute ich über den Garten – und da, am Ende des Rasens, entdeckte ich etwas, kaum mehr als ein Flimmern, vielleicht nur eine Lichttäuschung, aber irgendetwas verschwand im Gebüsch. Mich schauderte. Vielleicht verlor ich wirklich den Verstand.

Amanda richtete sich auf und schüttelte den Kopf. «Geh ins Bett», sagte sie. «Du bist hier draußen zu lange mit dir allein und brütest vor dich hin. Du solltest unter Menschen gehen.»

Ich wollte aufstehen, konnte aber nicht. «Ist schon in Ordnung», sagte ich. «Ich bleibe nur noch einen Moment sitzen.»

Sie nickte und ging in die Küche. «Ich hole dir etwas zu trinken», sagte sie. «Aber dann gehst du ins Bett, sonst wirst du noch krank.»

In jenen letzten Tagen wusste ich nicht, dass mein Leben und das von Amanda in parallelen Bahnen verliefen. Wir hatten dieselben Probleme und stellten uns dieselbe Frage, wenn auch aus unterschiedlichen Gründen. Während der folgenden ein, zwei Wochen lernte ich Hazel Birnie näher kennen, erst durch Beobachtung, dann durch ein seltsames, sich lange hinziehendes Katz-und-Maus-Spiel, mit dem sie bei unserem ersten Treffen begonnen hatte, durch merkwürdige, beiläufige Gespräche, Andeutungen, halb erzählte Geschichten und Begegnungen, die an einem guten Tag kleinen Flirts ähneln mochten, an schlechten aber an bitterbösen Spott grenzten. Ich habe gesagt, ich lernte sie kennen, aber das ist zu viel behauptet, vielleicht auch nur zu nett formuliert. Ich machte ihre Bekanntschaft. Ich näherte mich an, versuchte, einen Weg zu finden, der in meinen Augen unschuldig und in ihren unaufdringlich sein sollte. Ich glaube nicht, dass ich ihn fand, denn ich fürchte, sie hatte mich von Anfang an durchschaut. Sie war neugierig, mehr nicht – jedenfalls zu Beginn. Später mag sie noch andere Gründe gehabt haben, mich besser kennenlernen zu wollen, vermutlich nicht bloß eigene Gründe, doch anfänglich gab es da nur ihre Neugier und vielleicht ein Gefühl der Macht, dieses Spiel mit mir spielen zu können. Gleichzeitig fühlte sie sich wohl von der Aufmerksamkeit eines erwachsenen Mannes mit Geld und einem Auto geschmeichelt.

Amanda genoss derweil eine andere Art Aufmerksamkeit. Es gab keinen Grund, warum ich es nicht wissen sollte – sie hatte es mir auf ihre umständliche Weise ja fast gestanden –, aber ich glaube kaum, dass ich auch nur ahnte, wie schwer sie es sich machte, für sich selbst wie für ihren – wie soll ich ihn nennen? – Lover, Galan, Freund? Er war jung, gebildet, ein Aufsteiger in ihrer Firma, und für jemanden, der so viele Jahre mit mir zusammengelebt hatte, dürfte er einfach unwiderstehlich gewesen sein, doch muss ich Amanda zugestehen, dass sie erstaunlich lange mit sich rang, ehe sie schließlich nachgab. Und selbst dann brachte sie es nicht über sich, mich zu verlassen. Erst lange Zeit später habe ich herausgefunden, dass Amanda offenbar viel länger bereit war, es weiterhin mit mir zu versuchen und bei mir auszuharren, als man gemeinhin erwarten durfte. Sie glaubte an das gegebene Eheversprechen und bemühte sich, danach zu leben, ich dagegen konnte mich kaum daran erinnern. Wenn ich heute zurückschaue, finde ich es beschämend, wie schlecht ich sie behandelt habe, war sie doch während all der Zeit bereit, bei mir zu bleiben. Erst als ich unter äußerst fragwürdigen Umständen davongelaufen bin, entschloss sie sich, mich zu verlassen. Der Mann hieß Robert. Ich glaube nicht, dass sie mit ihm geschlafen hat, ehe sie mich verließ, aber sicher bin ich mir nicht. Ich sollte Mrs. K fragen. Sie kennt bestimmt alle Einzelheiten.

Die Wende für mich, und damit letztlich auch für Amanda, kam an einem Mittwochnachmittag. Es wurde schon früh dunkel, die späten Nachmittage waren grau und weich wie

Asche, oft auch feucht oder neblig, und alle Welt war zu beschäftigt, um sich um die Nachbarn zu kümmern. Ich hatte mich mit Hazel in einer kleinen Gasse unweit ihrer Schule verabredet, nicht weil ich etwas zu verbergen hatte, sondern weil ich unsere Freundschaft, unsere Bekanntschaft, nicht hätte erklären können. Außerdem sollte Amanda nicht erfahren, dass ich mich mit einem Schulmädchen in irgendwelchen Seitenstraßen traf, um dann mit ihr aufs Land zu fahren, in meinem Wagen zu sitzen, auf regennasse Felder zu starren und mich mit ihr auf eine Weise zu unterhalten, die kaum höfliche Konversation genannt werden konnte. Manchmal fragte ich mich, ob sich Hazel für mich interessierte, nicht für mich als Liebhaber, als ekligen alten Mann oder als was immer sie mich sonst noch sehen mochte, sondern als potentiellen Vater. Ihr musste doch aufgefallen sein, dass sie keine körperliche Ähnlichkeit mit Tom Birnie besaß; vielleicht hatte Moira auch an jenem letzten Tag noch mit ihr geredet, bevor sie Hazel auf der Balcormo Road zurückließ. Falls es so war, ließ sich ihre Hazel nichts anmerken. Meist unterhielten wir uns über eher zufällige Themen, führten weitschweifige, manchmal vage kokettierende Gespräche. Dann und wann erzählte sie mir auch Witze, kindische, dumme, doch seltsam liebenswerte Witze, aber Letzteres mag auch berechnend gewesen sein. Sicherlich wusste sie, wie niedlich sie aussah, wenn sie mit sanfter Stimme Witze erzählte, die Siebenjährigen gefallen mochten.

«Ein Mann geht zum Arzt», fing sie an. Ich gab mich gespannt, wartete. Ich unterbrach sie nie. «Und er sagt: ‹Doktor, wenn ich *hier* drücke, tut es weh›», und sie legte den Zeigefinger an die Stirn, «‹und wenn ich *hier* drücke›», sie hielt den Finger an ihr Kinn, «‹und auch wenn ich *hier* drücke›», sie presste den Finger fest auf den Bauch. «‹Was stimmt bloß nicht mit mir?›, Und der Arzt antwortet: ‹Tja, ich fürchte, Sie haben sich den Finger gebrochen.›»

Wenn die Pointe kam, musste ich immer lachen, auch wenn der Witz noch so lahm war. Was sie dann wiederum amüsant fand. Viel amüsanter als die Witze. Merkwürdig war nur, dass ich mir immer vorkam, als wollte sie mich einem Test unterziehen. Die Sache mit den Witzen und ihre Launen, die gelegentlich aufblitzenden, schlüpfrigen Bemerkungen – sie waren ein Test. Es war ein Test, wenn sie einwilligte, sich mit mir zu treffen, aber auch, wenn sie es ablehnte. Es war ein Test, wenn sie eine halbe Stunde zu spät kam, und ebenso, wenn sie zu früh zu unserem Rendezvous auftauchte und auf mich warten musste. Alles war ein Test, doch hatte ich keine Ahnung, ob ich bestand oder durchfiel.

An diesem Mittwochnachmittag kam sie nicht – was vermutlich auch ein Test war. Ich wartete eine Zeit lang, dann stieg ich aus dem Wagen, ließ ihn in der Nebenstraße stehen und lief durch die nächstgelegene Gasse zur Schule. Die meisten Schüler waren bereits nach Hause gegangen, aber Hazel war noch da; sie unterhielt sich mit jemandem. Erst dachte ich, es sei ein Lehrer, dann erkannte ich Tom Birnie. Er hatte mehr Ähnlichkeit mit dem Bild in der Zeitung als Hazel, doch sah er ganz anders aus als der raue, großspurige, ziemlich hübsche Bursche, den ich während meiner Schulzeit gekannt hatte. Sein Gesicht war düster, hart und ein wenig zerknittert, als wollte er sich vor sich selbst verstecken und zugleich jedem und allem trotzen, das ihm widerfahren war. Man merkte ihm an, dass er sich über Hazel ärgerte, und er war ein großer, gefährlich wirkender Mann, doch schien sie keine Angst vor ihm zu haben. Wie sie ihn direkt ansah und nicht vor ihm zurückwich, bewies deutlich, dass sie jeden Respekt, den sie mal vor ihm gehabt haben mochte, längst verloren hatte. Vielleicht nach dem Tod ihrer Mutter, vielleicht auch schon viel früher. Ebenso offenkundig war, dass sie diesen Kampf nicht zum ersten Mal ausfocht und sich kein bisschen einschüchtern ließ. Leider hatte sie sich nur den falschen Tag für diesen Streit ausgesucht. Tom Birnie war schlecht gelaunt, angespannt, hatte die Hände zu Fäusten geballt. Ich war mir sicher, dass er sie gerade schlagen wollte, als ich beide ablenkte, indem ich gegenüber aus der Gasse trat und über die Straße auf sie zuging. Ich hatte nichts Bestimmtes vor – ich glaube, ich wollte mich nur bemerkbar machen, wollte jemand sein, den Tom Birnie vielleicht für einen Lehrer hielt –, doch meine Anwesenheit änderte alles. Birnie hörte auf zu reden und trat einen Schritt zurück, kehrte seiner Tochter den Rücken zu und suchte in seiner Tasche nach Zigaretten. Sicherlich wusste er, dass man ihn für jemanden hielt, der seine Kinder schlug, vielleicht sogar Schlimmeres, weshalb er, sollte ich ein Lehrer sein, keine Aufmerksamkeit auf sich lenken wollte. Natürlich konnte er es nicht wissen, aber es war besser, auf Nummer sicher zu gehen. Was immer er zu sagen hatte, konnte warten.

Hazel sah sich nicht nach mir um. Vielleicht wollte sie nicht, dass ihr Vater erfuhr, was zwischen uns war – auch wenn sich schwer sagen ließe, was es denn war, falls überhaupt etwas war, schließlich hatten wir nichts weiter getan, als uns zu treffen, im Auto herumzufahren, stumm dazusitzen oder miteinander zu reden. Es war ein Umwerben jener eigentümlichen Art, wie ich es mir für einen Mann in meinem Alter mit einem Mädchen vorstellte, das *jung genug war, die eigene Tochter zu sein*, nichts aber, was ich beabsichtigt hatte, und ich hoffte immer noch, Hazel würde mich anders sehen. Ich hoffte, sie sah mich als – etwas Unbestimmtes. Als etwas Unbestimmbares. Ich hatte keinen Vaterschaftstest vorgeschlagen, auch nicht, dass wir zusammen fortliefen. Ich hatte jede körperliche Berührung mit ihr vermieden, sie nicht angefasst, nicht umarmt, nicht einmal flüchtig gestreichelt. Wir waren – ich war – unschuldig. Vielleicht war es das, was sie so verwirrte.

Kommentarlos ging ich an ihnen vorbei auf den Eingang der Schule zu, als wäre ich ein Lehrer, der nach dem Unterricht noch einmal zurückkam, weil er etwas vergessen hatte. Eine direkte Konfrontation mit Tom Birnie hätte die Sache vermutlich nur noch schlimmer gemacht, aber dann kam mir eine Idee. Ich drehte mich um.

«Hazel?»

Verblüfft schaute sie mich an. Tom Birnie wandte sich ebenfalls um, die brennende Zigarette in der Hand. Er musterte mich kurz, ich ging einige Schritte auf sie zu.

«Ich wollte nur wissen, wie du mit dem Aufsatz zurechtkommst», sagte ich. «Du weißt, dass am Freitag Abgabe ist?»

Sie kapierte sofort. «Alles bestens», rief sie.

«Brauchst du noch mehr Zeit?», fragte ich und warf ihrem Vater einen Blick zu. «Angesichts der Umstände, meine ich?»

Es war eine herzlose Bemerkung, wie ich sie vielleicht gemacht hätte, wäre ich Hazels Lehrer gewesen, doch hatte sie auf ihren Vater genau die richtige Wirkung. Er taxierte mich mit einem seltsamen, fast verängstigten Blick, drehte sich dann zu Hazel um, murmelte ihr etwas zu, was ich nicht verstand, warf die Zigarette in die Gosse und ging.

«Was sollte denn der Blödsinn?», fragte Hazel.

«Ich dachte ...»

«Er wird mich fragen, wer Sie sind. Er wird wissen wollen, wovon, zum Teufel, Sie geredet haben.» Sie trat näher an mich heran. «Was für einen Aufsatz?»

«Ich dachte, er wollte dich schlagen …»

«Und? Was geht Sie das an?»

«Ich glaube nicht …»

«Wollen Sie mich beschützen? Ja? Wollen Sie mich vor ihm retten?»

«So habe ich es nicht gemeint …»

«Tja, Sie haben ja gesehen, wie er ist. Also, was wollen Sie dagegen tun?»

«Du musst nicht bei ihm bleiben», sagte ich und verstand gar nichts mehr. Sie war wütend auf *mich*.

«Wo könnte ich denn hingehen?» Sie redete jetzt leise, ihre Stimme war kaum mehr als ein Flüstern. Ihr war das Risiko viel bewusster, das wir eingingen, wenn wir hier standen und uns stritten, direkt vor ihrer Schule. «In ein Heim?»

Ich antwortete nicht.

«Oder zu einer Pflegefamilie? Wäre doch bestimmt lustig.»

«Es gibt andere Möglichkeiten …»

Sie lachte. «Ach ja? Welche denn?» Sie beugte sich zu mir vor, berührte mich fast. «Vielleicht holen Sie mich ja aus all dem hier raus.» Sie wartete, rechnete aber offenbar nicht mit einer Antwort.

«Vielleicht», sagte ich, noch ehe sie weiterreden konnte.

Sie lachte nicht. Das muss ich ihr lassen. Sie lachte nicht. Obwohl es mir selber erst in diesem Moment nicht bewusst wurde, begriff sie, dass ich es ernst meinte. Sie sah mir in die Augen, dann auf meinen Mund. Eine Sekunde lang glaubte ich, sie wolle mich schlagen, aber dann schüttelte sie den Kopf und wandte sich ab. «Ich muss gehen», sagte sie. «Ich muss noch einen Aufsatz schreiben.»

Ich ließ sie gehen. Sie hatte nicht gelacht und mich nicht geschlagen, auch wenn sie kurz daran gedacht haben mochte.

Sie brauchte Zeit zum Nachdenken, was bedeutete, dass sie es auch ernst meinte. Allerdings wusste ich nicht genau, was sie eigentlich ernst meinte.

Drei Tage lang sah ich sie nicht. Dann rief sie mich zu Hause an, am helllichten Tag, als Amanda in der Arbeit war. Ich hatte ihr meine Nummer gegeben, war aber trotzdem überrascht, als ich abnahm und ihre Stimme hörte.

«Na schön», sagte sie.

«Was denn?»

«Na schön, habe ich gesagt. Holen Sie mich aus all dem hier raus.»

Einen Moment lang wusste ich nicht, was ich sagen sollte. Ich hatte es ernst gemeint, meinte es immer noch ernst, doch ich glaube, ich wusste auch, dass ich langsam dem Wahnsinn verfiel, einer temporären, selbstgewählten, perversen Form des Wahnsinns, aber doch des Wahnsinns. Ich zögerte nur einen Moment, im Nachhinein aber weiß ich, dass das, was mir in diesem Bruchteil einer Sekunde wie ein unterirdischer Fluss durch die Gedanken strömte, unsichtbar, kaum hörbar, eine Frage war. Ich hätte die Frage damals nicht in Worte fassen können, aber ich kann es heute. Heute weiß ich, dass Dinge geschehen, gesagt und getan worden waren, von denen ich nichts wusste. Zeichen waren gegeben und Geheimnisse gelüftet worden, ohne dass ich auch nur etwas davon geahnt hätte. Ich war wahnsinnig, verrückt in jener gewöhnlichen, alles verneinenden Weise, in der Petrus verrückt gewesen war, als er Jesus verleugnete, so wie Josef verrückt gewesen war, als ihm der Engel im Traum erschien – *und er glaubte, was er sah*. Wenn ein Engel erscheint, haben wir nur die Achseln zu zucken und weiterzugehen. Wenn wir beschuldigt werden, sollen wir nicht leugnen, sondern nach Entschuldigungen suchen, der Kugel ausweichen, auf Nummer sicher gehen. Wir reißen Witze. Wir inszenieren ein Ablenkungsmanöver. Nur Verrückte hören zu, wenn der Engel spricht, nur Verrückte leugnen mit irrem Blick und gestehen so ihre Schuld. Ich war verrückt, und ich hatte, ohne es zu wissen, auf Engel gehört. Das war nicht weiter schlimm, doch wenn ich verrückt war, was war dann Hazel? Ich glaube nicht, dass sie verrückt war. War sie verzweifelt? So verzweifelt, dass sie bereit war, mit einem fast fremden Mann davonzulaufen? Glaubte ich, sie sei in mich verliebt? Oder hatte ich schon damals begriffen, dass sie Anzeichen bei mir bemerkt hatte, eine Folge verräterischer Signale, die kein Verlangen ausdrückten, keine romantische Sehnsucht, sondern auf jenen Wahnsinn verwiesen, um den ich selber kaum wusste, einen perversen Irrsinn, der es ihr erlaubte, mich für einen Trottel zu halten? War ich ein Trottel? So jedenfalls lautete die Frage, die ich mir hätte stellen sollen – doch selbst wenn die Antwort ein Ja gewesen wäre, bin ich mir nicht sicher, ob es einen Unterschied gemacht hätte.

«Das käme einer Entführung gleich», sagte ich.

«Ach so.»

«Nein, ich meine … Ehrlich, es wäre …»

«Ist schon in Ordnung», sagte Hazel. «Sie haben Ihre Meinung geändert. Das kann ich Ihnen nicht vorwerfen …»

«Aber ich habe meine Meinung nicht geändert», erwiderte ich. «Ich wollte bloß …»

«Erst müsste man uns erwischen», sagte sie.

«Mich würde man erwischen», sagte ich. «Du würdest gerettet werden.»

«Also haben Sie doch Ihre Meinung geändert.»

«Nein.»

Wir schwiegen, dann sagte sie sehr leise und in einem verschwörerischen Ton: «Also gut.» Mich überlief ein lächerlicher Schauer der Erregung und – ja, vielleicht auch der Verliebtheit. Gab es den Augenblick, in dem ich ihr verfiel? Kann sein, aber ich *wollte* sie nicht, begehrte sie nicht, wie ich einmal ihre Mutter oder – in einem anderen Leben – Amanda begehrt hatte. Es ging nicht um Sex, eher um Romantik. Wir waren zwei Menschen auf der Flucht. An etwas anderes dachte ich nicht. «Morgen früh um neun Uhr warte ich auf Sie», sagte Hazel. «Gleich nach Schulbeginn. Wenn Sie es ernst meinen und Ihre Meinung bis dahin nicht geändert haben, sehen wir uns. Okay?»

«Okay», erwiderte ich und nahm an, dass sie den üblichen Treffpunkt in der Gasse gegenüber der Schule meinte, wollte mich aber nicht auf bloße Annahmen verlassen. Ich wollte Gewissheit. Und ich wollte nicht, dass sie nur wegen eines dummen Missverständnisses glaubte, ich wäre nicht gekommen – doch ehe ich etwas sagen konnte, ehe ich wie in einem alten Film ein letztes Mal den Plan durchgehen und wir unsere Uhren vergleichen konnten, legte sie auf. Ein kurzes Summen in der Leitung, dann war nichts mehr zu hören. Ich legte auch auf. Es war ein milder, vollkommener Herbsttag, wie geschaffen für Beerdigungen: Blätter fallen, kein Wind geht, nur gelegentlich huscht ein Vogel durch Schwaden von Stille. Die Welt schien mir plötzlich klein und vertraut. Und ich hegte nicht den geringsten Zweifel daran, dass man mich erwischen würde.

Träge und langsam verstrich der Rest des Tages. Ich versuchte, mich zu beschäftigen, und überlegte, was ich für die bevorstehende Fahrt mitnehmen sollte – in Gedanken schwankte ich zwischen vollständigem Begreifen der Ungeheuerlichkeit meines nächsten Schrittes und dem Gefühl, eigentlich doch nur zu einer Art Urlaub aufzubrechen. Ich wusste nicht genau, was ich vorhatte oder wohin wir fahren würden, daher wusste ich auch nicht, was ich packen sollte; letzten Endes warf ich einfach zwei Koffer auf das Bett und stopfte sie mit Hemden, Jeans, T-Shirts, Pullovern und Unterwäsche voll. Ich zog mich aus, duschte und entschied mich für eine warme, saloppe und doch schicke Herbstgarderobe. Dann legte ich die Armbanduhr um, die ich nur selten trug, und griff nach meinen Wanderschuhen. Es waren meine Lieblingsschuhe, leicht, aber warm, wasserdicht und sehr bequem. Ich verstaute das Gepäck im Kofferraum meines Autos, setzte mich und wartete auf Amanda. In diesem Moment war ich fest entschlossen, ihr zu sagen, was ich vorhatte: dass ich fortgehen würde, aber nicht wusste, wohin; dass wir uns, was unseren gemeinsamen Besitz anging, sicherlich bald einigen würden, dass sie vorläufig im Haus wohnen bleiben könne, solange sie wolle, und dass ich mich später melden würde, wenn ich etwas zur Ruhe gekommen sei. Hazel wollte ich natürlich nicht erwähnen. Es würde Dichtung und Wahrheit in meiner Erzählung geben, und das meiste sollte wahr sein.

Vielleicht war es Pech, dass Amanda an jenem Abend beschlossen hatte, länger auszubleiben, und zum ersten Mal vergaß, mich anzurufen. Vielleicht war es Schicksal oder auch nur Zufall. Vielleicht hatte sie gar nicht vergessen, mich anzurufen, war einfach nur zu beschäftigt und konnte sich nicht losreißen. Vielleicht aber war es ihr längst nicht mehr wichtig, mich anzurufen. Doch warum auch immer, ich wurde es jedenfalls leid, auf sie zu warten, und beschloss, einfach loszufahren. Ich würde sie anrufen, sobald sich eine Gelegenheit ergab. Noch steckte ich voll guter Absichten, hätte aber wissen müssen, dass ich den leichtesten Ausweg wählen würde, sobald

sich auch nur der geringste Vorwand bot, das kleinste Schlupf-
loch auftat oder eine noch so kurze Verzögerung eintrat. Ich
setzte mich hin, um ihr einen Brief zu schreiben, doch schien
mir alles so absurd, so voller Spekulationen und Unwägbar-
keiten, dass ich nach dem dritten Versuch aufgab. Ich zerriss
den halb fertigen Brief in winzige Schnipsel und warf sie in
den Papierkorb. Dann schnappte ich mir meinen Regenmantel, nahm die Autoschlüssel vom Flurtisch und ging. Draußen
war es schon dämmrig, fast dunkel. Gespenstisch still lag der
Garten vor mir. Als ein Windhauch über mein Gesicht strich,
blieb ich einen Moment am Tor stehen, ehe ich losfuhr. Ich
hatte kein Ziel und hätte ebenso gut bis zum Morgen warten
können, um Hazel abzuholen. Das wäre logischer und auch be-
quemer gewesen, aber ich hatte meine Entscheidung getroffen,
ich musste raus, musste mich auf den Weg machen. Vielleicht
fürchtete ich, ich könnte meine Meinung ändern, wenn ich
bliebe. Vielleicht meinte ich, wenn ich mich nicht gleich ins
Auto setzte, würde irgendein Zauber verfliegen und die Welt
zur Normalität zurückkehren. Ich war zeitweilig verrückt,
doch war es, wie schon gesagt, eine selbstgewählte Verrücktheit, und ich musste meinen Schwung nutzen. Sonst wäre die
Anstrengung vielleicht zu groß, und ich würde in einer inneren
dunklen Höhle zusammenbrechen, mich in ein Versteck flüch-
ten und endgültig aufgeben.

Stundenlang fuhr ich durch die Gegend. Ich hatte mich noch
nicht entschlossen, die Sache durchzuziehen, oder falls doch,
war ich mir jedenfalls nicht sicher, ob es wirklich das Richtige
war. Ich weiß nicht, es ist gar nicht so einfach, sich an all das
in der richtigen Reihenfolge zu erinnern. Ich glaube, die Fah-
rerei gab mir die Illusion, etwas zu tun, ließ mir aber genügend

Raum; ich war auf dem Weg, hatte mich aber zu nichts verpflichtet, hatte noch kein *Verbrechen* begangen. Ein eigenartiger Gedanke: dass man gleich etwas Kriminelles tun wird. Ein Mann zieht los, eine Bank zu überfallen, jemanden zu töten oder einen gefälschten Scheck einzulösen, aber er denkt dabei doch nicht daran, dass er ein Verbrechen begeht. Das mit dem Verbrechen kommt *en passant*. Ich zog es falsch herum auf, dachte über das Kriminelle nach, statt mich zu fragen, was ich eigentlich vorhatte, und das wiederum musste doch bedeuten, dass ich völlig unschuldig war, denn …

So drehten sich meine Gedanken im Kreis, während ich meine Runden machte, ein Mann, der in einem von ihm nur selten benutzten Auto durch die Dunkelheit fuhr. Eine Weile folgte ich der Küstenstraße und hielt nach dem Mond Ausschau, doch der tief hängende Himmel war leer, kein Mond, keine Sterne, nur die fahlen Schatten vorüberhuschender Wolken und dazwischen tintenschwarze Leere. Bis zu unserem Rendezvous waren es noch mehrere Stunden, und es gab keinen Grund, sich hier draußen aufzuhalten, herumzukurven und müde zu werden, aber ich konnte nicht zurück, jetzt, da ich mich entschieden hatte, alles hinter mir zu lassen. Nach stundenlangem, ziellosem Herumstreifen bog ich schließlich auf einen Parkplatz am Wasser ein, um etwas zu schlafen. Es war kalt und schon spät. Ich holte eine Decke aus dem Kofferraum und legte mich auf den Rücksitz. Fast zehn Minuten lang glaubte ich, kein Auge zutun zu können, dann wachte ich auf und sah, dass es früh am Morgen war, jener Augenblick vor der Dämmerung, in der die Nacht enden oder es sich überlegen und noch einmal von vorn beginnen konnte. Ich schaute auf die Uhr am Armaturenbrett. Viertel nach fünf.

Ich dachte daran, nach Hause zu fahren, um mich frisch zu

machen, entschied mich aber dagegen. Stattdessen fuhr ich wieder ein bisschen durch die Gegend und ging am Strand spazieren. Es war kalt, still und windig; eine Zeit lang war ich allein am Meer, dann kam einer dieser monströsen, hässlichen Allradjeeps, ein Mann stieg aus, einer dieser Typen mit Handy und zwei riesigen Rottweilern. Schnell machte ich mich davon und fuhr nach Seahouses, wo es ein billiges Schnellrestaurant gab, in dem ich mir ein Frühstück und eine Kanne Tee bestellen konnte. Es gehört zu den großen Vorzügen eines einsamen Lebens, eine Weile draußen im Wind zu sein, dann in ein Haus zu kommen und Tee zu trinken, Würstchen zu essen, knusprigen Speck, pochierte Eier, gebratenes Brot, Bohnen. Sich leeren Blicks in der wohlwollenden Präsenz von wahrhaft ungesundem Essen aufzuhalten. Tee aus einer nicht mehr ganz weißen, fast schon beigefarbenen Tasse zu trinken. Starken, heißen Tee mit viel Milch. Die Eier gleichmäßig mit feinem, weißem Pfeffer bestreut. Tomantenketchup. Ich ließ mir Zeit für mein Frühstück, so wie sich ein zum Tod Verurteilter für sein letztes Mahl Zeit lassen mochte.

Als ich in die Gasse einbog, wartete Hazel schon. Es war noch früh und ziemlich kalt, aber sie trug wie immer nur leichte Sachen. Sie sah müde aus. Zu ihren Füßen stand ein kleiner, kaum spielzeuggroßer Koffer. Sie lächelte nicht, als ich hielt, schien sich nicht einmal über meinen Anblick zu freuen. Vielleicht war sie auch verrückt. Vielleicht war sie einfach nur müde. Oder sie war, was Amanda einen «Morgenmuffel» nannte.

«Sie sind gekommen», sagte sie, als ich die Beifahrertür aufstieß.

«Ja», sagte ich. «Hast du etwas anderes erwartet?»

Sie stieg ein und stellte den kleinen Koffer vor ihren Füßen ab. «Weiß nicht», sagte sie. «Ich finde es nur ein bisschen …»

Sie suchte nach dem passenden Wort, schüttelte dann aber den Kopf.

«Verrückt?»

Sie nickte. Ich legte den Rückwärtsgang ein. Während ich wendete, auf die Sandhaven Road einbog und die Schule hinter uns zurückließ, sagten wir kein Wort. «Und wo fahren wir hin?», fragte sie schließlich, als wir an Coldhavens letzten, humorlosen, grauen Häusern vorbeikamen.

«Keine Ahnung», erwiderte ich, und mir wurde plötzlich bewusst, dass ich zwar die ganze Nacht Zeit zum Nachdenken gehabt hatte, aber keinen Plan besaß, kein Ziel. Hazel hatte wohl etwas anderes erwartet: Karten, gefälschte Ausweise, Falschgeld, ganz wie im Film. Vielleicht dachte sie auch nur, ich hätte irgendeine Vorstellung davon, wo es hinging. Ich war schließlich der Fahrer. Ich musste an ein Gedicht denken, das ich einmal gelesen hatte, irgendwas über die Dämmerung, ein großes Auto und jemanden namens John, der eigentlich gar nicht John hieß – und mit einem Mal fühlte ich mich glücklich, frei. «Folgen wir einfach der Straße», sagte ich. «Mal sehen, wo sie uns hinführt.»

Sie warf mir einen seltsamen, missmutigen Blick zu. «Der Straße folgen?», fragte sie.

Ich lachte. «Ja», erwiderte ich. «Wäre das so schlimm?»

Sie dachte einen Moment nach, dann machte sich in ihrem Gesicht die Andeutung eines leisen, widerwilligen Lächelns breit. «Nein, glaub nicht», sagte sie, dachte noch ein wenig mehr nach, entspannte sich schließlich, sah beinahe zufrieden drein und nickte. «Sie sind der Fahrer», sagte sie.

Wir fuhren nach Süden, dann nach Westen und redeten nicht ein Wort: Dieser Morgen gehörte allein der Straße und dem

Land um uns herum. Ich benutzte Nebenstraßen, lange, kurvige Strecken durch hügeliges Land, und jeder hing für sich den eigenen Gedanken nach; ich fuhr ins Licht, Hazel schaute in die draußen vorbeigleitende Welt, das Gesicht abgewandt, sodass ich, wenn ich hin und wieder hinüberblickte, nur ihr Haar sah, die im Schoß verschränkten Hände, den lächerlich kleinen Koffer zu ihren Füßen. Ich wurde nicht schlau aus ihr: In einem Moment sah sie aus und benahm sich wie ein kleines Mädchen, im nächsten aber gab sie sich smart, spöttisch, scharfzüngig und wirkte ziemlich reif für ihr Alter. Ich schätze, angesichts dessen, was sie durchgemacht hatte, musste sie ziemlich schnell erwachsen werden, doch gab es gewiss genügend Teenager, die unter dieser Last zusammengebrochen wären. Sie hatte etwas Besonderes an sich, das spürte ich. Ich wusste nicht, was es war, aber schon an diesem ersten Tag wusste ich, dass es mir gefährlich werden konnte.

Nachdem wir den ganzen Vormittag so gefahren waren, drehte sie sich schließlich zu mir um und schaute mich an. Mittlerweile hatte sie seit fast einer Stunde nichts mehr gesagt.

«Ich bekomme allmählich Hunger», sagte sie.

«Ich auch.» Ich erwiderte ihren Blick. «Und was möchtest du essen?»

«Mir egal», sagte sie. «Irgendwas.»

«Wie wär's mit einem Big Mac?»

«Soll das ein Witz sein?» Sie rollte mit den Augen und tat, als müsste sie sich übergeben.

«Schon gut», sagte ich. «Also was anderes?»

«Ja. Irgendetwas anderes. Aber das ziemlich bald.»

Nach dem Essen in einer gesichtslosen Raststätte – Salat mit Backkartoffel, übergossen mit irgendetwas Undefinierbarem – fuhren wir weiter, diesmal nach Süden. Ich hatte immer noch keinen richtigen Plan, fand aber, es sei das Beste, möglichst weit weg von Coldhaven zu sein, in einem billigen Hotel zu übernachten, in dem wir keine Aufmerksamkeit erregten, und am nächsten Morgen dann gemeinsam zu überlegen, wohin wir weiterfahren wollten. Ich glaube nicht, dass man Hazels Verschwinden bereits bemerkt hatte, noch nicht. Sie fehlte öfter mal einige Tage in der Schule, also würden die Lehrer sie nicht vermissen, und Tom Birnie würde erst etwas merken, wenn er heute Abend nichts zu essen auf dem Tisch hatte. Was danach geschah, ließ sich kaum vorhersagen. Amanda wusste wohl inzwischen, dass ich fort war, doch rechnete ich nicht damit, dass sie zur Polizei ging. Sie würde bestimmt ein, zwei Tage warten, falls sie denn überhaupt auf dem Revier anrief. Und wenn wir nicht großes Pech hatten, wenn uns nicht jemand im Auto oder vor der Schule gesehen hatte, würde niemand einen Zusammenhang zwischen Hazel und mir herstellen. Mrs. K würde wohl draufkommen, doch war ich mir ziemlich sicher, dass sie nichts ausplauderte. Uns blieben also ein paar Tage, vielleicht eine Woche, ehe statt einer gewöhnlichen Ausreißergeschichte das Entführungsszenario zur Anwendung kam. Natürlich gab es da auch noch die Theorie, wir seien miteinander durchgebrannt. Wenn man – falls man – wirklich eine Verbindung zwischen uns herstellte, bestand die vage Möglichkeit, dass der eine oder andere glaubte, wir hätten uns verliebt und wären zusammen fortgelaufen. In der Stadt würden die Gerüchte nur so ins Kraut schießen. *Der ist doch schon immer ein merkwürdiger Vogel gewesen. Stimmt, das ist er, genau wie alle Gardiners. Die arme Kleine. Das Unschuldslämmchen. Nach allem, was sie durchgemacht hat.* Einigen würde Tom Birnie leid tun, auch wenn ich mir vorstellen konnte, dass die meisten bei ihm nur vom Schlimmsten ausgingen. Dann würden aus dem ganzen Land die Meldungen eintrudeln, man hätte uns gesehen. Einige würden behaupten, uns schmusend im Auto entdeckt zu haben. Ein Arbeiter hatte irgendwo auf einer abgelegenen Landstraße einen Blick auf einen verdächtig aussehenden Mann mit Sack und lehmbeschmiertem Spaten erhascht. Ein Schuljunge hatte einen Mann meiner Beschreibung dabei überrascht, wie er ein Mädchen in einen Wagen stieß und davonfuhr. Der Wagen war blau. Oder grau. Vielleicht auch schwarz. Ein Audi. Ein Mondeo. Irgendein Volkswagen.

Den ganzen Nachmittag gingen mir solche Gedanken durch den Kopf, bis ich schließlich merkte, dass ich zu müde war, um noch weiterfahren zu können. Ich sah Hazel an. Sie war nach dem Mittagessen auf dem Beifahrersitz eingenickt und erst jetzt wieder aufgewacht, aus der dunklen, goldenen Kammer ihrer Träume gestiegen. «Ich bin müde», sagte ich.

«Ich auch.»

«Du hast doch bis eben geschlafen.»

«Na ja, trotzdem. Ich habe letzte Nacht kein Auge zugemacht.»

«Also schön, für heute ist es genug. Wir ruhen uns aus und überlegen, was wir morgen machen, okay?»

Sie sagte nichts. Vielleicht fing sie an, über einige praktische Fragen nachzudenken. In ihrem kleinen Koffer konnte nicht viel Gepäck sein. Ich würde ihr also ein paar Sachen kaufen müssen. Im Augenblick war ich noch wach genug. Ich fuhr weiter bis zur nächsten Stadt und hielt auf dem Parkplatz eines langweiligen, rosafarbenen Hotels namens Carlton. «Wir bleiben heute Nacht hier», sagte ich. «Okay?»

Sie sah mich seltsam an, gab aber keine Antwort.

«Was ist?»

«Nichts.»

«Gefällt es dir nicht?»

«Ist schon in Ordnung.»

«Aber irgendwas ist doch, oder?»

Ich wartete darauf, dass sie etwas sagte. Vielleicht wollte sie lieber in einem schickeren Hotel absteigen, wollte fragen, wie wir es mit dem Bett machen wollten oder was sie anziehen sollte, doch Hazel nickte bloß, ein wenig zu ernst, und behielt ihre Gedanken für sich. Ich überlegte, ob dies für sie nur eine Art Abenteuer war, so wie in *Fahrstuhl zum Schafott*, wenn die hübsche Blumenverkäuferin mit ihrem Freund im gestohlenen Auto des Filmhelden davonbraust. Es gibt in dem Film eine Szene, in der die beiden übernachten, irgendwo abseits der Autobahn. Das Hotel ist auch nichts Besonderes, jedenfalls nicht für die hübsche Blumenverkäuferin; sie hatte schließlich nichts Unrechtes getan, warum sollte sie diese Eskapade also nicht genießen? Selbst später, als ihr Freund ein deutsches Ehepaar umbringt und *dessen* Auto stiehlt, weiß das Publikum, dass die hübsche Blumenverkäuferin nicht leiden muss. Vielleicht wird sie sich ein wenig fürchten, mehr aber auch nicht. Sie ist zu jung, zu unschuldig, zu bedeutungslos für Louis Malle, um sie leiden zu lassen. Außerdem hat sie etwas an sich, das gefällt. Ihr Freund aber ist bloß irgendein Typ, kaum mehr als eine Lederjacke, ein Bürschchen eben. Nichts Besonderes.

Nur war Hazel nicht die hübsche Blumenverkäuferin. Sicher, manchmal sprühte sie vor Lebensfreude, und manchmal war sie noch ein Kind, aber oft genug machte sie einen allzu ernsten Eindruck und drückte nicht nur durch ihre Haltung eine herbe, leicht erzwungen wirkende Ernsthaftigkeit aus, sondern auch durch die Art, wie sie meinen Worten lauschte und sie sich stumm durch den Kopf gehen ließ. Dann wiederum konnte sie gleich darauf vollkommen abwesend sein, entrückt, vielleicht auch gelangweilt. Als wir am Morgen aufgebrochen waren und auch nun, als wir unser erstes Hotel betraten, lächelte sie vor sich hin, ein ganz und gar in sich gekehrtes Lächeln, das sie nicht einmal zu verbergen suchte. Sie wusste, ich konnte ihre Gedanken nicht kennen. Sie war sich nicht mal sicher, ob ich meine eigenen Gedanken kannte. Und heute, wenn ich an sie denke – manchmal denke ich tatsächlich noch an sie, wenn auch nicht sehr oft –, dann sehe ich sie als ebendieses gespenstische, lächelnde Kind vor mir und höre die eine Frage, die sie mir viele Male gestellt hat. «Was wollen Sie?», hatte sie gefragt. «Was genau wollen Sie eigentlich?» Natürlich hatte ich darauf keine Antwort.

Das Mädchen am Empfang wirkte so verärgert, als drängten wir uns ungebeten in ein großes, doch ziemlich schäbiges Privathaus, dessen einzige Bewohnerin – ein pausbäckiges, sommersprossiges Mädchen mit weißer Bluse und rosafarbenem Blazer – gerade einen Abend wohltuender Einsamkeit genoss. Sie schien durch unsere Ankunft sogar dermaßen aufgebracht, dass ich am liebsten umgekehrt und gleich wieder durch die Tür hinausspaziert wäre. Ein feindseliges Willkommen ist immer ein schlechtes Zeichen, in Hotels wie in Krankenhäusern, und meist auch ein Anzeichen dafür, dass noch mit Schlimmerem zu rechnen ist: rostfleckige Badewannen, schlechte Gerüche, merkwürdige Flecken auf den Bettlaken. Wäre ich allein gewesen, hätte ich mich vermutlich auf dem Absatz umgedreht, aber Hazel hatte ihren kleinen Koffer bereits vor dem Empfangstisch abgestellt und lächelte die Rezeptionistin an, deren Namensschild verriet, dass sie Donna hieß.

«Wir hätten gern ein Zweibettzimmer», sagte Hazel. «Haben Sie für heute Nacht noch eines frei?»

Das Mädchen nickte blöd und tat dann, als zöge sie ein großes, speckiges Gästebuch zurate. «Nur eine Nacht?», fragte sie *sotto voce* und nur mit einem angedeuteten Hauch Boshaftigkeit, um die Wirkung zu erhöhen. Sie war offenbar jemand, der die Sitcoms zu genießen wusste.

Hazel schwieg gerade so lange, dass Donna gezwungen war, zu ihr aufzusehen, dann lächelte sie erneut, diesmal noch einschmeichelnder. «Ja, bitte», sagte sie. «Und mit Meerblick, wenn es geht.»

Oben im Zimmer legte sie sich auf das weiter vom Fenster entfernte Bett. Ich war verlegen wie ein Junge beim ersten echten Rendezvous, so, wie ich mich früher einmal mit ihrer Mutter gefühlt hatte. «Möchtest du in einem Restaurant essen?», fragte ich. «Oder sollen wir uns etwas vom Zimmerservice bringen lassen?»

Sie musterte mich träge. «Keine Hektik», sagte sie. «Warum setzen Sie sich nicht? Entspannen Sie sich. Schauen Sie fern oder sonst was.»

«Ich habe fürs Fernsehen nicht viel übrig», erklärte ich und setzte mich in einen Sessel neben der Badezimmertür.

«Kommen Sie schon», sagte Hazel. «Machen Sie ein fröhlicheres Gesicht.» Sie zog die Fernbedienung aus der Halterung zwischen den beiden gefährlich nahe nebeneinanderstehenden Betten. Für wie alt mochte sie ein Fremder halten? Sechzehn? Älter? Würde man mich jeden Augenblick verhaften? «Mal gucken, ob die hier SKY haben», sagte sie, schaltete den Apparat ein und zappte durch die Kanäle. BBC 1, BBC 2, ITV, CHANNEL 4, dann Radio. Nicht mal CHANNEL 5. «Erbärmlich», sagte sie und schaltete ab. Dann wandte sie sich mit gespielt spöttischer Miene zu mir um. «Wie es aussieht, werden Sie mich wohl unterhalten müssen», sagte sie.

«Ich weiß nicht, ob ich gut darin bin», sagte ich.

«Nein?»

«Ich kann's mir nicht vorstellen.»

«Tja, und worin sind Sie gut?», fragte sie und musterte mich neugierig.

«Wir sollten über unsere Pläne reden», sagte ich. «Wohin wir wollen. Wie wir dahin kommen. Was passiert, wenn wir …»

«Darüber können wir später immer noch reden», sagte sie. «Jetzt würde ich lieber über Sie reden.»

«Über mich?»

Sie sah sich um. «Meinen Sie mich?», schnarrte sie mit ziemlich gut nachgemachter Robert-de-Niro-Stimme. «Meinen Sie mich?»

«Na schön», erwiderte ich. «Was willst du wissen?»

«Okay, erste Frage von zehn. Warum sind Sie hier?»

«Hier?»

«Hier. In diesem Hotelzimmer. Mit mir.»

«Du hast doch ein Zweibettzimmer verlangt. Ich hätte uns …»

«Beantworten Sie die Frage! Keine Ausflüchte.»

Hilflos schaute ich sie an. Ich hatte keine Ahnung, warum ich hier war. Und wenn doch, wollte ich nicht darüber nachdenken.

«Vielleicht, weil ich Ihnen gefalle?»

Ich schüttelte den Kopf.

«Ich gefalle Ihnen nicht?» Sie schien schockiert.

Erst gab ich keine Antwort, dann schüttelte ich wieder den Kopf.

Einen Moment lang dachte sie nach. «Stecken Sie in einer Midlife-Crisis? Oder so was?»

«Ich bin zu jung für eine Midlife-Crisis.»

«Ach ja?» Sie schien nicht überzeugt und dachte weiter nach. Es war ein gespieltes Nachdenken, verblüffte Miene, die Brauen hochgezogen. «Nun, glauben Sie vielleicht, dass wir irgendwie miteinander verbunden sind? Geht es darum?»

«Was meinst du mit verbunden?»

«Ich weiß nicht», sagte sie. «Das frage ich Sie ja.»

«Vielleicht.»

«Wie?»

«Ich weiß nicht.»

«Irgendwas wissen Sie. Jedenfalls mehr, als Sie sagen. Sonst wären Sie nicht hier.»

«Ich finde, wir sollten beim Zimmerservice bestellen und uns ausruhen. Morgen wird ein langer Tag.»

«Wieso? Was haben wir vor?»

«Ich meinte damit nicht ...» Ich sah sie an, wie sie da auf dem Bett saß und mit der Fernbedienung spielte. «Ich meinte ...»

«Vielleicht gefalle ich Ihnen ja doch», sagte sie. «Nur trauen Sie sich nicht, es zuzugeben.»

«Vielleicht.»

«Ich hätte gern ein Steak», sagte sie.

«Was?»

«Zimmerservice. Ich hätte gern ein Steak, dazu Pommes und Salat.»

«Tja, wenn es das hier gibt ...»

Sie fand die Speisekarte für den Zimmerservice und schlug sie auf. «In solchen Hotels gibt es immer Steaks», sagte sie. «Dafür ist doch der Zimmerservice da. Steaks, Pommes, Club Sandwiches und Fischfrikadelle auf thailändische Art. Was kann man in einem Hotel wie diesem schon verlangen?»

Im Nachhinein ist mir klar, dass es für sie kein besonderes Abenteuer war. Bestimmt langweilte sie sich ziemlich bald. Ich kann jedenfalls heute sagen, dass ich es nur allzu bald leid war. Ich wollte mit ihr reden, ihr etwas erklären, auch wenn ich eigentlich keine Ahnung hatte, was ich ihr erklären wollte. Jetzt, da wir zusammen waren, allein in einem fremden Zimmer, hatte ich keine Ahnung, wie ich ein richtiges Gespräch mit ihr anfangen sollte. Allerdings bot sich mir auch kaum eine Gelegenheit: Nach dem Essen machte sie den Fernseher wieder an, legte sich aufs Bett, die Beine in die Luft, und glotzte, während ich das schmutzige Geschirr auf das Tablett stapelte und vor die Tür stellte. Ich versuchte, den Fernseher zu ignorieren; ich mag kein Fernsehen, wenn nicht gerade ein Film läuft. Filme mag ich. Alte Hollywoodschinken, französisches Kino, Filme von Kurosawa und Kieślowski, Franju, Wajda, Godard. Hazel hatte einen etwas anderen Geschmack – vielleicht hatte sie auch gar keinen, sondern schaute sich nur zufrieden an, was gerade lief. Eine Zeit lang saß sie da und verfolgte grinsend und kichernd eine Serie, von der ich noch nicht einmal gehört hatte, dann zappte sie eine halbe Stunde lang durch die vier Kanäle, schaltete zwischen irgendeinem Spielfilm und einem Bericht über Haie hin und her, um schließlich bei einer amerikanische Krankenhausserie hängen zu bleiben. Ich redete mit ihr, versuchte, sie von ihrem Melodrama abzulenken, aber Hazel, den Blick unverwandt auf den Bildschirm gerichtet, schien in eine Art Trance versunken zu sein und war sich meiner Anwesenheit im Zimmer kaum mehr bewusst. Zwischen den Operationen und Liebesszenen sah sie sich die Werbung an.

«Mein Gott», sagte ich schließlich. «Guckst du immer so viel fern?»

«Na klar.»

Ich sah auf den Bildschirm. Ein Mann in grünem Kittel stritt sich mit einer Frau in einem weißen Kittel. Sie wirkten beide viel zu sauber, um in einer Notaufnahme zu arbeiten. «Was findest du daran so faszinierend?», fragte ich.

«Hä?»

«Ich sagte: Was findest du daran so faszinierend? Weißt du denn nicht schon, wie es ausgeht? Mehr oder weniger jedenfalls?»

«Klar doch», sagte sie.

«Na dann», sagte ich. «Wie wäre es also, wenn du den Apparat für einen Moment ausstellst, um mit mir darüber zu reden, was wir …»

«Pssst.» Sie blickte mich an. «Entschuldigung», sagte sie rasch, «aber es ist wirklich gerade ziemlich spannend.»

Ich sah wieder auf den Bildschirm. Dieselben zwei Leute stritten sich immer noch. «Woran siehst du das?», wollte ich wissen.

Sie antwortete nicht, saß da wie gebannt und schaute dem Streit zu, als ginge es um etwas für sie persönlich Wichtiges, während ich mir ziemlich sicher war, dass ich heute Abend kein vernünftiges Wort mehr aus ihr herausbekam. Außerdem wusste ich immer noch nicht genau, was ich ihr eigentlich sagen wollte. Ich begann mich zu fragen, warum ich da war, warum ich dieses absurde Verbrechen begangen hatte. Wenn ich sie zurückbringen würde, gleich jetzt, würden die Behörden dann ein Auge zudrücken? Und wenn ich sie zurückbringen und meine Gründe darlegen würde, gewährte man mir dann die Hilfe, die ich so offensichtlich brauchte? Vermutlich nicht. Es war auch egal. Ich war müde, ich konnte keinen einzigen Kilometer mehr fahren. Also legte ich mich aufs Bett und versuchte, mich auszuruhen. Dialogfetzen aus dem Fernsehen schwirrten mir durch den Kopf.

Es kann nicht lang gedauert haben, bis ich einschlief, denn das Nächste, woran ich mich erinnere, ist, dass ich im Dunkeln und vollständig angezogen aufwachte. Die Vorhänge waren offen, das Zimmer wurde von den Laternen auf dem hotel-eigenen Parkplatz in silbrigen Glanz getaucht. Gleich neben mir, im zweiten Bett, lag Hazel. Sie hatte sich ausgezogen und die Kleider auf den Sessel neben der Badezimmertür gelegt, ein Häuflein viel zu dünner Sachen, fein säuberlich gefaltet, so wie sie es vermutlich von zu Hause gewohnt war. Ich schaute sie an. Sie hatte die Bettdecke bis ans Kinn hochgezogen und lächelte, nur Haar und Gesicht waren sichtbar sowie eine nackte, schlanke, im einfallenden Licht weiß schimmernde Schulter. Es war wie ein Schock, als mir klar wurde, dass sie unter der Decke nackt war, zumindest beinahe. Sie hatte weder Schlafanzug noch Nachthemd mitgebracht und lag jetzt da, eine schlafende Nackte, vierzehn Jahre alt, und lächelte sanft im Schlaf. Rasch wandte ich den Blick ab. Ich dachte daran aufzustehen, zu ihr zu gehen und die nackte, weiße Schulter zuzudecken, rührte mich aber nicht. Ich konnte nicht. Ich drehte mich zum Fenster und versuchte, wieder einzuschlafen, aber auch das ging nicht. Ich konnte schlichtweg gar nichts tun. Ich war zeitweilig verrückt – ich wusste sogar, dass ich es war –, und doch war ich ohne jeden Zweifel verloren.

Die nächsten Tage liefen alle nach demselben Schema ab. Wir fuhren, wir hielten an, um zu essen, wir suchten ein Zimmer für die Nacht. Unterwegs machte sich Hazel über mich lustig, nahm mich auf den Arm, stellte mich auf die Probe. Oder sie wurde ernst und stellte mir Fragen, wechselte aber immer das

Thema, ehe mir eine Antwort einfiel. Was wollen Sie? Warum sind Sie hier? Gefalle ich Ihnen wirklich nicht? So ging es endlos weiter. Am vierten Tag hielten wir an einem Hotel, das auf den ersten Blick genau wie das Carlton aussah. Einen Moment lang glaubte ich sogar, wir wären im Kreis gefahren und wieder am Beginn unserer Reise angelangt. Waren wir aber nicht. Das hier war das Maybury, und es war braunweiß, nicht rosafarben. Essen, Zimmer und Personal waren so wie überall, dem Empfang gegenüber gab es sicher eine kleine Bar mit den üblichen Getränken, säuberlich aufgereihte Barhocker, hier und da kleine Schalen mit Erdnüssen auf den Tischen. Natürlich würde die Bar leer sein. Wenn wir hereinkamen, würde die Frau am Empfang ein Kreuzworträtsel lösen, oder ein Sudoku, und mit ihrer Schwester wegen Schuhen oder Hochzeitsvorbereitungen telefonieren und uns, wenn wir eincheckten, kaum ansehen. Ich musste an eine Szene aus *Lolita* denken, Humbert und Lola in einem Hotel, ich weiß nicht mehr, ob im Buch oder im Film oder in beidem. Ich glaubte aber, mich an James Mason zu erinnern, wie er Sue Lyon die Fußnägel lackierte, also war es vermutlich im Film. Sie teilten ein Zimmer, obwohl doch offensichtlich schien, dass *dieser* Mann nicht der Vater *dieses* Mädchens war – ich habe es schon immer ziemlich unwahrscheinlich gefunden, dass niemand sie zur Rede stellte. Und jetzt zogen wir von Hotel zu Hotel, zahlten die Rechnungen bar, schliefen im selben Zimmer – und auch uns stellte niemand zur Rede. Das zu glauben fiel mir sogar noch schwerer. Dabei benahmen wir uns keineswegs auffällig, waren eher langweilige Gäste, wohin wir auch kamen. Wir fuhren durch die Gegend, wir aßen, wir schliefen. Immer wieder versuchte ich mit Hazel zu reden, aber sie würgte mich jedes Mal ab. Oder sie forderte mich heraus, und mir fiel trotz guter

Absichten nie ein, was ich sagen sollte. Ich wusste nicht mehr, was wir taten – und unser kleines Abenteuer erwies sich als ziemlich langweilig. Natürlich konnte ich mir einreden, dass es egal war, weil ich immer noch nachdachte, immer noch herauszufinden versuchte, was ich tun wollte, aber ich wusste auch, dass es für Hazel kaum besonders lustig sein konnte – was bedeutete, dass ich ein schlechtes Gewissen hatte. Ein schlechtes Gewissen, weil ich der verantwortliche Erwachsene war. Ein schlechtes Gewissen, weil ich mich ertappte, wie ich sie auf eine bestimmte Weise anschaute, wenn sie fernsah oder aß. Ein schlechtes Gewissen aus hunderterlei Gründen; außerdem war ich ein wenig besorgt. Vielleicht verlor Hazel das Interesse und lief einfach davon, so wie sie losgelaufen war, als ihre Mutter sie ausgesetzt hatte. Vielleicht würde sie behaupten, alles sei meine Schuld. Vielleicht würde sie mir eines Abends bei der Werbung sagen, sie hätte jetzt genug. Ich wollte nicht, dass sie mich für einen Langweiler hielt. Ich wollte, dass sie – glücklich war. Ich wollte, dass sie ihren Spaß hatte. Vermutlich war ich deshalb damit einverstanden, dass wir auf den Rummel gingen. Es gab keinen Grund, ihr zu misstrauen, und ich hatte keine Ahnung, dass sie mit jemand anderem unter einer Decke steckte. Ich rechnete auch nicht damit, dass sie mir eine Falle stellte. Ich dachte einfach, sie brauchte Abwechslung und würde gern mal einen Abend ausgehen.

Sie war es, die die Anzeige in der Lokalzeitung entdeckte. Sie hatte das Blatt im Hotelfoyer gefunden, lustlos drin herumgeblättert und die Veranstaltungshinweise überflogen. Ich wusste, dass unsere Routine sie langweilte, und hatte bereits beschlossen, etwas dagegen zu unternehmen. Vielleicht ins Kino zu gehen. Oder in ein Restaurant. Dann säßen wir gemeinsam an einem Tisch und könnten endlich vernünftig miteinander reden. Wenn wir im Auto saßen oder im Hotelzimmer, war reden unmöglich. Im Auto wechselte sie einfach immer wieder das Thema, im Zimmer fühlte ich mich unbehaglich und unsicher, war ihr zu nah. Also musste ich so etwas wie neutralen Boden finden.

«Auf dem Marktplatz gibt es einen Rummel», sagte sie plötzlich, als hätte sie meine Gedanken gelesen.

«Tatsächlich?»

«Ich würde gern hingehen», sagte sie und warf mir ihren kulleräugigen, spöttischen Bitte-bitte-Daddy-Blick zu.

«Es ist ein bisschen gefährlich», sagte ich. «Jemand könnte uns sehen …»

«Niemand wird uns sehen», sagte sie. «Kommen Sie. Das wird bestimmt lustig.»

Ich warf einen Blick in die Zeitung. Was sollte schon passieren? Wir würden nicht auffallen: ein Mann und seine Tochter, die von Bude zu Bude zogen und Zuckerwatte aßen. In der Menge würde man uns kaum bemerken. «Also gut», sagte ich. «Und vielleicht gehen wir anschließend noch essen.»

«Kein Zimmerservice?»

«Nein, kein Zimmerservice.»

«Wow!» Sie lächelte. «Worauf warten wir noch?»

Wir gingen früh los. Es gab das Übliche: Karussells, Schießbuden, Würstchenbuden, Getränke. Noch hatte der Rummel nicht richtig angefangen, doch die ersten Leute schlenderten schon über den Platz und lächelten glücklich: Familien, aufgeregte Kinder, gelangweilte Erwachsene. Anfangs war ich noch misstrauisch, sah überall Polizisten und Spione, doch es dauerte nicht lang, und ich fing an, Spaß zu haben. Es war einfach ansteckend, die Vorahnung der hereinbrechenden Nacht, die

Buden, die überall rot, blau und gelb aufleuchteten, obwohl es noch hell war: der Beginn des Abends und die Hoffnung, jeden Augenblick würde etwas geschehen, irgendein wundersames Ereignis vielleicht, so als böge man um die nächste Ecke und fände die Welt volkommen verändert. Hazel ging es wie mir – zumindest nahm ich das an, während wir von Bude zu Bude gingen, die dunklen Karussells anstarrten oder bei den Plastikenten standen, die in Bassins mit grünlich schimmerndem Wasser schwammen und darauf warteten, geangelt und gegen Goldfische oder große, gutmütig dreinschauende Teddybären eingetauscht zu werden. Noch gaben wir keiner der Verlockungen nach, sparten alles für später auf, als könnten wir uns nicht von der Vorfreude lösen und wüssten, dass die Vorfreude das Beste war, was dieser Ort zu bieten hatte. Wenn ich Hazel anschaute – rasche, suchende Blicke, die sie, wie ich wusste, ein wenig peinlich fand –, lächelte sie oder kniff die Lippen zusammen, als wollte sie sagen: Sieh mal, ist das nicht blöd? Und ich glaubte, sie sei glücklich. Vielleicht war es dumm von mir, aber in diesen Minuten dachte ich, sie sei wirklich mit mir zusammen hier, hörte mir zu und redete allein mit mir und niemandem sonst. Einmal, als sie wollte, dass ich mir etwas anschaute, berührte sie mich sogar am Arm. Heute scheint mir dieser Augenblick entsetzlich, doch damals konnte ich nicht anders, ich erlag dieser flüchtigen Geste, die Hazel sicher gar nichts bedeutete.

Und dann, nach ein paar Sekunden und noch ehe ich begriff, was geschah, war es vorbei. Hazel stand immer noch neben mir, schien aber mit ihren Gedanken ganz woanders zu sein, und einen Augenblick lang fürchtete ich, ich hätte sie verärgert. Vielleicht hatten meine Gesichtsmuskeln mich verraten, hatten irgendein Anzeichen unanständiger Lust offenbart, eine eifersüchtige Phantasie, die sich durch Mund und Augen verriet oder in der Art, wie ich den Kopf zur Seite drehte. Irgendwann hatte Hazel im Halbdunkel zu mir herübergesehen, und ich hatte mich verraten, hatte mein wahres Gesicht gezeigt, ohne selbst eine Ahnung davon zu haben, was mein wahres Gesicht war. Ich hatte meine eigentlichen Gefühle gezeigt, hatte mich selbst gezeigt – doch als was? Als der eklige alte Mann, für den sie mich anfangs gehalten hatte? Als sentimentalen Romantiker, der von Liebe, Familie und menschlicher Wärme träumte? Als rührseligen Möchtegernlover? Ich war nichts dergleichen, und das wollte ich ihr sagen, konnte es aber nicht. Und ich wusste, selbst wenn ich es ihr erklären könnte, würde sie mich nur mit diesem kühlen, neugierigen Blick fragen, was ich wirklich wollte oder zu wollen glaubte, wenn ich nichts dergleichen war – und die Wahrheit ist, ich wusste es nicht. Ich war ein Mann. Ein Mann mittleren Alters auf einem Rummel mit einem hübschen Mädchen, das letztlich wohl doch nicht die Tochter war, die sie dem Alter nach sein könnte. Ein Mann: alt, eklig, nett, jung, was machte es für einen Unterschied? Nur ein Mann: eine Ansammlung von Wünschen, ein Durcheinander von Impulsen, eine Vielzahl von Bedürfnissen, die selbst dem eigenen bekümmerten Blick nur zur Hälfte sichtbar waren. Was ich auch immer gesagt hätte, sie hätte mich nur wieder gefragt, was ich denn wolle – und ehrlich gesagt, ich hatte keine Ahnung. Ich hatte nicht den geringsten Schimmer, was ich von ihr wollte – oder von mir, von diesem Abend.

Das Gefühl der Vorfreude war verflogen. Es wurde dunkler, die Lampen leuchteten heller und nicht mehr so unschuldig; die Karussells waren lauter. Wir standen vor einem dieser Dinger, das zu meiner Zeit *Krake* oder *Octopus* geheißen hätte. Ich schaute Hazel an. Sie starrte gedankenverloren in die Dämmerung zwischen zwei Buden. «Na, hast du nicht Lust?»

Sie ließ ein kurzes, sprödes Lachen hören und schüttelte den Kopf. «Nein, danke», sagte sie.

«Na schön. Und wie wäre es mit Autoscooter?»

Einen Moment lang tauchte sie aus ihren Träumereien auf. «Warum gehen Sie nicht rüber und gewinnen einen der großen Bären für mich?», sagte sie und deutete auf eine Schießbude mit riesigen, silbernen Teddybären.

Ich lächelte und tat, als wäre nichts gewesen. Einen dieser Bären zu gewinnen war völlig aussichtslos, sie dienten bloß zur Dekoration, aber wenn ich dem Kerl etwas Geld zusteckte, würde er vielleicht mitspielen. «Also gut», sagte ich. «Probieren wir unser Glück.»

«Gehen Sie ruhig allein», sagte sie. «Ich warte hier. Dann können Sie mich überraschen.»

Als ich zurückkam, hatte Hazel Gesellschaft. Selbst auf den ersten Blick ließ sich nicht übersehen, dass sie die Jungen schon länger kannte. Sie waren nur ein paar Jahre älter als Hazel, und sie waren zu dritt. Zwei gehörten zur eher unscheinbaren Sorte gewöhnlicher Rummeltypen: schlampig gekleidet mit billigen Trainingsanzügen und teuren Sneakers, Ohrringen, Halsketten: Weiße, die wie schwarze Gangster aussehen wollten. Allein hätte keiner von beiden auch nur einem Schisshasen Angst einjagen können; sie waren Herdentiere, Mitläufer. Der dritte Junge aber war anders, härter. Er gehörte zu denen, die von der Polizei «Rädelsführer» genannt werden, nicht unbedingt, weil sie die stärksten oder klügsten sind, sondern weil ihnen alles scheißegal ist. Er war *taff*, selbstsicher, mit einem einstudierten Verpisst-euch-Blick, den seine Freunde zweifellos bewunderten und nachahmten. So wie sie ihn jetzt nachahmten, es zumindest versuchten, doch sahen sie dabei nur blöd aus. Er war anders angezogen, eine aufgemotzte Ikone mit hautengen Röhrenjeans und halb offener schwarzer Lederjacke, sodass ein rot-schwarz kariertes Hemd darunter zum Vorschein kam. Das Gesicht hager, lang, die Augen blitzten gefährlich – und er trug eine dieser klassischen Lederjacken wie die Typen in den Filmen von Louis Malle. Bestimmt hatte er sich diese Art in den alten Spielfilmen abgeschaut, doch hatte er noch etwas anderes, weniger Gekünsteltes, ein unerschütterliches Selbstvertrauen, das sich auf der Überzeugung gründete, ihm könne niemand etwas, schließlich sei er es, den man im Auge behalten müsse. Er war der Gefährliche – und er gab den Ton an. Mehr noch, er scherte sich einen Scheißdreck um den Rest der Welt, und die anderen Jungs, die nur so taten als ob, wussten, wie egal ihm alles war. Deshalb waren sie ja mit ihm zusammen, denn sie hofften, seine Gleichgültigkeit sei ansteckend.

Während ich näher kam, blieb er neben Hazel stehen, gelassen, unerschütterlich, doch ließ er nicht den geringsten Zweifel daran aufkommen, dass sie zu ihm gehörte. Er beanspruchte Hazel, sie war sein. Unter anderen Umständen hätte ich es vielleicht rührend oder soziologisch interessant gefunden, wie er so völlig cool blieb, eine Pose, gewiss, aber nicht ohne Wirkung. Sie machte ihn zum perfekten Klischee: *Wie eine sprungbereite Katze.* Wie ein Revolverheld. Er war die Verkörperung der jungen Wilden aus allen Filmen, die er gesehen hatte, alle in seiner Person vereint. Elvis in *König der heißen Rhythmen*, James Dean beim chicken game in *...denn sie wissen nicht, was sie tun*, oder Zbigniew Cybulski in *Asche und Diamant*. Er war Hollywood pur mit seinem zurückgegelten Haar, der Zigarette, die ihm zwischen den Lippen hing. Dieser Junge wollte Schauspieler sein, ein Rockstar. Wirklich seltsam war nur, dass man es ihm abnahm. Ihm glaubte man, wie er aussah. Jeden anderen hätte man ausgelacht, er aber war kein Poser, er war echt.

Und doch. Zwar war er mit diesem existentialistischen Fünf-ziger-Jahre-Halbstarken-Gehabe ziemlich erfolgreich, aber da war noch etwas in seiner coolen Art und in seinen Augen, was erst aus nächster Nähe spürbar wurde. Von Weitem wirkte er beeindruckend, glaubwürdig, erst von Nahem sah ich – und es war ein richtiger Schock –, wie hässlich er war. Nicht so hässlich, als wäre er degeneriert oder missgestaltet, nichts derart Offensichtliches. Es war die Hässlichkeit des Vorsätzlichen, die Hässlichkeit der Erwartung. Irgendwann einmal war die-ser Junge niedergeschlagen worden, und er hatte beschlossen, von nun an selbst derjenige zu sein, der die Schläge austeilte. Ich schaute Hazel an.

«Ich glaube, wir sollten besser gehen», sagte ich. «Es ist schon spät …»

«Wo willste denn hin?», fragte einer seiner Lakaien, spuckte beim Reden auf den Boden und sah mich nicht mal an, als wäre ich der Mühe nicht wert.

Ich schaute zu Hazel. Ich wollte sie im Blick behalten, doch irritierte mich, dass der Rädelsführer so ruhig blieb und kein Wort sagte, mich nur leicht amüsiert anstarrte. «Hazel?», frag-te ich.

«Gehen Sie ruhig», sagte sie. «Ich bleib noch ein bisschen.» Sie warf mir einen Blick zu, der mich offenbar beruhigen sollte. «Bis später dann.»

«Es wäre besser, wir würden jetzt gleich gehen», sagte ich, dabei bestand nicht die geringste Aussicht, dass sie mit mir kam, das wusste ich. Hazel würde nur das tun, was sie tun wollte – und jetzt, da ich sie mit ihrem Freund zusammen sah, jemanden hatte, mit dem ich sie vergleichen konnte, merkte ich, wie ähnlich sie ihm war, dass sie sich genau wie er einen Dreck um den Rest der Welt scherte. Ihr war alles egal, und das war es schon immer gewesen. Sie wirkte ebenso gleichgültig, ebenso abwesend wie er. Und natürlich war es offensichtlich – mit einem Mal fand ich es nur noch lächerlich, dass ich nichts geahnt hatte –, so *überaus* offensichtlich, dass sie die ganze Zeit nur auf diesen einen Augenblick gewartet hatte. Alles war geplant gewesen. Fast hätte ich laut gelacht; dann wurde mir schlagartig übel.

Der Rädelsführer sagte keinen Ton. Das hatte er auch nicht nötig, jedenfalls nicht, solange er nicht dazu gezwungen wurde. Trotzdem wusste ich, wenn er den Mund aufmachte, musste ich handeln oder mich schnell verdrücken. Vielleicht war es am besten, ein wenig nachzugeben und darauf zu hoffen, dass Hazel zur Besinnung kam. Ich könnte ja am nächsten Morgen mit ihr fortfahren, redete ich mir ein, nur eben jetzt nicht. Schließlich war ich in einer ziemlich schwachen Position. *Vielleicht sollten Sie jetzt lieber mit uns aufs Revier kommen, Mr. Humbert. Wie es aussieht, sind Sie uns ein paar Erklärungen schuldig.* Ich nickte, die Augen immer noch auf Hazel gerichtet. «Aber bleib nicht mehr so lang, okay?» Einer der Jungs kicherte höhnisch, aber der Rädelsführer warf ihm einen warnenden Blick zu.

«Bis später», sagte Hazel.

«Also gut», erwiderte ich. «Bis später dann.»

Sie sah mich mit einem seltsamen Lächeln an – neugierig und verzeihend zugleich, so als hätte sie an etwas Schreckliches gedacht, das ich vor langer Zeit begangen und das sie mir in ebendiesem Augenblick verziehen hatte. «Kein Teddybär?», fragte sie.

Ich schüttelte den Kopf. Der Rädelsführer musterte mich jetzt aufmerksam, ein schmerzlicher, fast trauriger Blick in den Augen. «Kein Teddybär», sagte ich. «Diesmal nicht.»

Hazel zuckte die Achsel. «Nicht so schlimm», sagte sie, drehte sich um und ging über den Rummelplatz davon, verschwand in der Menge und den Lichtern.

Auf dem Rückweg zum Hotel fragte ich mich ständig, warum ich sie so einfach ziehen ließ. Ich wollte nicht nur unnötigem Ärger aus dem Weg gehen. Nein, ich glaube, ich begriff bereits, was für einen Fehler ich begangen hatte. Hazel hätte meine Tochter sein können, war es aber vermutlich nicht – und ich war mir nicht sicher, ob ich sie mir überhaupt als Tochter wünschte. Ehrlich gesagt mochte ich sie gar nicht. Ich fand, sie war eine verzogene Göre, und sie hatte mich offenbar von Anfang an zum Narren gehalten. Außerdem brauchte ich sie nicht. Sie war ein Vorwand gewesen, um Amanda zu verlassen, aber dafür brauchte es keinen Vorwand. Amanda war nie meine Frau, ich war nie ihr Mann gewesen. Wir hatten Mann und Frau gespielt, hatten nur vorgegeben, was wir sein sollten, mehr nicht.

Als ich zum Hotel zurückkam, war ich wie ausgelaugt. Ich konnte nicht mehr klar denken, wollte es auch gar nicht. Ich ging zur Bar und genehmigte mir einen doppelten Whisky, dann noch einen. Anschließend ging ich auf mein Zimmer. Ich vertrug keinen Alkohol und konnte mich, als ich über den pelzigen Flur an vollkommen gleich aussehenden Türen vorbeilief, nicht entscheiden, ob ich todmüde oder ob mir schlecht war. Beim Anblick des Betts entschied ich mich für Ersteres. Da ich nicht damit rechnete, Hazel bald wiederzusehen, leerte ich meinen Tascheninhalt auf die Kommode – Portemonnaie,

Schlüssel, Wechselgeld –, zog mich rasch aus, schlüpfte unter die Decke und schlief sofort ein.

Ich schwamm. Als Student war ich oft hierhergekommen, eine private Badestelle am Fluss, in die ich manchmal in Sommernächten einstieg. Sie gehörte jemand anderem, aber ich machte das Beste daraus, zog im Mondlicht mein Hemd aus und ließ mich ins tintenfarbene Wasser gleiten, fühlte, wie mir die Kälte in die Knochen kroch. Als ich vom Rand weg in die Strömung schwamm und das Uferkraut über meine Haut strich, überkam mich ein seltsames Gefühl, eine Art Stolz darauf, dass es, auch wenn man dieses Stück Land, diesen Flussabschnitt einzäunte, doch etwas gab, zu dem mir niemand den Zutritt verwehren konnte, etwas, von dessen Existenz die anderen vermutlich nicht einmal wussten. Wenn sie es erfahren wollten, würden sie es stehlen müssen. Während ich durchs Wasser glitt, hinüber zum anderen Ufer und zurück ins Mondlicht in der Flussmitte, kam ich mir vor wie verwandelt: Es war, als hätte ich mein eigentliches Ich abgestreift, um ein Geist zu werden, eine graziöse, urzeitliche Kreatur, geschmeidig und sensibel, die durch das Wasser mit etwas anderem kommunizierte, mit etwas, das fast, aber doch nicht ganz vorhanden war, wie eine Gestalt aus einer Geschichte, die jemand im Erzählen erfindet, sich ausdenkt, endlos weiterspinnt und wahrhaftig werden lässt.

Plötzlich wachte ich auf. Ich brauchte lang, um mich zu erinnern, wo ich mich befand und was geschehen war. Draußen war es noch dunkel, aber ich hätte schwören können, dass ich nur einen Augenblick zuvor einen Eiswagen vor meinem Fenster gehört hatte. Einen Eiswagen wie jenen, der früher jeden Sonntagnachmittag durch Coldhaven gerollt war; der ganz unerwartet auf dem Parkplatz des Hotels angehalten und eine Weile auf Kunden gewartet hatte, um dann im Dunkeln zu verschwinden. Seine Erkennungsmelodie klang mir noch immer in den Ohren, und einen Moment lang meinte ich, dadurch – durch dieses banale Geklimper – sei ich geweckt worden. Es war eine Melodie, die ich von irgendwoher kannte, ein Lied aus einem Film, glaubte ich, eines der schlichten Wind-im-Sommergras-Sorte, nicht recht passend zu einem Eiswagen, auch wenn die Töne mit ganz eigener Wirkung die Sehnsucht nach einer Zeit und einem Ort weckten, die es außerhalb Hollywoods nie gegeben hatte, und mit ihr zugleich das nostalgische Verlangen nach einem vergangenen Ich, das man im besten Fall für höchst unwahrscheinlich halten musste.

Laras Lied. Das war es. Musik einer Liebesgeschichte, Wind im Sommergras. Oder Schnee auf einem Schal bei der Heimkehr von einem Tanzabend? Letztlich war es unwichtig, ich hatte es mir sowieso nur eingebildet. Warum sollte auch jemand mitten in der Nacht kurz vor Winterbeginn auf dem Parkplatz eines zweitklassigen Hotels Eis verkaufen wollen? Ich hatte es geträumt, natürlich hatte ich das, und ich fragte mich verwundert, was ich wohl noch geträumt hatte, so wie man es sich beim Aufwachen manchmal fragt und das Gefühl nicht loswird, der Traum, wovon er auch immer gehandelt haben mochte, sei realer als die Möbel, die einen umgeben. Möglicherweise nicht realer, sondern nur *besser* – denn irgendwas stimmt nicht, und ohne sich dessen bewusst zu sein, registriert man zugleich die Anzeichen einer Katastrophe, hier einen Hinweis, dort eine Abwesenheit, und wieder etwas anderes ist nicht da, wo es sein sollte.

Erst in diesem Augenblick begriff ich endgültig, dass Hazel sich nicht im Zimmer aufhielt. Ihr Bett war leer und unberührt. Ich sah zur Badezimmertür: kein Licht. Ich sah zu den zugezogenen Vorhängen; es war früher Morgen, viel zu spät, um noch auf dem Rummel zu sein, viel zu zeitig, um schon zu frühstücken. Sie war nicht da, und dennoch hatte ich noch nicht ganz verstanden, hatte nicht völlig begriffen. Ich rechnete nicht damit, dass irgendwas nicht stimmte; ich dachte, ich hätte mich bloß geirrt. Sie war nicht fort, sie befand sich eben nur nicht in diesem bestimmten Hotelzimmer in diesem bestimmten Augenblick, und das vermutlich aus gutem Grund. Aber nein, ganz richtig ist das auch nicht, denn im selben Moment, in dem ich mir ihre Abwesenheit erklärte, wusste ich, dass sie gegangen war. Ich hatte es in der Sekunde gewusst, in der ich zur Melodie des Eiswagens aufwachte. Und dieses *trompe l'esprit* war nur der Versuch, mich noch einige Zeit von dieser Erkenntnis fernzuhalten. Dabei hatte ich damit gerechnet, ehe es geschehen war: Am Abend zuvor, als ich vom Rummel zurückkam, war ich mit dem Gedanken eingeschlafen, dass Hazel mich verlassen würde, falls ich sie nicht zuerst verließ, und wenn sie es nicht an diesem Abend tat, dann bald. Ich hatte es die ganze Zeit gewusst, hatte vom ersten Tag an damit gerechnet. Schon vor dem Zwischenfall auf dem Rummel hatte ich kommen sehen, dass unser gemeinsames Experiment dem Untergang geweiht war. Nicht dass die Gemeinsamkeiten je besonders groß gewesen wären. Wir hatten uns von Anfang an unterschiedliche Vorstellungen gemacht, auch wenn wir beide nicht zu wissen schienen, was wir eigentlich erwarteten.

Ich stand auf. Die Luft war überraschend kühl, nicht so stickig und überhitzt wie normalerweise in Hotelzimmern. Dann war mir, als spürte ich einen Lufthauch in der abgestandenen Luft. Ich ging zum Fenster und zog den Vorhang auf: Das Fenster stand offen. Der Parkplatz war von einem grellen, silbernen Licht erleuchtet, ein halber Morgen Asphalt, umringt von Efeu und einer kurz geschnittenen Zypressenhecke, ein Parkplatz wie so viele Hotelparkplätze – kein Eiswagen, keine Musik, keine Bewegung. Er wirkte auf derart gewöhnliche Weise trostlos, dass ich eine Weile brauchte, bis ich merkte, dass mein Wagen nicht mehr da war, wo ich ihn geparkt hatte, nur wenige Schritte von jenem Fenster entfernt, an dem ich jetzt stand, allein und auf lächerlichste Weise betrogen. Kein Auto und – ich drehte mich zur Kommode um – auch kein Portemonnaie, keine Autoschlüssel. Stattdessen ein Blatt Papier, ordentlich in der Mitte gefaltet. Eine Notiz in eckigen Großbuchstaben auf einem Bogen Hotelbriefpapier:

Tut mir leid, dass ich die Sachen mitgenommen hab, aber wir brauchen sie. Sie kommen schon klar. Den Wagen haben wir uns auch ausgeliehen, wir gehen vorsichtig damit um. Sie kriegen ihn zurück. Und keine Angst, Sie sind nicht mein Dad, falls Sie das angenommen haben. Ich habe es Sie glauben lassen, weil ich von zu Hause wegwollte. Ich war verzweifelt.

Es klingt vielleicht komisch, aber vielen Dank für Ihre Hilfe. Ich freue mich, dass ich jetzt endlich tun kann, was ich schon lange tun wollte, und ich hoffe, Sie sind auch glücklich.

Herzlichst, Hazel

Ich hielt den Zettel in der Hand – er war ein Beweis, sogar ein Bekenntnis. Erst wollte ich ihn aufbewahren, dann zerknüllte ich ihn aber doch und warf ihn in den Papierkorb. Leicht panisch sah ich mich nach meinen Kleidern um. Einen Moment lang fürchtete ich, Hazel – oder ihr Freund – hätte sie mitgenommen, aber sie waren noch da, ein Häuflein auf dem Sessel neben der Badezimmertür. Hazel hatte mir meine

Kleider gelassen, hatte nur genommen, was sie und ihre Clique gebrauchen konnte. Noch immer war ich erstaunt – erstaunt darüber, dass ich von Hazel ausgeraubt worden war, auch wenn ich nicht wusste, ob sie aus eigenem Antrieb gehandelt oder ihr Freund vom Rummel sie dazu angestiftet hatte – doch trotz des Schocks machte ich mir keine Sorgen. Ich war nicht einmal überrascht. Ich war allein, nackt, mittellos, ohne Auto. Man hatte mich auf gewöhnlichste Weise ausgenommen, ich hätte es mir denken können, doch machte mir das nicht so viel aus wie das Echo des Geister-Eiswagens, das immer noch durch meinen Kopf schwirrte. Ich versuchte, mich zu konzentrieren, versuchte, daran zu denken, was ich zu tun hatte, doch es war sinnlos. Ich hätte gleich die Rezeption anrufen und den Diebstahl von Portemonnaie und Auto melden, hätte bei der Bank anrufen und die Kreditkarte sperren lassen sollen. Zumindest aber hätte ich mir ausmalen können, welch üble Rache ich an Hazel und ihrem Freund nehmen würde, sobald ich sie erwischte, aber eigentlich wollte ich bloß zurück ins Bett und meinen Traum weiterträumen – und das war es dann, was ich nach einer Weile auch tat.

Zumindest habe ich es versucht. Ich legte mich hin, ich schloss die Augen, ich machte es mir bequem, aber ich konnte nicht einschlafen. Ich war zu erschöpft, zu ausgelaugt. Eine Zeit lang lag ich auf dem Bett und starrte die Decke an. Plötzlich erschien mir das Zimmer zu klein, zu eng, als hätte jemand in der Nacht die Möbel zusammengeschoben, als wären die Wände näher gerückt, um sich der neuen Ordnung anzupassen. Ich setzte mich auf die Bettkante und dachte daran zu duschen, doch obwohl ich mich staubig und dreckig fühlte, Haut und Gesicht seltsam verschmutzt, die Augen wie verschleiert waren, rührte ich mich nicht und begriff erst nach einer Weile, dass ich auf die Rückkehr des Eiswagens wartete, den ich beim Aufwachen gehört hatte, auf seine Melodie, die mir so real erschienen war, aber vermutlich aus einem Traum stammte. Was für ein Lied war es gewesen? Eben erst war es mir eingefallen, aber jetzt hatte ich es wieder vergessen. Es hatte seltsam geklungen, ein Lied, das so gar nicht zum Spieldosengeklimper passte. Ich erinnerte mich an die Töne, nur fiel mir der Name des Liedes nicht mehr ein, auch nicht, aus welchem Film es kam – *alles* ist aus einem Film –, dann aber dachte ich, dass es um Pferde ging. Um Pferde, Zeit und Freundschaft. Aber vielleicht irrte ich mich auch darin.

Als es halb acht war, ging ich nach unten, um zu frühstücken. Wahrscheinlich rechnete ich damit, Hazel allein an einem Tisch am Fenster zu sehen, über ein Glas Orangensaft und eine Schüssel Rice Crispies gebeugt. Doch der Speiseraum war leer bis auf ein mageres, müde aussehendes Mädchen in roter Weste, das über meinen Anblick nicht gerade erfreut zu sein schien. Trotzdem kam sie mir entgegen. «Tisch für eine Person?», fragte sie, als zitierte sie aus dem Kellnerhandbuch Seite vier, Absatz drei. Ich warf einen Blick auf das Namensschild an ihrer Weste: Sie hieß Zoë und war Auszubildende.

«Für zwei», erwiderte ich, bereute aber meine Antwort im selben Moment. Mir fiel auf, dass sie mich neugierig ansah, so wie man einen Menschen ansieht, den man von irgendwoher zu kennen meint, und mir kam der Gedanke, sie könnte etwas über letzte Nacht wissen.

«Tisch für zwei Personen», wiederholte sie und seufzte leise. «Hier entlang, bitte.»

Ich habe mich immer schon gewundert, aber nie genug dafür interessiert, um tatsächlich einmal nachzufragen, warum alle Kellnerinnen, die etwas auf sich halten, ob nun in einem

Teehaus oder einem Cordon-bleu-Restaurant, den Gast, sobald sie sich entschieden haben, welcher Tisch einem zusteht oder welchen man möchte, an fünf oder sechs durchaus passablen Tischen vorbeigehen – Fensterplätze, Tische mit genügend Licht und Platz, große, sonnenbeschienene Tische –, um den schmuddeligsten, schmierigsten, ungemütlichsten Tisch im ganzen Haus anzusteuern. Vermutlich genießen sie den Moment, wenn der erbärmliche Gast sich auf den düsteren, engen Platz zwischen Säule und Wand zwängt, direkt neben der Küchentür oder, schlimmer noch, der Toilette; und obwohl sie doch genau wissen, was sie tun, blicken sie schrecklich verletzt drein, wenn man sich ihnen widersetzt, so als wollte man all ihre Fähigkeiten und ihr gesamtes Urteilsvermögen hinsichtlich dieser doch eher simplen, meist glanzlosen und vergnügungsarmen Tätigkeit in Frage stellen. Erwartungsgemäß machte sich auch Zoë auf den Weg zum anderen Ende des Neonlichtlandes und der Schwingtürenweiten. Ich sah ihr nach, nahm dann aber gleich neben der Tür an einem Fenstertisch Platz. Von hier aus konnte ich Hazel sehen, falls sie kam. Ich hegte zwar keine allzu großen Hoffnungen, wollte aber dennoch sichergehen.

Es dauerte einen Augenblick, ehe Zoë auffiel, dass ich ihr nicht folgte. Dem schloss sich ein leicht theatralischer Moment an, in dem sie sich umdrehte, meine Abwesenheit zur Kenntnis nahm und mit einem diesmal unüberhörbaren Seufzer gemessenen Schrittes an den Tisch trat, den ich mir ausgesucht hatte. «Kaffee? Tee?», fragte sie mit müder Stimme und einem Was-kümmert-es-mich-mich-kann-gar-nichts-erschüttern-Ton.

«Kaffee, bitte», sagte ich und fühlte mich allein von dem Gedanken daran ein wenig aufgemuntert. Noch aufmunternder aber fand ich, dass ich dieses Frühstück gar nicht bezahlen konnte.

«Das große englische Frühstück, Brot und Marmelade oder …», sie überlegte einen Augenblick, «Räucherhering?»

«Ich nehme das große Frühstück.»

«Toast?»

«Ja, bitte.»

«Braun oder weiß?»

«Von beidem etwas.»

Sie musterte mich mit einem Blick, der an Mitleid grenzte, doch auch genügend Ärger verriet, um ihre üble Laune noch zu steigern, so als hätte sie eine Niederlage eingestanden oder in einem absurden Spiel einen schlechten Zug gemacht. «Und Ihre Zimmernummer, bitte?», fragte sie mit einem Hauch von Endgültigkeit in der Stimme, der signalisierte, dass sie ihre Pflicht getan hatte und jetzt gehen würde, um sich mit wichtigeren Angelegenheiten zu beschäftigen. Zu meiner Überraschung musste sie grinsen, als ich ihr die Nummer nannte. Es war nur die leise Andeutung eines Grinsens, doch nicht zu übersehen, und ich zweifelte keinen Augenblick daran, dass dieses Grinsen einen ganz bestimmten Grund hatte. Sie war sich dermaßen sicher, dass sie es gleichsam *aufführte* und beinahe instinktiv richtig hinbekam, so gut, dass sie es notfalls als unschuldiges Lächeln abtun konnte, doch auch deutlich genug, um mich wissen zu lassen, sie wisse etwas, von dem mir lieber wäre, dass sie es nicht wüsste. Sie besaß den Anstand, nicht länger zu bleiben und ihren Sieg nicht auszukosten; stattdessen bedachte sie mich mit einem knappen, abschätzigen Kopfnicken und eilte zur Küche, um meine Bestellung aufzugeben.

Kaum war ich wieder allein, schaute ich aus dem Fenster.

Der Garten, nur Mulch und Efeu, breitete sich aus wie weiches, feuchtes Grau, in den Ecken ein wenig puderig, gleichsam frisch gesiebt. Der Himmel war eine Decke perlfarbener Wolken, an den Rändern ein wenig dunkel, doch ließ sich jenseits des gegenüberliegenden Gartenendes ein schmaler Streif erkennen, ein Hauch Blau, kaum mehr als ein Versprechen, doch immerhin sichtbar. Zum ersten Mal fragte ich mich, was ich tun wollte – und als die Kellnerin das Frühstück brachte, kam mir eine erste Idee. Es war eine gute Idee, und ich freute mich darüber, vor allem war es eine Idee, die sich halten würde.

Bis zu diesem Augenblick hatte ich eigentlich keinen Hunger verspürt. Ich war nach unten gegangen, um mich zu beschäftigen und meinem engen Zimmer zu entfliehen. Außerdem hatte ich eine Ablenkung gebraucht, um besser nachdenken zu können. Vermutlich wäre ich mit einer Tasse Kaffee zufrieden gewesen, dazu vielleicht noch eine Scheibe Toast – doch kaum kam das Essen, merkte ich, wie ausgehungert ich war. Am Abend zuvor hatte ich fast nichts gegessen, und ich war seit Stunden wach, hatte endlos über das Geschehene nachgedacht und gehofft, mir würde eine außerhalb der Grenzen des Verstandes liegende Erklärung einfallen für das, was ich getan hatte, würde gleichsam aus sich selbst heraus aus meinem Hirn, meinem Blut oder aus bloßer Luft auftauchen. Doch bis zu diesem Moment, als aus der Küche die selbstgefällige Kellnerin mit einem großen Tablett, beladen mit Eiern, Würstchen, Bohnen, Blutwurst und Pilzen, trat, ein Tablett mit einfach *allem* – bis zu diesem Moment war mir nicht die geringste Idee gekommen. Ich konnte mir nur immer wieder sagen, welch schrecklicher Fehler mir unterlaufen war, was für eine lächerliche Fehleinschätzung, die mir doch von Anfang an klar gewesen war und an die ich mich dennoch aus purer Verstocktheit geklammert hatte, die ich zudem von Stunde zu Stunde, Tag zu Tag beinahe absichtlich und wider besseres Wissen noch bekräftigt hatte. Doch jetzt, als Zoë den Teller vor mir abstellte, fühlte ich eine unerwartete Welle – nicht der Erkenntnis, das war es nicht, was ich brauchte –, nein, der Zustimmung, ein dunkles, süßes Einverständnis mit der Welt, die mich an diesen Ort geführt hatte.

«Ein großes Frühstück», sagte Zoë, richtete sich zu ihrer vollen Größe von ein Meter fünfundsechzig auf und musterte mich zufrieden mit finsterem Blick. «Das sollte Sie bei Kräften halten …»

Natürlich war das eine Anspielung, aber sie kam zu spät. Mir war völlig egal, worüber man in der Küche oder in dem kleinen Büro hinter der Rezeption redete. Sie lagen falsch mit ihren Vermutungen, und zwar in einem solchen Maße, dass sie schon wieder recht haben könnten – was *hatte* ich schließlich gewollt? Ich wusste es nicht. Alles Mögliche. Nichts. Egal. Was es auch gewesen sein mochte, es war nichts, was Zoë sich auch nur vorstellen konnte. Ich schaute auf das Frühstück, fettig, glänzend, einige Stellen feucht von Tomatensaft – obwohl keine Tomaten auf dem Teller lagen –, und griff nach dem Besteck. «Gut», sagte ich, «ich habe einen *Bärenhunger.*»

Kaum war ich wieder im Zimmer, legte ich mich aufs Bett und stellte den Fernseher an. Flimmernd erwachte er zum Leben und zeigte einen untersetzten, bekümmert dreinblickenden Mann namens Tony, der seiner Frau gerade gestand, dass er seit sieben Jahren zu einer Prostituierten ging. Seine Frau war vermutlich unter falschem Vorwand ins Studio gelockt worden, doch gab sie sich größte Mühe, ihre Abscheu zu verbergen, ihre Demütigung, ihren Widerwillen – oder was immer sie auch empfand. Das gelang ihr so gut, dass sie beinahe gelangweilt aussah, und der Moderator, der fürchtete, sein cleverer Schachzug könnte wirkungslos verpuffen, hakte nach.

«Wie fühlen Sie sich dabei, Irene?», fragte er mit übertriebener Sorge.

Irene schaute ihn ausdruckslos an und wandte sich dann ab, um Tony genauer in Augenschein zu nehmen. Irgendetwas dämmerte ihr, sie ahnte, dass sie tatsächlich nicht so bestürzt sein würde, wie alle es von ihr erwarteten. Sie würde das hier überstehen.

«Nun, was *empfinden* Sie, Irene? Können Sie Tony sagen, wie es Ihnen jetzt geht?» Der Moderator übte Druck aus, aber Irene hatte abgeschaltet. Wie eine Seifenwerbung blinkte am unteren Bildschirmrand der Satz:

Hat gerade erfahren, dass ihr Mann sie mit Prostituierten betrügt.

Ich schaute noch einen Augenblick zu, dann schaltete ich den Ton aus. So wie Tony aussah, überraschte es mich nicht, dass er mit Prostituierten schlief; dass er jedoch beschlossen hatte, Irene davon vor laufender Kamera zu erzählen, war einfach widerlich. Genau das schien es auch zu sein, was sie nicht ertragen konnte, und allein deshalb, weil er sie diesem Spektakel aussetzte, würde sie sich einen Anwalt nehmen und ihn richtig zur Kasse bitten. Eine Weile sah ich noch zu, wie sich seine trockenen, ein wenig wulstigen Lippen bewegten, während er offenbar nach Erklärungen suchte – dann richtete sich die Kamera auf Irene, und ich stellte den Apparat ab. Mit einem seltsam altmodischen Knistern wurde der Bildschirm dunkel, und ich legte mich wieder aufs Bett. Etwas fehlte. Da war noch mehr, ein Stück des Puzzles fehlte noch. Dann fiel mir die Minibar ein.

Ich habe nie begriffen, warum man seine Sünden gesteht. Mir scheint, die treibende Kraft geht allein vom Wunsch nach Bekenntnis aus, und hin und wieder kommt mir der Gedanke, dass die meisten Menschen nur sündigen, damit sie etwas zu erzählen haben. Allerdings weiß ich nicht, was genau eigentlich eine Sünde ist. Ein Fehler, ein Irrtum, *une bêtise*, eine Wahnsinnstat, eine Fehleinschätzung, ja, sicher. Ein Missgeschick, *natürlich*. Aber Sünde, nein. Mein Leichtsinn, mein Fehler, meine Wahnsinnstat gehören weiterhin allein mir, und ob ich nun Verantwortung dafür übernehme oder nicht, geht letztlich doch niemanden sonst etwas an. Eine Sünde aber ist öffentlich, sie muss bekannt und vergeben werden. «Mein Fehler», sage ich und behalte einen Teil meiner selbst, meines guten Glaubens, doch meine Sünde gehört der Welt, und ich kann sie nur zurückerhalten, indem ich von jemandem Vergebung erlange. Dies ging mir durch den Kopf, als ich mich wieder der Idee zuwandte, die mir im Speisesaal eingefallen war – und kam rasch und folgerichtig zu dem Entschluss, dass ich, statt Hilfe zu suchen, die hundertfünfzig Kilometer, die mich meiner Rechnung nach von zu Hause trennten, *zu Fuß* zurücklegen wollte. Es war eine Entscheidung, die ich emotionslos und ohne jedes Getue traf, während ich auf dem Teppichboden saß und die Minibar leerte – viele kleine, juwelenbunte Flaschen, Dosen und knisternde Zellophantüten, die ich vor mir ausgebreitet hatte. Erst schien mir der Einfall absurd, doch nach der zweiten kleinen grünen Flasche begann ich, die Logik zu erkennen. Ich war nicht auf Buße aus, auf keine theatralische Form der Selbsterniedrigung wie Raskolnikow, der öffentlich seine Menschlichkeit beteuerte. Es war eine ganz und gar persönliche Angelegenheit, ein Geheimnis, das ich für mich behalten wollte, das mögliche Finale einer Reihe von Ereignissen, die mich in dieses Hotelzimmer geführt hatten, ein bestimmtes Ende von vielen möglichen, gewiss, doch das eine, das mir im Augenblick so authentisch wie kein anderes erschien. Während ich mit dem Inhalt einer kleinen gelben Dose einen winzigen Riegel Toblerone hinunterspülte, nahm die Idee Gestalt an. Und während ich in einem angekaut aussehenden Plastikbecher den Inhalt einer kleinen weißen Flasche mit Cola mischte, erschien mir die Durchführung unvermeidlich. Nachdem ich dann die letzte der goldenen Flaschen getrunken und eine Handvoll altbackener Pistazien verschlungen hatte, stürzte ich ins Bad, um mich zu erbrechen. Mich überraschte, wie schnell es passierte, und ich kniete da und sah fasziniert zu, wie halb verdaute Käsestangen, Schokolade und unverdaute Frühstücksreste verschwanden. Dann schlief ich auf den Badezimmerfliesen ein und blieb liegen, bis mich das Zimmermädchen gegen Mittag weckte.

In den nächsten zwölf Stunden ging es mir entsetzlich schlecht. Noch nie hatte ich mich so elend gefühlt. Ich übergab mich, würgte, rang nach Luft, und mir war, als würde etwas in meinem Schlund zerreißen, ein zartes Gewebe, für das ich nicht einmal einen Namen hatte. Als würde sich etwas Dunkles, Schweres aus meiner Brust freikämpfen, das sich einen Weg durch meine Kehle bahnte. Während der kurzen, qualvollen, atemlosen Pausen zwischen den Krämpfen horchte ich und fragte mich, wie laut ich gewesen war, kniete auf dem Badezimmerboden, den Widerhall der Fliesen-und-Keramik-Akustik noch in den Ohren. Ich hatte Angst, jemand könnte mich hören und käme, um nachzusehen. Nicht um zu helfen, sondern um mich irgendeines obskuren Vergehens anzuklagen.

Dann, gegen Mitternacht, stieg eine eisige Kälte in mir auf. Muskeln und Knochen schienen wie von Höllenqualen befallen; ich glaubte, den Schmerz selbst zu spüren, wie er sich durch mein Blut bewegte: ein seltenes, sich selbst reproduzierendes Gift, das sich von Zelle zu Zelle, von Blutkörperchen zu Blutkörperchen vorarbeitete. Längst war ich völlig durchgefroren und gleichzeitig schweißbedeckt. Auf Händen und Knien kroch ich zurück ins Bett. Unbeschreiblich die Erleichterung, mich hinlegen zu können. Wieder schlief ich etwa eine Stunde, doch es war noch dunkel, als ich aufwachte. Im Hotel war es still. Ich stand auf, ging ins Bad und starrte mich im großen Spiegel an. Ich sah überraschend normal aus. Das Haar war schweißverklebt, die Haut schneeweiß, doch nachdem ich mir das Gesicht mit warmem Wasser gewaschen hatte, sah ich wieder annehmbar aus. Außer den Kleidern, die ich am Leib trug, und dem Mantel, den ich am Tag zuvor aus irgendeinem Grund aus dem Wagen geholt hatte, besaß ich nichts weiter. Also legte ich die Schlüsselkarte auf den Beckenrand und öffnete die Tür.

Traffic from Paradise

Ich beschloss, Tag und Nacht zu gehen, anfangs, um in Bewegung und warm zu bleiben, später, weil mir die Dunkelheit gefiel, vor allem auf den Landstraßen, wo es keine Laternen gab. Der Mond schien, die Sicht war meist gut; wenn es zu dunkel wurde, um noch sehen zu können, hielt ich an und suchte langsam meinen Weg, ein Schritt nach dem anderen, ertastete die nächtliche Schwärze, geführt von einem sich allmählich entwickelnden inneren Gespür für die Dunkelheit, ein Gespür, das im Entstehen seine eigenen Regeln schuf, von der Kälte geleitet wurde, vielleicht auch von etwas, das der Schwerkraft glich, Masse und Dichte mancher den Weg verstellender Gegenstände schienen für mich wie zum Lesen in die Luft geschrieben. Ich beging Fehler, aber was machte es schon, wenn ich manchmal in die Böschung stürzte? Was machte es, wenn ich vornüberfiel und mit der Nase auf der Straße lag, den Geschmack gefrorenen Asphalts auf den Lippen? Der ein oder andere blaue Fleck auf Schienbein oder Unterarm kümmerte mich nicht; die Verletzungen, die ich mir zuzog, bereiteten mir eigentlich keinen Schmerz. Wenn ich fiel, hätte ich am liebsten laut gelacht. Warum auch nicht? Es war der Beginn meiner Nachtsicht, entschied ich. Wen kümmerte da, ob ich gelegentlich hinfiel, war es doch, als fiele ein Kind vom Fahrrad oder ginge im Schwimmbad unter, die Nase voll Chlor? Ich lernte, mich im Dunkeln zu bewegen wie eine Katze, wie ein Fuchs. Zumindest bildete ich mir das ein.

Meist kam mir die Nacht weit und friedlich vor. Weit, still, sicher; eine Art Verschleierung. Die Behauptung, die Nacht sei sicher, scheint dem Instinkt zu widersprechen, doch denke ich dabei eigentlich nicht an Sicherheit vor leiblichem Schaden, vor Unfällen oder an die uralte Angst vor wilden Tieren; mit «sicher» meine ich die Sicherheit vor dem Lärm, dem Durcheinander und der schieren Sichtbarkeit während des Tages, unter Menschen. Mit «sicher» meine ich sicher vor der Art und Weise, wie die Dinge in der Gegenwart anderer Menschen sind. Sicher vor dem Gefühl, dass andere Menschen wissen, wer ich bin und wo ich wohne. Sicher vor der Angst, man könnte mich finden. Sicher vor der Angst, man könnte mir auf die Spur kommen. Vielleicht auch nicht sicher *vor*, sondern sicher *in*. Sicher *als*. Ich fühlte mich sicher *im* Dunkeln, sicher *als* ich selbst. Ich fühlte mich ganz ungebrochen. Beim Gehen begann ich, eine Idee in die Tat umzusetzen: Ich wollte aufhören, unablässig zu denken; ich wollte die Stimmen in meinem Kopf ausblenden, die endlosen Banalitäten, den inneren Dialog des Unsinns, der endlos geführt zu werden scheint. Der unnötige Wahn des inneren Plapperns, das nicht zum wahren Selbst gehört, sondern einverleibt, antrainiert wurde. Ergibt das einen Sinn? Falls nicht, weiß ich auch nicht, wie ich es ausdrücken soll. Ich weiß nicht, wie ich diese Idee umsetzen kann, gehört sie doch zur dunklen Straße, zu den Geräuschen, die ich beim Gehen machte, den Lauten meines Atmens, meiner Füße, das gelegentliche Stolpern, Schlurfen, die Stille, wenn ich stehen blieb, über die Felder hinweg der gelegentliche Ruf eines Vogels oder sonst eines Tiers.

In diesem Winter würde der erste Schnee früh fallen: Die Frage war nur, wann. Von Zeit zu Zeit lief der Himmel dunkelblau an, die Wolken hatten an den Rändern einen harten, eisernen Glanz und lösten sich erst allmählich in einen raschen, tintenfarbenen Regen auf, der Hecken und Böschungen schwarz und vor Nässe triefend zurückließ. Wäre ich meinem Zuhause näher gewesen, wäre ich vielleicht trotzdem weitergelaufen, und ich war jedes Mal betrübt, wenn der Regen mich am Weiterkommen hinderte. Aus irgendeinem Grund schien es mir wichtig, immer weiterzugehen, als sehnte ich mich nur nach Bewegung und nicht nach Rückkehr. Doch jetzt, noch zu Beginn, blieb mir keine andere Wahl, als jeden Schutz aufzusuchen, den ich finden konnte, sobald der Regen einsetzte. Das einzige Problem war nur, dass mein Verstand sich gleich wieder zu überschlagen drohte, sobald ich anhielt, dass er die gewohnten Gedanken und Vermutungen abspulte, die mentale Tapete eines entschieden beigefarbenen Geistes zeigte. Ich dachte immerzu an Buße und daran, was es bedeutete, diesen Weg zu gehen, denn so wenig mir diese Gedanken noch vertraut waren, schien mir Buße (oder was immer ich auch sonst bezweckte), doch etwas Gewöhnliches zu sein, eine bewusste Abkehr vom Zauber und Glanz der Sünde. Anders gesagt, ich wollte mich selbst nicht gehen sehen, wollte nicht zu viel Aufwand darum machen. Mir war es zum Beispiel wichtig, dass ich, sollte man mich auf der Straße beobachten, wie ein Mann aussah, dessen Wagen liegen geblieben war und der zwei, drei Kilometer zur nächsten Werkstatt ging. Besser war es natürlich noch, überhaupt nicht gesehen zu werden. Solange ich ging, musste ich unsichtbar sein, sogar vor mir selbst. Ich hatte im Banalen unterzutauchen.

Läuft man allerdings lang genug durch Kälte, heftigen Regen und gegen den Wind, wird einem bewusst, dass irgendwo in der Ferne ein zweiter Wanderer ist: ein Echo, eine genaue Kopie des eigenen Selbst, aber ein eigenständiges Wesen, ein fremder Körper. Ich folgte den Straßen nach Hause, mied die Dörfer, gefangen in der eigenartigen Disziplin des nahezu Verlorenseins, und irgendwo war auch dieses andere Wesen zwischen Dünen oder im Marschland. Gemeinsam mit den unsichtbar neben ihm herziehenden Vögeln und Tieren, schlägt er sich durchs Leben, lebt von Fallobst, von dem, was er verliert, was er findet, von Äpfeln und Wasser, Pilzen und Wohltätigkeiten. Er ist es, dem die Gefahr droht, auf immer verloren zu gehen, der jederzeit zur Salzsäule erstarren könnte. Vor allem aber ist er derjenige, der den Namen des Teufels im Gedächtnis trägt, die Knochen des Teufels in seinen Knochen, das Blut des Teufels in seinen Adern – und für die Dauer dieser Wanderung war er mein wahrhafter Gefährte: *mon semblable, mon frère*. Ich redete im Fieberwahn; natürlich.

Meist versuchte ich die Landstraßen zu nehmen, doch manchmal war es einfacher, rasch eine Stadt zu durchqueren. Städte bedeuteten Ablenkung, Licht und Wärme, die jede Bäckerei, jedes Café an einem Busbahnhof bot; Städte waren voller Menschen, aber ich wollte den Menschen aus dem Weg gehen. Ich sehnte mich nach der sauberen, strengen Kargheit der Landstraße: Vögel, Hecken, Felder und Stille. Als ich nach Stonefield kam, fiel mir auf, dass schon für Weihnachten geschmückt wurde, und ich blieb eine Weile, nur um die Lichter anzuschauen. Ich kam bei feinem Nieselregen am frühen Abend an, alles war schon erleuchtet, auf den nassen Straßen glitzerten rote, blaue und grüne Lichtkleckse. Vermutlich war es ungefährlich, wenn ich mir beim Durchqueren der kleinen Stadt Zeit ließ – es waren nur wenige Menschen unterwegs, und die Lichter munterten mich auf, die Bürgersteige mit den vielen winzigen Farbtupfern, die sich in Pfützen und Regenrinnen spiegelten. Ich hielt den Kopf gesenkt, bemüht, unsichtbar zu bleiben, nur der Schatten eines Passanten, als ich plötzlich an einer Ampel in kaum zehn Schritten Entfernung Hazel in ihrem blauen Jäckchen mit kurzem rotem Rock sah, passend eher für einen Sommertag als für einen kalten Dezemberabend. Es waren eindeutig ihre Sachen. Sie hatte nur ihre schwarzen Stiefel gegen ein Paar klobige Turnschuhe mit dicken Sohlen eingetauscht. Gesicht und Haar waren nass, doch sie schien glücklich. Unbesorgt.

Als ich zu ihr hinüberschaute, unfähig, mich zu regen, unfähig, ihr zuzurufen, näherte sich ein Auto, wurde langsamer, hielt kurz an, und die Beifahrertür öffnete sich. Im selben Moment blickte das Mädchen zurück, nicht zu mir, zu nichts Bestimmtem, es war eben nur ein Mädchen, das sich an einem feuchten Winterabend umschaute, während jemand hielt und ihr eine Mitfahrgelegenheit anbot – und kaum stieg sie in den Wagen, packte mich eine Welle der Trauer; ein Gefühl wie ein heftiger Schmerz durchfuhr mich, und zum ersten Mal begriff ich, wie verloren ich war. Nur weil dieses Mädchen – dieses schöne, unglaubliche Mädchen, das gar nicht Hazel war, sondern irgendein Mädchen wie sie und doch ganz anders – sich umgedreht und mich durch fisseligen kalten Nieselregen angeschaut hatte.

In diesem Moment muss ich wohl auf die Straße gelaufen sein, als wollte ich ihr folgen. Ohne es zu ahnen, lief ich in einen entgegenkommenden Laster. Er fuhr nicht sehr schnell und streifte mich nur flüchtig, doch heftig genug, um mir die Beine wegzureißen, sodass ich wie ein Zirkusclown mit täppischem Platschen auf dem Asphalt landete. Während ich mich wieder aufrappelte, stieg der Fahrer, ein großer, aufgedunsener Mann mit buschigen, dunklen Augenbrauen aus, um nachzusehen, ob ich verletzt war. Eine kleine Menschenmenge sammelte sich um uns, andere Fahrer wurden langsamer, um uns im Vorbeifahren zuzusehen. Ich war etwas verwirrt, benommen, aber unverletzt, stand leicht schwankend auf dem Bürgersteig und versuchte, all diesen Leibern zu entkommen.

«He, Kumpel, alles in Ordnung?», rief der Lastwagenfahrer und legte eine Hand auf meinen Ellbogen.

Ich riss mich los. «Mir geht es gut», sagte ich. «Ich bin nicht verletzt.»

Aus der Menge schlurfte jemand auf mich zu. «Sie sollten vorsichtiger sein», ermahnte mich die Stimme einer Frau; sie klang brüsk und nörgelig und hatte etwas von einem Waschweib.

«Mir geht es gut», sagte ich und wollte durch eine Lücke in der Menge verschwinden.

Das schien den Lastwagenfahrer zu verärgern. «Na schön», sagte er. «Man versucht ja nur zu helfen. Sie haben uns allen einen mächtigen Schrecken eingejagt, so wie Sie einfach auf die Straße gelaufen sind.»

«Er sollte vorsichtiger sein», rief das Waschweib. «Sollte lieber sehen, wohin er tritt, statt irgendwelche Mädchen anzuglupschen.»

Entsetzt schaute ich mich um. Das Mädchen? Wo war das Mädchen? Hatte sie alles gesehen? Ich schaute dahin, wo ich sie zuletzt gesehen hatte, aber sie war mit dem Auto verschwunden. «Tut mir leid», sagte ich zu dem Lastwagenfahrer. «Ich bin bloß müde.»

«Keine Sorge, Mann», erwiderte er ruhig. Er wollte keinen Ärger. «Hauptsache, Ihnen geht es gut.» Dann tätschelte er meinen Ellbogen und drehte sich um.

«Er sollte lieber aufpassen, wohin er geht», kreischte das Waschweib verdrossen, als sie sich auf und davon machte. Sie hatte auf mehr gehofft, aber Weihnachten stand vor der Tür; man hatte Besseres zu tun.

Nach diesem kleinen Missgeschick mied ich alle Städte, auch wenn sich mein Weg dadurch verlängerte. Bisher war ich den Hauptstraßen gefolgt, hatte mich nachts sogar einmal an eine Autobahn gehalten, immer der Straße nach, aber auf dem Seitenstreifen, im Niemandsland zwischen silbernem Straßenlicht und dunklem Hinterland mit Wiesen und Weidenbäumen. Ich suchte nach Wegen durch Äcker und Wälder, und wenn ich keine fand, stiefelte ich durch Sumpf und über Felder, stapfte in der Abenddämmerung oder im frühen Morgengrauen durch Morast und Kuhfladen. Tagsüber suchte ich mir, wenn möglich, einen Unterschlupf: Ich wollte jetzt allein sein, und meist trennte mich auch kaum mehr ein Schritt von der Unsichtbarkeit. Gelegentlich sah ich in der Ferne Menschen: Wanderer oder einen Bauern, unterwegs mit Hunden und Gewehr, einmal sogar eine Horde Kinder, die davonliefen, sobald sie mich kommen sahen. Wahrscheinlich fanden sie mich seltsam, vielleicht sogar furchteinflößend: der böse Mann, vor dem ihre Eltern sie gewarnt hatten. Doch mir machte das nichts aus. Ich dachte, je verbotener ich aussah, desto größer die Chance, von ihnen in Ruhe gelassen zu werden.

Nach einigen Tagen spürte ich den Hunger nicht mehr. Nachdem das anfängliche Verlangen überwunden war, fand ich ihn nicht so schlimm, wie ich befürchtet hatte; schlimmer war die Ungewissheit, ob ich einen Unterschlupf finden würde, die Tatsache, dass ständig Gefahr drohte, entdeckt zu werden, wohin ich auch ging und welche Zuflucht ich auch fand. Da ich meistens nachts ging, suchte ich mir, um warm zu bleiben, am frühen Vormittag einen geschützten Ort und legte mich eine Weile hin, meist nur etwa eine Stunde am Stück. So bekam ich meinen Schlaf, wenn auch nicht viel. Das Wichtigste war, sich auszuruhen, damit ich weitergehen konnte; der Schlaf war ein Bonus. Doch wenn ich schlief, dann schlief ich tief und traumlos. Am vorletzten Tag fand ich das perfekte Versteck, eine winzige Kirche, mitten auf dem Land und weit fort von jeder sichtbaren Behausung. Sie stand in ihrem eigenen kleinen Garten voller Stechpalmen und Eiben, dazwischen ein paar windschiefe Grabsteine vom Anfang des letzten Jahrhunderts. Selbst von außen war sie so schmuck wie eine Kapelle aus der Artussage. Lässig lief ich zur Tür, ein versprengter Tourist, probierte den Griff und rechnete damit, die Tür verschlossen zu finden. Doch ohne jegliche Anstrengung meinerseits schwang sie auf, und ich trat ein.

«Hallo?» Mein Ruf weckte ein leises Echo am anderen Ende des Kirchenschiffs, gleich über dem Altar, doch niemand antwortete. Ich wagte mich einige Schritte vor. Drinnen war es trocken, kein bisschen klamm, doch alles sah aus, als wäre seit Monaten niemand hier gewesen. Eine Gemeindekirche war die Kapelle wohl nie gewesen; vielleicht hatte sie zu einem alten Anwesen gehört oder war der von einem lang verstorbenen Adeligen errichtete Prunkbau zu Ehren seiner verstorbenen Frau. Jedenfalls machte die Kirche den Eindruck, das Denkmal eines zärtlichen Mannes zu sein. An den Wänden um den Altar leuchteten farbenfrohe Fresken in einem Stil, den ich präraphaelitisch genannt hätte. Doch trotz der Tatsache, dass der Bau nicht mehr genutzt wurde, zumindest nicht mehr genutzt zu werden schien, war er überraschend sauber und gepflegt. Vielleicht kam ein-, zweimal im Monat jemand her, um zu putzen, eine Gruppe Freiwilliger, irgendein Verein, der sich dem Erhalt der Kirche verschrieben hatte. Und da nirgendwo Feuchtigkeit eingedrungen war, schien das nicht unwahrscheinlich. «Ist hier jemand?», rief ich noch einmal.

Stille. Ich trat in die Mitte des kleinen Raums und setzte mich in eine Bank. Ich hatte nicht die Absicht, hier zu schlafen, wollte mich aber eine Weile ausruhen, und falls mich jemand überraschte, würde ich bloß ein Wanderer sein, der Zuflucht vor der Kälte suchte. Oder ich war ein Besucher von außerhalb, der den weiten Weg zurückgelegt hatte, um sich eine architektonische Besonderheit anzuschauen. Einen Besuch war die Kirche allemal wert mit ihrem matten, strengen Altarbild vom wiederauferstandenen Christus, jenem Mann, den Maria für einen Gärtner hielt, als er an einem goldenen Morgen die Allee dunkler Büsche und einfacher Obstbäume dahinschritt. Es war vollkommen still, und ich spürte, wie ich innerlich zur Ruhe kam, gelassen wurde, wie die Müdigkeit sich zu einem festen, tragbaren Klumpen in meinem Kreuz zusammenballte, gleichsam eine kalkulierte Überdimensionierung der Schwerkraft. Es war ein Augenblick, von dem ich mir wünschte, er würde andauern, nicht für immer, aber doch ein wenig länger. Weitere fünfzehn Minuten, noch eine Stunde. Das war meine Absicht gewesen, als ich mich aufmachte: dieser Moment. Oder aber, ich hatte gar nichts beabsichtigt: Ich hatte nur gewusst, wenn gewisse Dinge geschehen waren, würden gewisse andere Dinge geschehen müssen, damit dieser Teil der Geschichte enden konnte. Und dennoch hatte ich irgendwo im Hinterkopf mit etwas Ähnlichem gerechnet. Nicht mit Trost und nicht mit Vergebung, mit nichts dergleichen. Einfach nur – *da* zu sein, jeglichen Vorwands beraubt zu sein. Endlich ich selber zu sein, mit leeren Händen und mit nichts, womit ich mich verteidigen konnte.

Ich kann mich nicht daran erinnern, eingenickt zu sein –

ich schlief auch nicht richtig, glitt eigentlich nur hinüber in eine Halbwelt voller Schatten und Traumgespinste –, doch bin ich mir ziemlich sicher, dass es kaum länger als eine oder zwei Minuten gedauert haben kann, als ich zu meiner Rechten eine Stimme hörte und aufschreckte; in meinen Muskeln und Knochen zersprang die gesammelte Masse meiner Müdigkeit in Hunderte winziger Schmerzsplitter. Ich schaute mich um. Erst schien es, als wäre niemand da, dann kam eine Gestalt aus dem Dunkeln, wie ein Trugbild, eine Halluzination, eine düstere, dürre Gestalt zwischen den Kirchenbänken, die nach und nach das Äußere einer Frau annahm.

«Tut mir leid», sagte sie. Sie war etwa Mitte vierzig, das Gesicht lang und hager, das Haar dünn und sandfarben. «Ich wollte Sie nicht erschrecken.»

«Das haben Sie auch nicht.» Ich wollte ihr sagen, dass ich nicht geschlafen hatte, wusste aber nicht, wie ich es ihr sagen sollte, sodass wenigstens einer von uns beiden mir glauben konnte.

«Alles in Ordnung?», wollte sie wissen.

Ich stand auf. «Ja, mir geht es bestens», sagte ich ein wenig zu laut. Wie um meine schroffe Art zu entschuldigen, fügte ich noch hinzu: «Ich bin derjenige, dem es leid tun sollte. Ich wollte nicht …»

«Nein, nein», unterbrach sie mich. «Keine Sorge, Sie waren müde, und ER hat Ihnen Ruhe geschenkt.»

Ich schaute sie an. Sie trug ein reizendes, altmodisches Twinset, und in der Nähe lag neben einem Strauß Zweigen und Blumen ihr Tweedmantel über einer Kirchenbank. Sie erinnerte mich an Flüchtlinge aus dem Film *Begegnung – Brief Encounter*. Ich entschied, sie müsse eine jener Frauen sein, die sich um Kirchen kümmern, Bänke abstauben, Blumen in Vasen stellen, die Altäre herrichten. Eine Frau mit guten Absichten und einem schlichten, fast beiläufigen Glauben. Vor zehn Jahren, vielleicht auch noch vor fünf, war sie vermutlich hübsch gewesen, eine junge Frau mittleren Alters, die *L'air du temps* und einen Seidenschal trug, aber im Sommer eigentlich nie gut aussah; jetzt schien sie irgendwie vornehmer geworden zu sein, war durch kürzlich erlebte Trauer, vielleicht auch durch hart erkämpfte Freude oder gar durch eine Berührung mit einem Engel in eine spät erblühende Schönheit verwandelt worden.

«Was ist das für eine Kirche?», fragte ich.

Sie lächelte. Ich spürte, dass sie meine Gedanken las, sich jede meiner stummen Bemerkungen anhörte, jede Einzelheit registrierte, die ich an ihr wahrnahm, jedes Urteil kannte, das ich über sie fällte. «Das ist keine Kirche», antwortete sie. «Nicht offiziell.» Weiter sagte sie nichts, und ich stand da, sah ihr ins Gesicht und wartete, doch sie schwieg. Längst war ihr aufgefallen, dass ich nicht bloß der müde Wanderer war, für den sie mich anfangs gehalten haben mochte, und ich glaube, ich verwirrte sie; sie spürte, dass es da irgendein Problem gab, und sie wollte helfen, fand es aber wohl unhöflich, Vermutungen anzustellen. Man musste warten, bis man gefragt wurde. Gleich darauf erhellte sich ihr Gesicht, und sie legte mir sanft eine Hand auf den Arm. «Ich denke, Sie könnten etwas zu trinken gebrauchen», sagte sie. Und ehe ich antworten konnte, holte sie eine Thermoskanne aus ihrem Mantel und goss mir etwas Helles, Dampfendes in eine kleine blaue Plastiktasse, die wie das Porzellan bei der Party in Alice' Wunderland aus dem Nichts aufgetaucht zu sein schien. «So», sagte sie. «Das hier wird Sie aufwärmen.»

Ich nahm die Tasse und trank. Es war kein Tee, wie ich erwartet hatte, sondern Orangensaft. Orangensaft mit heißem

Wasser, genauso, wie ihn mir mein Vater immer zubereitet hatte, wenn ich als Kind erkältet gewesen war. Ich nahm die Tasse mit beiden Händen, spürte ihre Wärme, blieb still sitzen und trank. Die Frau sah mir zu. Ich dachte kurz daran, dass wir auf immer so bleiben könnten, wie eines der Wandbilder rings um den Altar. Gleichzeitig aber war da zwischen uns das Gefühl, dass es nichts mehr zu sagen gab, eine Aura von Endgültigkeit, die fast schon spürbar wurde. Ich gab ihr die Tasse zurück. «Danke», sagte ich.

Sie strahlte über das ganze Gesicht. «Ist doch nicht der Rede wert», antwortete sie.

Für einen Moment blieben wir stumm und reglos, wie ein Gemälde. «Tja, ich glaube, ich muss wieder los», sagte ich schließlich mit einem Blick auf ihren selbstgepflückten Winterstrauß. «Sie haben bestimmt viel zu tun.»

Sie versuchte nicht, mich aufzuhalten. Einen Moment lang hoffte ich fast, sie würde es tun. Stattdessen lächelte sie wieder und hielt mir ihre Hand hin. «War schön, Sie kennengelernt zu haben», sagte sie. «Fühlen Sie sich jederzeit willkommen, falls Sie noch einmal in der Gegend sein sollten.»

Ich nahm ihre Hand. Sie war warm, vielleicht aber war meine Hand auch nur sehr kalt. Ich nickte. «Schön, *Sie* kennengelernt zu haben», erwiderte ich und wollte noch etwas hinzufügen, doch fiel mir nichts mehr ein. Seltsam verlegen ging ich zur Tür. Es gab da etwas, was sie verstehen sollte, doch wollte ich ebenso wenig zudringlich werden, wie sie es gewollt hatte. Vielmehr hoffte ich nur auf taktvolle, unschuldige Art zu ihr durchzudringen und doch ein Fremder zu bleiben. Als ich die Tür schließlich aufzog und den kalten Luftzug spürte, drehte ich mich noch einmal zu ihr um und sagte: «Eine schöne Weihnacht.» Ich war mir nicht sicher, welches Datum wir hatten, wusste aber, dass es bis Weihnachten nicht mehr lang sein konnte.

«Ihnen auch», sagte sie. Dann wandte sie sich wieder ihrer Arbeit zu, und ich schloss die Tür hinter mir, um die Wärme nicht hinauszulassen.

Es war schon kalt gewesen, ehe ich zur Kapelle kam, doch hatte sich die Luft noch weich angefühlt, irgendwie spätherbstlich. Vielleicht auch nicht mehr ganz herbstlich, doch war sie süß gewesen, süß und weich und so durchsichtig wie geschmolzene Butter. Doch als ich jetzt die Tür zuzog und am nächsten Feld auf einem Pfad vorbeilief, der die gepflügte, von Hecken gesäumte Fläche umrundete, herrschte plötzlich tiefster Winter. Es musste später Nachmittag sein, dennoch wurden der Horizont und die Lücken zwischen Bäumen und Hecken schon dunkel; der niedrige, blassgrüne Himmel über mir war wolkenlos. Rasch folgte ich dem sanft ansteigenden Acker auf einer Route, die, falls ich mich nicht täuschte, bis auf fünfzehn Kilometer an die Küste heranführte. Doch als ich weiterging, merkte ich, dass das Wetter sich vor dem nächsten Morgen drastisch verschlechtern würde. Ich musste eine klare Entscheidung treffen: Ich konnte noch eine Weile weitergehen und einen abgelegeneren Unterschlupf als die Kapelle finden, um dort den schlimmsten Teil der Nacht zu überstehen, oder ich lief weiter, um warm zu bleiben, und hoffte, den letzten Teil der Strecke zurücklegen zu können, ehe mich die Kälte bezwang. Sinnvoller wäre es gewesen, mich zu verkriechen, ein Versteck zu suchen und ein Feuer anzuzünden, doch plötzlich wollte ich nicht länger warten, und ich beschloss weiterzugehen.

Es würde bestimmt bald schneien. Ich konnte es riechen, konnte es in der Luft spüren, dass bald Schnee fallen würde, eine Menge Schnee. Kaum hatte ich den Hügelkamm erreicht, traf mich der mit mörderischer Kälte durchsetzte Wind. Die Äcker und Wälder um mich herum versanken in der Dämmerung, und nicht weit entfernt, am Ende des nächsten Feldes, stand ein Rudel Rehe, das herausgekommen war, um zu äsen, der sich ins Freie traute, aber nahe am Waldrand blieb, vorsichtig, wachsam, selbst auf diese Entfernung wissend, dass er beobachtet wurde. Sein plötzliches Erscheinen ließ alles wie Magie wirken, ein komplizierter, letztlich aber in die Irre führender Zaubertrick, wie bei *Stille Post*, wenn eine Nachricht immer undeutlicher wird, je öfter man sie wiederholt. Einen Augenblick lang fragte ich mich sogar, ob die Tiere echt waren, ob es die Frau in der Kapelle wirklich gegeben hatte, ob der Geschmack von warmem Orangensaft, der Geruch nach Schnee auch nur im Mindesten wirklich gewesen waren, und ich spürte, wie mich Panik überkam, als ich mich umschaute und nach etwas Festem, Unveränderlichem suchte, an das ich mich halten konnte. Im selben Moment wandten sich die Rehe zur Flucht, als hätten sie meine Stimmung erahnt, vielleicht aber hatten sie auch etwas gespürt, von dem ich nichts wusste, einen Schatten, einen Geruch, ein Gerücht, das über die Felder auf sie zukam, auf mich, ein jagendes, räuberisches Wesen, das mich schon beinahe erreicht hatte, als ich mich umdrehte, eine schnelle, gnadenlose Präsenz, die mir ins Gesicht schlug. Einen Augenblick lang war ich verloren, und ich tat, was ich schon immer hatte tun wollen: Ich dachte an nichts. Jetzt, daheim, in der Sicherheit meines Sessels, nenne ich es Panik, aber Panik ist nur ein Wort, doch das war etwas anderes. Es war völlige Selbstauflösung. Es war der Finger Gottes, der mir von innen über die Schädeldecke kratzte.

Als ich begriff, was ich tat, rannte ich bereits. Rannte in

fast vollständiger Dunkelheit, taumelte auf die Straße, in jedes Auto, das hier um diese Abendzeit vorbeikommen mochte. Ein Lehrer, der spät heimfuhr, einen Stapel Klassenarbeiten auf dem Beifahrersitz; eine Landärztin, unterwegs zu einem Termin, das Stethoskop in die Manteltasche gestopft. Jeder hätte in diesem Moment über den Kamm kommen und mich anfahren können, wie ich da blind und rücksichtslos über die Straße stürmte. Doch da war niemand. Eine Weile rannte ich weiter – minutenlang, vielleicht auch länger, wer weiß –, bis ich so weit zu mir kam, das ich merkte, was ich tat. Dann warf ich mich die Böschung hinab, als müsste ich einem Fahrzeug ausweichen, das aus dem Dunkel direkt auf mich zusteuerte. Und es dauerte lang, ehe ich mich schwer atmend aufsetzte, in der Lunge ein Schluchzen, gefangen und unfähig, aus mir auszubrechen. Es war noch lange still, ehe ich mich aufrichtete, erschöpft, ausgelaugt, jenseits aller Angst, und in die Nacht ging.

Ehe mein Vater starb, erzählte er mir von den Problemen mit den Nachbarn, alles, von dem feuchten Brei aus Blättern, Regen und Hundescheiße, der über Nacht auf der Fußmatte unseres Hauses in der Cockburn Street landete, bis zu den gemurmelten Verwünschungen, die in den frühen Morgenstunden aus dem Telefonhörer drangen. Er erzählte mir, dass meine Mutter einmal von Peter Tone bedroht worden war, dass die Polizei aber, als er diesen Vorfall meldete, nichts dagegen unternommen hatte.

«Ich an Ihrer Stelle», hatte der Beamte gesagt, «würde die Dinge auf sich beruhen lassen. Aus dem hat doch nur der Alkohol gesprochen.»

Mein Vater entschied, sich an seinen Rat zu halten, obwohl

er wusste, dass es damit mehr auf sich hatte: Zwar mochte der Alkohol aus Peter Tone gesprochen haben, doch stand ein großer Teil der Stadt hinter seinen Äußerungen. Er konnte sich der Zustimmung der Leute sicher sein, wie stillschweigend sie auch immer war.

«Aber warum?», fragte ich. Ich verstand es nicht und war mir sicher, dass er und meine Mutter *etwas* getan haben mussten, um solche Gehässigkeit zu verdienen. Trotz meiner Erfahrung mit Malcolm Kennedy konnte ich nicht glauben, was geschehen war – dass meine Mutter sterben musste, weil sie beide Außenseiter gewesen waren.

«Ich weiß nicht», sagte mein Vater, «ich habe es nie verstanden.» Er saß kurz vor seinem Tod am Fenster, das Fernglas im Schoß, und wirkte fast durchsichtig, eine Täuschung des Lichts. «Ich fürchte, im Großen und Ganzen sind mir Vögel schon immer lieber gewesen als Menschen.»

Ich sagte nichts. Ich überlegte, wie oft er mich früher gebeten hatte, mit ihm hinaus auf die Landzunge zu gehen. Nur um Vögel zu beobachten. Mich überkam ein Gefühl, als hätte ich ihn absichtlich verleugnet, dabei hatte er mir nie gezeigt, dass es ihm etwas ausmachte. Nicht eine Sekunde lang.

«Egal», sagte er, «was geschehen ist, ist geschehen. Außerdem liegt das jetzt alles in der Vergangenheit.» Er schaute aufs Meer. «In den letzten Tagen hatte ich nicht viel Zeit, über die Vergangenheit nachzudenken. Und eigentlich wüsste ich auch keinen Grund, warum ich an die Zukunft denken sollte.» Er wandte sich wieder zu mir um und lächelte. «Wichtig ist sowieso nur die Gegenwart», sagte er. «Darauf allein kommt es an, denn etwas anderes als die Gegenwart gibt es nicht. Das Licht. Das Meer. Der Wind. Sobald man aufhört zu suchen, gibt es nur noch die Gegenwart. Die Gegenwart dauert ewig.»

Ich glaubte ihm nicht. Ich meine, ich glaubte nicht, dass *er* glaubte, was er mir sagte. Obwohl es das Testament eines sterbenden Mannes war, dachte ich, er philosophiere nur.

In den frühen Morgenstunden kam ich zur Anhöhe über Coldhaven. Zwar hatte es schon eine Weile geschneit, doch war ich nicht auf den Anblick vorbereitet, der sich mir bot, als ich auf dem Pfad stehen blieb, der sich am Golfplatz vorbei, hinab zum westlichen Rand des Städtchens schlängelte. Dass der Schnee liegen blieb, war ungewöhnlich für diesen Küstenabschnitt: Auch wenn er sich im Landesinneren zu einer mehrere Zentimeter dicken Schicht anhäufte, bestäubte er hier die Dächer und schmalen Gassen, die hinab zum Hafen führten, höchstens mit flüchtigem Silber, ehe er, fast noch im Fallen, schmolz und nur einen tintenfarbenen Schimmer auf Dachziegeln und Fenstern hinterließ. An diesem Morgen lag der Schnee jedoch tief, still und vollkommen unberührt da, das Städtchen ein winterliches Landschaftsbild: Kirchturm, Rathaus, sogar der Hafen mit Weiß bedeckt, und alles stumm, von innen erleuchtet, die ganze Küste reg- und endlos, so weit das Auge reichte. Die Stadt schlief wie in jener Nacht hundert Jahre zuvor, als der Teufel aus dem Meer gestiegen war, um von Straße zu Straße zu laufen und feste, schwarze, bestialische Spuren im Schnee zu hinterlassen. Nur war ich es diesmal, der die Anhöhe herabkam und am Kai, der Apotheke, der Reinigung, der alten Stadtbücherei vorbei die Shore Street hinunterging, den Hafen zur Rechten, die aufgebockten Boote in Schnee gehüllt, das Warnlicht am Ende des Kais ein kaltes Kirschrot. Ich blieb einen Augenblick stehen, um den Anblick in mich aufzunehmen: den leeren Firth, die Lichter des Hafens, die frisch gestrichenen Ladenfassaden, die an der Mole festgemachten Boote – ein typisches Ostküstenstädtchen eine Woche vor Weihnachten, durch Schnee und Stille vollkommen geworden. Es hätte ein schmerzlich vertrauter Anblick sein müssen, doch kam ich als Fremder zurück – und ich sah all dies wie zum ersten Mal.

Einige Schritte weiter die Shore Street entlang war der Blumenladen voller Weihnachtssterne und Adventskränze, genau wie jene, die früher einmal von Mrs. Collings verkauft worden waren. Den Schlachter nebenan gab es nicht mehr – dort befand sich jetzt ein Friseursalon –, doch hatte ein neuer Schlachter gleich um die Ecke in der Stills Wynd aufgemacht, und ein wenig weiter, gegenüber dem neuen Yachthafen, war ein Laden für Bilderrahmen und Geschenkartikel eröffnet worden. Man fuhr kaum noch zur See, doch angelte man jetzt zum Vergnügen in hellen, sauberen Booten, die *Arcturus*, *Khayyam* oder *Braveheart* hießen. Der Unterschied war gering. Dasselbe Meer, derselbe Strand. Im Sommer suchten die Schwalben die Hafenmauern nach den Fliegen ab, die im Seetang schlüpften, doch fehlten heute sogar die Möwen, da sie im Landesinnern Schutz gesucht hatten, wie auch die Brachvögel und Wasserläufer, die mit den Gezeiten kamen und gingen, zur Küste flogen, wenn Ebbe herrschte, um Würmer und gestrandetes Schalengetier zu ernten, und sich, wenn die Flut kam, in Richtung Binnenland verzogen um über die frisch gepflügten Felder und Äcker gleich oberhalb der Stadt herzufallen. Dem lag ein Muster zugrunde, und wenn es gestört wurde, entstand wie aus dem Nichts ein neues Muster, beharrlich, neutral, autark. Ich wusste das und glaubte es zu genießen, zumindest in jenen letzten Minuten, obwohl ich nicht umhinkonnte, in ebendiesem Moment ein fast unerträgliches Bedauern für das zu empfinden, was vergangen war, was verging, was noch kommen und ebenfalls vergehen würde.

Vielleicht lag es an meiner verwirrten Wahrnehmung, an dem Durcheinander meiner Gefühle, dass mir, während ich in den frühen Morgenstunden dort in der Shore Street stand, so war, als zerplatzte plötzlich etwas, das ich als Ganzes in mir verborgen gehalten hatte, eine in meiner Kehle verkapselte Phiole, randvoll mit Sehnsucht und Verbitterung, und ein bitterer, warmer Geschmack füllte mir Mund und Brust. Wenn ich heute zurückschaue, weiß ich, wie erschöpft ich gewesen sein musste. Fast hundertfünfzig Kilometer war ich zu Fuß gelaufen, möglicherweise noch mehr, hatte kaum etwas gegessen, nur wenig geschlafen und fühlte mich doch gut, zumindest habe ich es so in Erinnerung, fühlte mich lebendig und der Dinge um mich herum beinahe schmerzhaft bewusst, als wäre mein Körper der Kälte angepasst und durch Hunger und Müdigkeit auf einen gleichsam essentiellen Zustand reduziert. Natürlich musste ich erschöpft, aufgewühlt und innerlich gebrochen gewesen sein, doch weiß ich noch – ich dachte es nicht, sondern wusste es, ohne von dieser Erkenntnis irgendwie getröstet oder verstört zu werden –, dass ich selbst ebenfalls zu diesem weiten, ewigen Muster gehörte, Teil jener Naturgesetze war, von denen die Vögel geleitet, die Gezeiten und das Wetter bestimmt wurden und die mich heimgeführt hatten: ein Muster, ein Gesetz, das die Welt in Bewegung hielt und ihr erlaubte, sich etwa alle hundert Jahre ein wenig zu öffnen, um den Teufel einzulassen.

Zuerst war mir die Spur gar nicht aufgefallen. Sie musste anfangs ziemlich schwach gewesen sein, doch nach einer Weile konnte ich deutlich einen dunklen Abdruck im Schnee erkennen, dann noch einen und darauf noch einen, sehr weit auseinander, später enger zusammen, zu eng, als dass sie von einem Menschen stammen könnten, sogar so eng und so klein, dass ich dachte, sie wären von einem Kind – einem sechs-, siebenjährigen Kind, das auf Zehenspitzen lief in einem jener ernsten Spiele, die Kinder spielen, wenn sie die ganze Welt täuschen wollen. Ich weiß noch, wie ich es selbst gemacht habe, wie ich als Junge versucht habe, mich reinzulegen, etwas zu werden, was ich nicht war. Mit neun Jahren, kurz bevor wir nach Whitland House zogen, spielte ich toter Mann, lag im Bett, Pennys auf den Augen, das weiße Laken bis ans Gesicht hochgezogen – und das hier war ein ähnliches Spiel, ein cleveres Täuschungsmanöver von einem Kind, das die alte Geschichte gehört hatte, ein Trick, der gerade so unbedarft und unschuldig daherkam, dass er fast überzeugend wirkte. Fast, aber nicht ganz. Darauf kam es aber nicht an: Es ist nicht Sinn und Zweck eines Spiels, eine festgefügte Realität durch eine andere zu ersetzen, vielmehr geht es darum, eine Variante anzudeuten, eine Möglichkeit. Als erzählte man eine Geschichte. Sie soll nicht wahr sein, aber sie muss echt sein, sie muss *funktionieren*.

Doch wie hätte es ein Kind sein können? Der Schnee war noch frisch, und es war viel zu früh, vielleicht früh genug für einen Zeitungsjungen, aber der dürfte mit anderem beschäftigt sein, zum Beispiel damit, seine Runde möglichst rasch zu beenden, um zurück ins Warme zu kommen. Wenn ich allerdings genauer hinsah, konnte ich erkennen, dass die Abdrücke nicht wie eine zufällige Spur im Schnee wirkten. Sie waren präzise, hatten saubere Kanten, fast wie von einem Tier – einem Fuchs, vielleicht auch einer Katze. Nur waren sie zu groß für ein Tier aus der Gegend, vermutlich auch zu groß für jedes Tier, das nicht in einen Zoo gehörte. Um mir die Spur genauer anzusehen, war ich wieder langsamer geworden, dann aber wurde mir klar, wer – oder was – auch immer diese Spur hinterlassen haben mochte, war erst vor wenigen Minuten hier gewesen, und mit diesem Gedanken, mit der vagen Vorstellung, ich könnte das mysteriöse Wesen noch erwischen, beschleunigte ich meine Schritte und lief weiter, folgte der Spur über die Küstenstraße, vorbei an der Baptistenkirche und der alten Bäckerei, eilte durch die Toll Wynd, wo ich auf meinen Spaziergängen gewöhnlich den Weg entlang der Küste verließ.

Dies war die Geschichte, die ich mir jahrelang erzählte: Eines Nachts, als die Bewohner von Coldhaven schliefen, stieg der Teufel aus dem Meer, ging im Westen an Land, lief die Shore Road entlang, an dem Hang vorbei, der zu meiner Haustür führte, und wandte sich dann landeinwärts, niemand wusste, wohin. Niemand wusste, wohin er ging oder warum er sich ebenjene Stelle ausgesucht hatte, um seine Anwesenheit kundzutun. Es wusste auch niemand, woher er kam, aber ich nehme an, man stellte sich eine andere Dimension vor, einen dunklen Ort tief im Innern der Erde, eine Verwerfungslinie, an der das Land aufs Meer trifft, eine Kluft zwischen dieser Welt und einem fremden Reich, anderen Gefilden, einer Welt wie die Welt, in der Gott auf immer in all seiner Gegenwart herrscht. Doch gab es keine andere Welt, es gab nur diese: die Luft, der Himmel, der Schnee, diese seltsame Spur, das Wasser und gelegentlich eine Windböe, die mich anfiel, während ich der Spur zu jener Stelle folgte, an der sie aufhörte, ganz plötzlich, genau dort, wo mein Pfad von der Straße abwich. Nun, es gab keine andere Welt, hatte vielleicht nie eine gegeben, doch wie konnte der Teufel verschwinden? Ich hatte immer geglaubt, er – oder sie oder es – sei eine Erfindung, eine Verballhornung einer älteren, edleren Präsenz, eines Gottes der Erde, eines Geistes, der alles miteinander verband, es mit Mark, Blut und Vogelsang verknüpfte und zu etwas Ganzem machte. Ehe aus diesem Geist der Teufel wurde, war er etwas anderes gewesen – ein Engel, Pan, der *genius cucullatus*, ein umherirrender Lufthauch, ein Licht, das dann und wann auf einen Menschen fiel, der auf dem Jenseitsacker arbeitete oder weit draußen sein Boot durch Fischgründe steuerte. Früher einmal hatten die Menschen ihn gekannt und respektiert, doch dann waren die Priester gekommen und hatten ihn verwandelt. Sie nannten den strahlenden, dunklen Geist Satan, Beelzebub, Baal. Den Teufel. Sie wollten nicht mit Fels, Stein und Baum verknüpft werden, wollten ihre Welt nicht mit Tieren, Vögeln und Kobolden teilen. Sie wollten allein sein, etwas Besonderes. Sie wollten ihr Land besitzen und einen Gott, der Mensch war wie sie, damit er ihnen die Herrschaft über die Tiere dieser Welt gewähren konnte. Ich hatte mir diese Geschichte erzählt, weil sie so schlicht war, und es steckte gar ein Körnchen Wahrheit darin, doch gab es noch eine andere Geschichte, eine Geschichte, die der ersten bis aufs i-Tüpfelchen glich, nur jene Tatsache ausgenommen, dass sie die Möglichkeit einräumte, jene Landeigner und Priester der alten Zeit hätten die Erde geliebt, und auch sie seien vom Geisterodem berührt worden, nur hätte er ihnen einen Schrecken eingeflößt, den sie nicht verwinden konnten, und ihre Liebe sei in Angst umgeschlagen.

In dieser neuen Geschichte nun wachten sie nachts auf und spürten etwas neben dem Bett, und voller Entsetzen begriffen sie, dass ihnen dieses *Ding*, das sie draußen auf den Feldern oder bei den Fischgründen gesehen hatten, ins Haus folgen, unter ihrem Dach hocken und auf den rechten Augenblick warten konnte. Sie hatten geglaubt, es lebe nur da draußen, ruhelos in einem Grab auf den Wiesen, dort, wo der alte Geist beerdigt worden war. Jetzt aber sahen sie, dass es zwar begraben, aber nicht tot gewesen war, dass es gar nicht tot sein konnte, sondern sich nur verbergen ließ. Mit äußerster Anstrengung und willentlicher Blindheit gegenüber jenem, was sich durch die Nacht bewegte, im Gras, im eigenen Fleisch, konnte es nahezu endlos verheimlicht werden – zumindest hatten sie das gehofft. Doch ließ es sich nicht auf immer verheimlichen, und bald begann es, sich durch allerhand Zeichen, Gesten und vielsagende flüchtige Hinweise auf schreckliche Schönheit und erschreckende Wildheit zu offenbaren. Der Teufel, den sie kannten, und der Teufel, den sie nicht kannten. Vielleicht gab es sogar Augenblicke, in denen sie fürchteten, der Teufel sei überhaupt kein Teufel, sondern Schlimmeres. Warum waren in ihren Augen derart viele Nachbarn von ihm besessen? Warum lag ihnen so viel daran, harmlose alte Frauen zu ertränken oder sie auf den Marktplätzen zu verbrennen? Weil *sie* es waren, die fürchteten, besessen zu sein, weil *sie* Angst hatten, eines Tages, wenn ehrenwerte Bürger ihren gewöhnlichen Geschäften nachgingen, über den Acker schritten oder ein Boot durch die Hafeneinfahrt lenkten, könne der Teufel kommen und ihnen auf die Schulter tippen, könne sie erwählen und beiseitenehmen, damit sie ihr eigenes wahres Ich sahen, hörten und rochen. Es muss Augenblicke im Leben dieser wackeren Menschen gegeben haben, in denen sie sich vorstellten, alles fahren zu lassen, was sie aufrecht hielt, um sich in die weiß glühende Stille der wahrhaft Besessenen abgleiten zu lassen. Sie mussten gewusst haben, wie nahe dran sie waren: Sie konnten den Schwefel riechen, konnten die Hitze der Flammen spüren. Sie waren des Teufels, waren seine Auserwählten. Im Innersten

ihres Herzens wussten sie, jene Einfaltspinsel und Sündenbö-
cke, die sie verurteilten und verbrannten, konnten nur gottlose
Unschuldige sein. Sie wussten es, weil sie den Teufel auf den
eigenen Lippen schmeckten, ihn an den eigenen Händen rochen. Nachts wachten sie auf, und von den Feldern war ihnen
etwas in ihre Kammern gefolgt, um auf den rechten Augenblick zu warten. Sie brauchten ihm nur die Herzen zu öffnen.

Ich hatte keinen Schlüssel zum Haus. Den hatte Hazel. Eine
Weile stand ich vor meiner eigenen Tür und fragte mich, was
ich tun sollte: Ich glaube, ich stand dort ziemlich lange, ehe mir
einfiel, dass ich unter einem Blumentopf auf der Veranda immer einen Schlüssel für die Terrassentür aufbewahrte. Es war
bitterkalt und noch dunkel, doch ich fand den Schlüssel, und
beim dritten Versuch gelang es mir, die Terrassentür zu öffnen
und – endlich, mit einem Gefühl, als kehrte ich in ein schon
vor Jahren stillgelegtes Leben zurück – das Haus zu betreten.
Drinnen war es kalt – und kaum war ich im Haus, wusste ich
nicht nur, dass sich niemand darin aufhielt, sondern auch, dass
es schon seit einer ganzen Weile leer stand. Amanda war weg.
Sie schlief heute Nacht nicht nur woanders, blieb nicht nur
bei einer ihrer Freundinnen – sie war *fort*. Ich trat durch die
Küche ins Wohnzimmer, in den Flur. Das Haus war kalt, still
und stumm. Im Dunkeln fand ich den Schalter für die Zent-
ralheizung. Dann ging ich zurück in die Küche, knipste Licht
an und stellte den Kessel auf.

Erst nachdem ich mir einen Tee gemacht hatte, fielen mir
die Veränderungen auf. Alles war sauber und ordentlich, so
als hätte Mrs. K erst vor wenigen Stunden geputzt, doch ich
spürte, dass irgendwas nicht stimmte. Noch einmal ging ich
durchs Wohnzimmer, den Flur, das untere Arbeitszimmer, das

Amanda beharrlich «Salon» genannt hatte. Und mit einiger Anstrengung registrierte ich nach und nach, dass einige Dinge fehlten. Möbel, ein paar Bilder, Zierrat. Amanda musste die Sachen mitgenommen haben – was vermutlich bedeutete, dass sie nicht zurückkehren würde. Ich ging zur Treppe und horchte. Ich habe keine Ahnung, warum ich so vorsichtig war, es war eindeutig niemand da, das Haus stand leer. Aber ich war aufgeregt und wurde gleichzeitig abergläubisch: Ich nahm tatsächlich mein altes Leben wieder auf, jenes Leben, das mit Amandas Einzug außer Kraft gesetzt worden war, jenes Leben, das meine Eltern mir vermacht hatten, und ich wollte es nicht erneut aufs Spiel setzen. Ich wollte nichts riskieren. Ich ging die Treppe hinauf. Wie in einem alten zweitklassigen Spielfilm ertönte irgendwo draußen der Ruf einer Eule. Sicher saß sie in den Bäumen an der Auffahrt, die unser Haus von der Straße trennten, bestimmt ein Waldkäuzchen, aber ich war mir nicht sicher. Mein Vater hätte es natürlich genau gewusst.

Oben im Haus war noch gründlicher aufgeräumt worden. Meine kleine Abstellkammer schien unverändert, aber in den übrigen Zimmern fehlte fast alles, was nicht niet- und nagelfest war. Aus dem Raum, der von Amanda stets unser «Eheschlafzimmer» genannt worden war – vermutlich, weil wir dort in der ersten Zeit nach unserer Hochzeit geschlafen hatten –, waren sämtliche Möbelstücke, alle Bilder verschwunden. Sogar die Lampenschirme hatte sie abgenommen. Was mir allerdings nichts ausmachte. Für Amanda waren es immer ihre Sachen gewesen, und sie hatte schließlich in den großen Einkaufszentren in Dundee und Edinburgh stundenlang die Möbelgeschäfte nach dem durchstöbert, was ihr gefiel und in ihren Augen *zusammenpasste*. Mir ist es immer ein Rätsel geblieben, wie man behaupten konnte, ein Ding passe über die grundlegenden Regeln von Farbe und Stil hinaus zu etwas anderem, aber mir hatte daran nie viel gelegen, und ich war froh gewesen, Amanda gewähren zu lassen. Bedauerlich war nur, dass den neuen Dingen alte Sachen weichen mussten, um auf die eine oder andere Weise Platz zu machen. So war zum Beispiel das alte Bett meiner Eltern verschwunden und einem Auktionshaus in St. Andrews überlassen worden – was bedeutete, dass ich nicht wusste, wo ich schlafen sollte. Mein eigenes Kinderbett, eine kleine, ziemlich schmale Angelegenheit, stand vermutlich noch auf dem Dachboden, wo es von mir eingelagert worden war. Amanda hatte es loswerden wollen, aber ich hatte es nicht über mich gebracht. Was sich durchaus noch als vorteilhaft erweisen könnte, dachte ich.

Ich war nicht enttäuscht. Ich fühlte mich auch nicht im Stich gelassen. Ich konnte niemand anderen für meine Lage verantwortlich machen als mich selbst, und ich wollte ganz bestimmt nicht, dass Amanda zurückkehrte. Trotzdem muss ich zugeben, dass mich einen Moment lang Trauer überkam, als ich in diesem leeren Zimmer stand und auf das Rechteck mit dickem, grauem Staub starrte, wo einmal das Bett gewesen war. Neben dem kleineren Rechteck mit gleichermaßen dickem Staub, das anzeigte, wo einmal die Frisierkommode gestanden hatte, trat ich ans Fenster und sah hinaus. Diese Stelle war einer meiner Lieblingsplätze im Haus, hoch oben im dritten Stock am Erkerfenster mit Blick über die Landzunge. Wie oft hatte ich hier gestanden, zu den Sternen geschaut oder zu den Lichtern der Fischerboote, die nachts zu den Fanggründen aufbrachen? Hier hatte ich an stürmischen Abenden gestanden, wenn ich nicht schlafen konnte, und dem Wind gelauscht, und ich hatte, während Amanda schlief, im großen Sessel am Fenster gesessen, nachdem wir in unserer ersten, beinahe glücklichen Zeit die halbe Nacht miteinander geredet und uns geliebt hatten. Nichts war geblieben – vielmehr etwas zugleich Schöneres und Schlimmeres als nichts, denn von dieser Zimmerecke ging ein schwacher, doch unverkennbarer Geruch aus, der Duft von Amanda in all ihrer Vielfalt, hatte sie doch fast acht Jahre immer wieder vor ihrem Spiegel gesessen, Parfüm aufgetragen und ein diskretes Make-up, acht Jahre flüchtiger Unterhaltung, Stille und Verschönerung, die sich wie abgezirkelt dem Boden eingeprägt hatten. Ich musterte die Stelle, an der die Frisierkommode gestanden hatte, und ich sah, dass nichts als Staub geblieben war – keine Flecken von verschüttetem Parfüm, keine Spuren von Lippenstift oder Eyeliner, kein verschmiertes Rouge, kein Mascara oder sonst ein exotischer Puder, dessen Namen ich nicht einmal kannte – und dennoch war der Staub vom Geruch dieser einen Frau gesättigt, eine Kombination von Haut-, Haar- und Lippenduft. Ich sah mich um, ich roch es, ich atmete es – und für einen Moment trauerte ich um unser winziges, begrenztes Misslingen, um die Versprechen, die wir hatten halten wollen, Jahre, ehe wir begriffen, dass wir nicht nur nichts gemeinsam hatten, sondern dass wir beide jeweils etwas völlig anderes unter diesen Versprechen verstanden.

Amanda hatte mir eine Nachricht dagelassen. Aus irgendeinem Grund war sie mir beim Hereinkommen nicht aufgefallen, mit Schnee bepudert, wie ich war, Gesicht und Hände taub vor Kälte. Ich glaube, ich hatte die Änderung im Haus von Anfang an gespürt, die Leere in Wohn- und Arbeitszimmer, die kahle, fast schwerelose Atmosphäre der oberen Räume, und das hatte mich abgelenkt. Jetzt, in der Küche – war ich froh, dass sie den Kessel nicht mitgenommen hatte –, bemerkte ich den Umschlag auf dem Tisch. Ich öffnete ihn, während ich darauf wartete, dass das Wasser kochte. Viel Neues stand nicht drin. Sie hatte den Brief eigentlich eher für sich selbst geschrieben, eine Rechtfertigung, vielleicht auch eine letzte pflichtbewusste Tat. Dabei war sie mir nichts schuldig, brauchte mir nicht Rede und Antwort zu stehen. Was auch geschehen war, ich hatte es mir selbst eingebrockt. Der Brief war ziemlich lang, und ich konnte nicht alles auf einmal lesen, aber er fing gut an, und das freute mich um ihretwillen. Trotzdem überflog ich kaum mehr als ein paar Zeilen: Was immer sie zu sagen haben mochte, es hatte letztlich keine Bedeutung mehr für mich. Sie war fort, und das allein zählte. Ich hoffte, sie würde jemand anderen finden, vielleicht auch eine andere Art, glücklich zu sein, doch eigentlich gehörte Amanda schon der fernen Vergangenheit an. Jetzt waren nur noch Tee, Wärme, Toast, Butter und ein Platz zum Schlafen wichtig. Aber natürlich gab es keine Butter und kein Brot, doch fand sich Tee im Küchenschrank, immer noch in der alten Dose, die schon meine Mutter benutzt hatte, und es gab Zucker, der mir um diese Zeit, zu der die Geschäfte noch nicht geöffnet hatten, die Milch ersetzen musste. Nicht dass ich einkaufen gehen würde, natürlich nicht. Ich war erschöpft, und trotz meines Hungers brauchte ich jetzt vor allem Schlaf.

Dennoch musste ich mich einfach noch einmal umsehen, ehe ich mich hinlegte. Es war das Haus meiner Eltern gewesen, das Haus, in dem ich aufgewachsen war, dann hatte es als meine einsame Zuflucht gedient, ein abgeschiedener Ort, der nie ganz zur Welt gefunden hatte, auch nicht, als Amanda aus der Stadt eingezogen war und anfing, die vielen Vorhänge und Möbelstücke zu kaufen. Es war mein Haus, mein Zuhause, das einzige, das ich je gehabt hatte, und doch erkannte ich es eine Zeit lang kaum wieder. Ich lief von Zimmer zu Zimmer und registrierte stumm, was sie mitgenommen hatte, was geblieben war. In den meisten Fällen blieb Amandas Auswahl vorhersagbar: Sie hatte sich genommen, was sie im Lauf der Jahre angeschafft hatte, und zurückgelassen, was noch aus der Zeit meiner Eltern stammte. Allerdings gab es einige merkwürdige Auslassungen und Versäumnisse: In ihrem Schrank fanden sich noch einige Kleider, und unten, im Flur, hing der Regenmantel, den sie sich auf einer gemeinsamen Reise nach Brüssel gekauft hatte. Sie hatte alle persönlichen Bilder eingesteckt, mit Ausnahme eines einzigen, doch verstand ich nicht, warum dieser Schnappschuss im Buchenholzrahmen auf dem Regal zurückgeblieben war, ein Bild von uns beiden, zusammen mit einigen anderen Leuten, die ich nicht kannte, in Kleidern, wie man sie zu besonderen Gelegenheiten trägt. Es gab keine einzige Erinnerung, die ich mit diesem Bild verband, nicht einmal eine vage Vorstellung davon, wer getauft worden war, wem man die Schlüssel zum neuen Haus übergeben, wer sich an dem Tag verlobt hatte. Mir fehlte auch jede Erinnerung an die Feier, daran, an welchem Ort oder zu welcher Jahreszeit sie stattgefunden hatte. Und ich wusste weder, von wem wir eingeladen worden waren, noch, wer außer uns anwesend gewesen war. Ich konnte mich nicht einmal daran erinnern, dieses Foto schon einmal gesehen zu haben, und doch fiel mir jetzt auf, dass Amanda, während ich direkt in die Kamera schaute, durch das Bild hindurch zu dem Mann hinter dem Auslöser blickte, zu einer Person, mit der sie, das war offensichtlich, ein Geheimnis teilte – und plötzlich, im Augenblick dieser Erkenntnis, in dem Moment, in dem ich zum ersten Mal begriff, dass sie mich schon immer betrogen hatte, spürte ich eine überraschende Woge der Herzlichkeit, gar der Zuneigung, für die Frau auf diesem Bild. Fast neun Jahre war ich mit ihr verheiratet gewesen, aber jetzt, während ich sie auf diesem Schnappschuss ansah, schien sie kaum mehr als eine flüchtige Bekannte gewesen zu sein: vertraut, gewiss. Doch blieb sie mir nicht besonders deutlich im Gedächtnis. Ich spürte eine Woge der Wärme, eine Woge von etwas, was man, schätze ich, Empathie nennen könnte. Dann ging ich wieder nach oben, warf einige Bettdecken und Laken auf den Boden des ehelichen Schlafzimmers und legte mich hin.

Als ich aufwachte, war es früh am Morgen, und allein der gräuliche Schimmer an den Wänden verriet mir, dass es draußen noch schneite. Eine Weile lag ich einfach nur da – minutenlang, eine halbe Stunde, schwer zu sagen –, dann stand ich auf und trat ans Fenster. Plötzlich und ungewollt kam mir die Erinnerung an meinen Vater, der seine letzten Wochen in diesem Zimmer verbracht hatte, mehr oder weniger allein, doch mit sich zufrieden. Mir schien es, als hätte er zum Ende seines Lebens eine andere Ordnung gewählt, ein anderes Schema als jenes, dem er sein Leben lang gefolgt war. Dabei hatte er von Anfang an gewusst, welchen Preis er dafür zahlen musste, nur war ihm keine Wahl geblieben. Möglicherweise bedauerte er seine Abgeschiedenheit, doch hatte er seine Bilder. Und selbst wenn sie nie jemand zu Gesicht bekommen hätte, selbst wenn man seine Arbeiten gesehen, sie aber völlig missverstanden hätte, wäre es egal gewesen. Er hatte keine Wahl gehabt, das war das Entscheidende. Vielmehr hatte er die einzige Wahl getroffen, die ihm geblieben war: sich vom engeren, begrenzteren Muster zu lösen, um sich etwas Großem anzunähern. Es war die einzige Wahl, die er treffen konnte, nicht weil er den Glauben an sich verloren hatte, als Thomas Mallon starb, oder weil ihn seine Nachbarn enttäuschten, als er nach Coldhaven zog, sondern weil das, was in seinen Augen zu seiner wahren Arbeit geworden war, zu seiner Berufung, ihm einen kalkulierten Rückzug abverlangte, eine vollkommen unbeobachtete Einsamkeit. Es war eine Wahl, die er ebenso in London wie in New York hätte verwirklichen können, denn es war unnötig gewesen, vor irgendetwas davonzulaufen. Doch er hatte die symbolische Bedeutung seiner Flucht gebraucht, hatte einen Ort finden müssen, an dem nichts für ihn wichtig war, ein Ort, der ihm nichts zu bieten hatte bis auf das Licht. Deshalb war er hergekommen, erst nach Coldhaven, dann nach Whitland House: des Lichtes wegen. Es war eine Wahl, die er auch hätte treffen müssen, wäre er kein Fotograf gewesen. Er musste sich einer Richtung verschließen, um sich in eine andere Richtung zu öffnen.

Das war es, was ich an jenem Morgen dachte, auch wenn «denken» vielleicht nicht das richtige Wort ist. Eher war es halb gedacht, halb geträumt, ein Zwischenreich, in dem die Zeit außer Kraft gesetzt ist, eine schmale Kluft im Selbstbewusstsein, die das Verständnis behindert. Ich habe meinen Vater nie verstanden; ich habe keinen meiner Eltern je verstanden, doch kam mir der Gedanke, dass ich sie kannte und dass es genügt hatte, sie zu kennen. Ich weiß heute nicht, ob sie jemals glaubten, mich zu kennen. Ich denke, es gab da nicht viel zu erfahren, auch wenn sie bestimmt ihr Bestes gaben. Ich selbst, ich musste zwangsläufig denken, dass ich zum ersten Mal wusste, wo ich stand, was ich erreicht hatte, und plötzlich war ich überzeugt, dass ich nie etwas anderes gewollt hatte. Weder mit fünfzehn noch mit dreißig oder auch nur vor zwei Monaten hatte ich begriffen, dass ich mir immer gewünscht hatte, dorthin zu gelangen, wo ich nun war: die Dämmerung eines Wintermorgens über Straßen und Häusern, die ins Zwielicht gehüllte Landzunge, das Sternenlicht über dem Firth ein genaues Spiegelbild der allnächtlich heimkehrenden Boote und jemand, der vom oberen Zimmer zusah, ein Mann, der ebenso gut jemand anderes hätte sein können, der zufälligerweise aber ich war: ein stiller, einsamer Mensch in einer vom Schnee erhellten Welt, der sich zum Fenster vorbeugte und die dunkle, leere Glasscheibe berührte, um die Kühle von etwas anderem als der Nacht zu spüren, sich durch das Glas seiner Finger zu vergewissern.

Als ich erneut aufwachte, glaubte ich angesichts eines fahlen, zitronengelben Schimmers, den ich erst für Tageslicht hielt, es sei später Vormittag. So warm, wie es war, meinte ich bei diesem seltsamen Licht an einem Sommermorgen aufzuwachen: Vogelgezwitscher, irgendwo die Andeutung von etwas Grünem, ein Vorgeschmack frischer, neuer Kräfte in der Luft. Einen Augenblick blieb ich einfach liegen, ließ mich treiben, doch dann fiel mir ein, wo ich mich befand und was geschehen war. Ich setzte mich auf. Das gelbe Licht kam von den Fenstern, aber es war kein Tageslicht; jemand hatte zwei zarte, fast durchsichtige Vorhänge angebracht, und auf dem Boden neben meinem provisorischen Bett stand eine Vase mit Blumen – nein, keine Blumen, Zweige von den Büschen im Garten, darunter auch einige müde Chrysanthemen und künstlich aussehende Nelken. Ich war verwirrt. An die Vorhänge konnte ich mich nicht erinnern – Amanda hätten sie jedenfalls bestimmt nicht gefallen –, und die Vase kam mir ebenso wenig bekannt vor, auch wenn sie schon eher zu Amanda passte, ein großes, fast klassisch geformtes Glasgefäß, wie sie es durchaus hätte kaufen können. Noch verwirrender war allerdings die Erkenntnis, dass jemand im Haus gewesen war, als ich geschlafen hatte. War Amanda zurückgekommen? Warum hatte sie mich nicht aufgeweckt? Es war so gar nicht ihre Art, mich schlafen zu lassen, damit wir am Morgen vernünftig über alles reden konnten. Aber wenn es nicht Amanda war, wer dann?

Ich stand auf. Ich fühlte mich schmutzig und irgendwie leicht mufflig von der Hitze und davon, dass ich in meinen Sachen geschlafen habe. Früher hatte es eine Uhr im Zimmer gegeben, so einen Radiowecker, den Amanda benutzte, wenn sie morgens zur Arbeit musste. Sie hatte ihn immer auf Radio 1 eingestellt, weil ihr der Sender gefiel, vielleicht aber auch, weil sie wusste, dass er mir nicht gefiel. Jetzt war er jedenfalls verschwunden: kein großer Verlust, aber plötzlich meinte ich, unbedingt wissen zu müssen, wie spät es war, was in der Welt geschah und wie das Wetter sein würde. Ich trat ans Fenster und zog die Vorhänge beiseite. Vielleicht hatten sie doch schon gehangen, als ich mich schlafen legte, und ich hatte sie nur nicht bemerkt. Vielleicht – aber sicher war ich mir nicht. Ich meinte, mich an den Nachthimmel hinter dem Fenster erinnern zu können, eine Andeutung von Sternenlicht, eine Ahnung von Schnee. Und wie ich jetzt nach draußen blickte, sah ich, dass es in der Nacht tatsächlich heftig geschneit hatte. Der Garten war verschwunden, die Büsche und der Rasen, sogar die Bäume lagen unter einer dicken Decke unberührten, weichen Neuschnees, und obwohl in der Ferne ein kühles, orangerotes, perlfarbenes Licht glühte, war nicht zu verkennen, dass es noch mehr Schnee geben würde. Mich verblüffte, wie viel in so wenigen Stunden geschehen war, aber dann kam mir zum ersten Mal der Gedanke, dass ich vielleicht länger geschlafen hatte, als ich dachte. Im selben Moment hörte ich ein Geräusch, und ich drehte mich zur Tür um.

Es war Mrs. K. Sie stand in der Tür, eine Schürze lose umgebunden. «Ich habe gesehen, dass Sie wieder da sind», sagte sie in ihrem gewohnt kühlen, sachlichen Ton.

«Wie spät ist es?», wollte ich wissen und war seltsam erleichtert, ich hatte halb befürchtet, es sei Amanda oder – obwohl diesem Gedanken jede Spur von Logik fehlte – vielleicht sogar Hazel.

Mrs. K lächelte, ein stilles, eher selbstvergnügtes Lächeln. «Sie sollten lieber fragen, was für ein Tag heute ist».

«Wie bitte?»

«Heute ist Donnerstag», sagte sie. «Und wenn ich mich nicht irre, sind Sie Montagnacht zurückgekommen.»

Ich starrte sie an. Sie sah irgendwie anders aus. Etwas schlanker, fiel mir auf, etwas weniger streng. Ich rechnete nach. «Aber das kann nicht stimmen.»

«Vertrauen Sie mir», antwortete Mrs. K – und ich sah ihr an, dass sie es ernst meinte. «Sie haben ein Stückchen Ihres Lebens verloren», setzte sie hinzu, «aber wenn der Mensch Schlaf braucht, muss er eben schlafen.» Sie musterte mich einen Moment, ernst, kühl, ein wenig neugierig, dann band sie die Schleifen ihrer Schürze zu. «Jedenfalls sind Sie hungrig», sagte sie. Es war keine Frage. «Ich mache Ihnen eine Suppe. Und Sie sollten sich duschen. Als Mrs. Gardiner das Haus verließ, hat sie alles abgestellt, aber Sie haben die Heizung inzwischen ja wieder angedreht, also dürften Sie jetzt reichlich warmes Wasser haben.» Sie ging die Treppe hinunter in die Küche. «Es ist schön, dass Sie wieder da sind», sagte sie dabei leise und schien ebenso zu sich selbst wie mit mir zu reden.

Der Sichelstrandläufer

Fast ein Jahr ist seither vergangen. Ich habe im Haus nicht viel verändert – halb leer gefiel es mir besser, außerdem wollte ich die Lücken, die Amanda hinterlassen hatte, höchstens mit den Möbeln meiner Eltern wieder füllen, doch die waren längst verschwunden. Ob an Halloween auf Freudenfeuern verbrannt, an Studenten verkauft oder in die möblierten Mietwohnungen der Gillespies und Hutchinsons gestellt, sie würden jedenfalls nicht wiederzuerkennen sein. Heute erstaunt mich, dass ich bereit gewesen bin, mich von so vielen Dingen zu trennen, vor allem von den Sachen meines Vaters, doch muss mir wohl etwas an Amanda gelegen haben, und ich – nun, nach all der Zeit, begreife ich es endlich – trauerte und trauere auch jetzt noch. Ich hatte versucht, meine Trauer loszuwerden, indem ich ein neues Leben begann, das Haus neu einrichtete, ein neuer Mensch wurde – als könnte man Trauer einfach abstreifen, ein Haus neu gestalten, als Mensch etwas anderes als eine ehrlichere Version seiner selbst werden. Ich war ein Idiot, und ich wählte einen seltsamen Weg, um es einzusehen. Ebenso gut hätte ich auf der Landzunge bleiben und hier oben in diesem Zimmer sitzen können, Gesicht zum Fenster, um selbst dahinterzukommen. Ich hätte nur aufhören müssen, darüber nachzudenken.

Soweit ich weiß, ist Hazel verschwunden, und niemand hat je von unserem kurzen Abenteuer erfahren – man nahm einfach an, sie sei mit ihrem Freund durchgebrannt. Um das Auto und die verlorenen Kreditkarten gab es jede Menge Theater, und ich wurde immer wieder gefragt, warum ich den Verlust nicht früher gemeldet und wo ich mich denn aufgehalten habe, als es passierte. Eine Zeit lang glaubte ich sogar, ich stünde unter Verdacht, nicht wegen Entführung, sondern wegen Betrugs. Das ging so eine ganze Weile, und es gab einige heikle Momente, schließlich wollte ich nicht in Schwierigkeiten geraten, wollte aber auch nichts sagen oder tun, was mich mit Hazel und ihren Freunden in Verbindung brachte. Ich wollte einfach nur wieder nach Hause und allein gelassen werden. Bleibt noch zu erwähnen, dass mir meine kleinen Plaudereien mit Dr. Gerard geholfen haben: Die Behörden rangen sich nämlich zu der Auffassung durch, ich hätte an Depressionen gelitten, als mir Auto und Brieftasche abhandenkamen; und später, als der Wagen verlassen mitten auf einer Verkehrsinsel gefunden wurde – er war natürlich zu Schrott gefahren, aber Hazel hatte ja nicht wissen können, was die Jungs im Sinn gehabt hatten –, zeigten sich die Leute von der Versicherung erstaunlich verständnisvoll. Meine Beiträge wurden angehoben, und ich musste mich um allerhand Papierkram kümmern. Aber das war mir egal. Manche Dinge dauern eben eine Weile, bis sie wirklich vorbei sind, auch wenn man selbst schon mit ihnen abgeschlossen hat. Alles hat zwei Enden, ein inneres und ein äußeres. Die Welt braucht ihre Zeit, um mit dem klarzukommen, so ist das eben, doch als sich Inneres und Äußeres schließlich wieder im Gleichklang befanden, war ich allein, und nur darauf kam es an.

Mrs. K kommt dann und wann noch den Hügel herauf, aber nicht, um zu putzen. Wir machen uns eine Kanne Tee, genehmigen uns ein paar Kekse, und sie erzählt mir den neusten Klatsch. Irgendwie wirkt sie freundlicher, ein bisschen glücklicher und, auch wenn ich es nicht genauer beschreiben könnte, sieht sie auch ein bisschen hübscher aus. Vermutlich sieht sie einfach nur mehr wie sie selbst aus; und eines Tages wird sie mir vielleicht erzählen, wie es dazu kam. Ich kann nur sagen, dass ich den Geist von Ingrid Bergman in ihrem Gesicht nicht wiedergesehen habe. Sie ist einfach nur Mrs. K.

Nach meinem langen Heimweg schien alles wieder anzufangen, ganz von vorn. Eine Zeit lang war ich krank, was gewiss eine Rolle spielte, doch selbst als ich wieder gesund wurde, war ich wie ein Baby und lernte neu, was ich mochte, was nicht: Was ich vorher gern gegessen hatte, schmeckte mir jetzt nicht mehr, und woran ich früher nicht einmal gedacht hatte, wurde in der neuen Zeit zu meinem Lieblingsessen. Musik klang anders. Alles schmeckte und roch anders, fühlte sich anders an. Nach der ersten Nacht schlief ich auch weiterhin auf dem Boden. Ich stellte die verbliebenen Möbel um, damit es fast wieder so aussah wie früher. Alles gehört jetzt mir. Ich lebe hier.

Entlang der Küste sammeln sich die Watvögel. Uferläufer, Brachvögel, Steinwälzer und Austernfischer suchen im seichten Wasser nach Nahrung. Neuerdings führt mich mein Spaziergang in diese Richtung. Ich gebe mir Mühe, die Vögel nicht zu stören, schleiche mich vorsichtig an sie heran, um sie nicht aufzuschrecken, damit ich lernen kann, was mich in all den Jahren, die ich an der Küste lebe, nie gekümmert hat. Die Farben ihrer unterschiedlichen Gefieder. Größe und Lockruf. Die Art, wie sich einer vom anderen unterscheidet. Was sie fressen. Ihre Paarungsrituale. Das Fernglas meines Vaters und seine Bestimmungsbücher helfen mir. Ich schätze, so mache ich etwas wieder gut, aber darum allein geht es mir nicht. Ich möchte wirklich ihre Namen kennen, ihr Aussehen, ihre Rufe. Ich will wissen, was er damit meinte, als er sagte, der

Sichelstrandläufer sei sein Lieblingsvogel. Ich will wissen, was er fühlte, frühmorgens draußen im Wind, wenn er die Vögel beobachtete, dieselbe Luft atmete, die auch sie atmeten.

Ich gehe heute nur noch selten nach Coldhaven. Manchmal, im Winter, wenn der Wind eisig und streng vom Meer herüberweht, wandere ich durch die schmalen Gassen und die Uferpromenade entlang, vorbei an den Geschäften, der Baptistenkirche und der alten Bücherei. Wenn es schneit, mache ich mich früh auf den Weg, halte mich an die gewohnte Route, blicke mich aber eigentlich nicht nach Spuren um. Manchmal sehe ich Tom Birnie in der Morgenkälte, von Krankheit und Kummer verhärmt. Letzten Endes ist er also doch nicht der Teufel, sondern bloß ein Mensch. Vielleicht geht er früh aus dem Haus, weil er Raum zum Nachdenken braucht, Zeit, um herauszufinden, was mit seinem Leben geschehen ist. Vielleicht versucht er, eine Art Buße oder Erklärung zu finden, vielleicht auch eine Entschuldigung. Ich glaube, mir tut er leid. Ich wechsle nie ein Wort mit ihm, gebe ihm auch nicht zu verstehen, dass ich weiß, wer er ist, doch manchmal möchte ich ihn gern mit hinaus zur Landzunge nehmen und ihm die Vögel zeigen.